作家小说
典藏

苏童 著

苏童小说

作家出版社

图书在版编目（CIP）数据

苏童小说 / 苏童著 . -- 北京：作家出版社，2023.9
（作家小说典藏）
ISBN 978 - 7 - 5212 - 2399 - 6

Ⅰ. ①苏… Ⅱ. ①苏… Ⅲ. ①中篇小说 – 小说集 – 中
国 – 当代 ②短篇小说 – 小说集 – 中国 – 当代 Ⅳ. ①I247.7

中国国家版本馆 CIP 数据核字（2023）第 144597 号

苏童小说

丛书策划：路英勇 张亚丽
出版统筹：启 天 省登宇
作 者：苏 童
责任编辑：李亚梓
装帧设计：TT Studio
出版发行：作家出版社有限公司
社 址：北京农展馆南里 10 号 邮 编：100125
电话传真：86 – 10 – 65067186（发行中心及邮购部）
86 – 10 – 65004079（总编室）
E – mail: zuojia@zuojia. net. cn
http: // www. zuojiachubanshe. com
印 刷：三河市紫恒印装有限公司
成品尺寸：142 × 210
字 数：150 千
印 张：6.375
版 次：2023 年 9 月第 1 版
印 次：2023 年 9 月第 1 次印刷
ISBN 978 – 7 – 5212 – 2399 – 6
定 价：49.80 元（精）

目 录

妻妾成群

　　四太太颂莲被抬进陈家花园时候是十九岁，她是傍晚时分由四个乡下轿夫抬进花园西侧后门的。仆人们正在井边洗旧毛线，看见那顶轿子悄悄地从月亮门里挤进来，下来一个白衣黑裙的女学生。仆人们以为是在北平读书的大小姐回家了，迎上去一看不是，是一个满脸尘土疲惫不堪的女学生。那一年颂莲留着齐耳的短发，用一条天蓝色的缎带箍住，她的脸是圆圆的，不施脂粉，但显得有点苍白。颂莲钻出轿子，站在草地上茫然环顾，黑裙下面横着一只藤条箱子。在秋日的阳光下颂莲的身影单薄纤细，散发出纸人一样呆板的气息。她抬起胳膊擦着脸上的汗，仆人们注意到她擦汗不是用手帕而是用衣袖，这一点给他们留下了深刻的印象。

　　颂莲走到水井边，她对洗毛线的雁儿说："让我洗把脸吧，我三天没洗脸了。"雁儿给她吊上一桶水，看着她把脸埋进水里，颂莲的弓着的身体像腰鼓一样被什么击打着，簌簌地抖动。雁儿说："你要肥皂吗？"颂莲没说话，雁儿又说："水太凉是吗？"颂莲还是没说话。雁儿朝井边的其他女佣使了个眼色，捂住嘴笑。女佣们猜测来客是陈家的哪个穷亲戚。他们对陈家的所有来客几乎都能判断出各自的身份。大概就是这时候颂莲猛地回过头，她的脸在洗濯之后泛出一种更加醒目的寒意，眉毛很细很黑，渐渐地拧起来。颂莲瞟了雁儿一眼，她说："你傻笑什么，还不去把水泼掉？"雁儿仍然笑着："你是谁呀，这么厉害？"颂莲搡了雁儿一把，拎起藤条箱子离开井边，走了几步她回过头，说："我是谁？你们迟早要知道的。"

第二天陈府的人都知道陈佐千老爷娶了四太太颂莲。颂莲住在后花园的南厢房里，紧挨着三太太梅珊的住处。陈佐千把原先下房里的雁儿给四太太做了使唤丫鬟。

第二天雁儿去见颂莲的时候心里胆怯，低着头喊了声四太太，但颂莲已经忘了雁儿对她的冲撞，或者颂莲根本就没记住雁儿是谁。颂莲这天换了套粉绸旗袍，脚上趿双绣花拖鞋，她脸上的气色一夜间就恢复过来，看上去和气许多，她把雁儿拉到身边，端详一番，对旁边的陈佐千说，她长得还不算讨厌。然后她对雁儿说，你蹲下，我看看你的头发。雁儿蹲下来感觉到颂莲的手在挑她的头发，仔细地察看什么，然后她听见颂莲说："你没有虱子吧，我最怕虱子。"雁儿咬住嘴唇没说话，她觉得颂莲的手像冰凉的刀锋切割她的头发，有一点疼痛。颂莲说："你头上什么味？真难闻，快拿块香皂洗头去。"雁儿站起来，她垂着手站在那儿不动。陈佐千瞪了她一眼："没听见四太太说话？"雁儿说："昨天才洗过头。"陈佐千拉高嗓门喊："别废话，让你去洗就得去洗，小心揍你。"

雁儿端了一盆水在海棠树下洗头，洗得委屈，心里的气恨像一块铅坠在那里。午后阳光照射着两棵海棠树，一根晾衣绳拴在两根树上，四太太颂莲的白衣黑裙在微风中摇曳。雁儿朝四处环顾一圈，后花园阒寂无人,她走到晾衣绳那儿,朝颂莲的白衫上吐了一口唾沫,朝黑裙上又吐了一口。

陈佐千这年刚好五十挂零。陈佐千五十岁时纳颂莲为妾,事情是在半秘密状态下进行的。直到颂莲进门的前一天,元配太太毓如还浑然不知。陈佐千带着颂莲去见毓如,毓如在佛堂里捻着佛珠诵经。陈佐千说,这是大太太。颂莲刚要上去行礼,毓如手里的佛珠突然断了线,滚了一地,毓如推开红木靠椅下地捡佛珠,口中念念有词,罪过,罪过。颂莲相帮去捡,被毓如轻轻地推开,她说,罪过,罪过,始终没抬眼看颂莲一眼。颂莲看着毓如肥胖的身体伏在潮湿的地板上捡佛珠,捂着嘴无声地笑了一笑,她看看陈佐千,陈佐千说,好吧,我们走了。颂莲跨出佛堂门槛,就挽住陈佐千的手臂说:"她有一百岁了吧,这么老?"陈佐千没说话。颂莲又说:"她信佛?怎么在家里念经?"陈佐千说:"什么信佛,闲着没事干,滥竽充数罢了。"

颂莲在二太太卓云那里受到了热情的礼遇。卓云让丫鬟拿了西瓜子、葵花子、南瓜子还有各种蜜饯招待颂莲。他们坐下后卓云的头一句话就是说瓜子,这儿没有好瓜子,我嗑的瓜子都是托人从苏州买来的。颂莲在卓云那里嗑了半天瓜子,嗑得有点厌烦,她不喜欢这些零嘴,又不好表露出来。颂莲偷偷地瞟陈佐千,示意离开,但陈佐千似乎有意要在卓云这里多待一会儿,对颂莲的眼神视若无睹。颂莲由此判断陈佐千是宠爱卓云的,眼睛就不由得停留在卓云的脸上、身上。卓云的容貌有一种温婉的清秀,即使是细微的皱纹和略显松弛的皮肤也遮掩不了,举手投足之间,更有一种大家闺秀的风范。颂莲想,卓云这样的女人容易讨男人喜欢,女人也不会太讨厌她。颂莲很快地就喊卓云姐姐了。

陈家前三房太太中，梅珊离颂莲最近，但却是颂莲最后一个见到的。颂莲早就听说梅珊的倾国倾城之貌，一心想见她，陈佐千不肯带她去。他说，这么近，你自己去吧。颂莲说，我去过了，丫鬟说她病了，拦住门不让我进。陈佐千鼻孔哼了一声，她一不高兴就称病。又说，她想爬到我头上来。颂莲说，你让她爬吗？陈佐千挥挥手说，休想，女人永远爬不到男人的头上来。

颂莲走过北厢房，看见梅珊的窗上挂着粉色的抽纱窗帘，屋里透出一股什么草花的香气。颂莲站在窗前停留了一会儿，忽然忍不住心里偷窥的欲望，她屏住气轻轻掀开窗帘，这一掀差点把颂莲吓得灵魂出窍，窗帘后面的梅珊也在看她，目光相撞，只是刹那间的事情，颂莲便仓皇地逃走了。

到了夜里，陈佐千来颂莲房里过夜。颂莲替他把衣服脱了，换上睡衣，陈佐千说，我不穿睡衣，我喜欢光着睡。颂莲就把目光掉开去，说，随便你，不过最好穿上睡衣，会着凉。陈佐千笑起来，你不是怕我着凉，你是怕看我光着屁股。颂莲说，我才不怕呢。她转过脸时颊上已经绯红。这是她头一次清晰地面对陈佐千的身体，陈佐千形同仙鹤，干瘦细长，生殖器像弓一样绷紧着。颂莲有点透不过气来，她说，你怎么这样瘦？陈佐千爬到床上，钻进丝绵被窝里说，让她们掏的。

颂莲侧身去关灯，被陈佐千拦住了，陈佐千说，别关，我要看你，关上灯就什么也看不见了。颂莲摸了摸他的脸说，随便你，反正我什么也不懂，听你的。

颂莲仿佛从高处往一个黑暗深谷坠落，疼痛、晕眩伴随着轻松的感觉。奇怪的是意识中不断浮现梅珊的脸。那张美丽绝伦的脸也隐没在黑暗中间。颂莲说，她真怪。你说谁？三太太，她在窗帘背后看我。陈佐千的手从颂莲的乳房上移到嘴唇上,别说话,现在别说话。就是这时候房门被轻轻敲了两记。两个人都惊了一下,陈佐千朝颂莲摇摇头,拉灭了灯。隔了不大一会儿,敲门声又响起来。陈佐千跳起来,恼怒地吼起来,谁敲门?门外响起一个怯生生的女孩声音,三太太病了,喊老爷去。陈佐千说,撒谎,又撒谎,回去对她说我睡下了。门外的女孩说,三太太得的急病,非要你去呢。她说她快死了。陈佐千坐在床上想了会儿,自言自语说她又要什么花招。颂莲看着他左右为难的样子,推了他一把,你就去吧,真死了可不好说。

这一夜陈佐千没有回来。颂莲留神听北厢房的动静,好像什么事也没有。唯有知更鸟在石榴树上啼啭几声,留下凄清悠远的余音。颂莲睡不着了,人浮在怅然之上,悲哀之下。第二天早早起来梳妆,她看见自己的脸发生了某种深刻的变化,眼圈是青黑色的。颂莲已经知道梅珊是怎么回事,但第二天看见陈佐千从北厢房出来时,颂莲还是迎上去问梅珊的病情,给三太太请医生了吗?陈佐千尴尬地摇摇头,他满面倦容,话也懒得说,只是抓住颂莲的手软绵绵地捏了一下。

颂莲上了一年大学后嫁给陈佐千,原因很简单,颂莲父亲经营的茶厂倒闭了,没有钱负担她的费用。颂莲辍学回家的第三天,听见家人在厨房里乱喊乱叫,她跑过去一看,父亲斜靠在水池边,池子里是满满一池血水,泛着气泡。父亲把手上的静脉割破了,很轻松地上了黄泉路。颂莲记得她当时绝望的感觉,她架着父亲冰凉的身体,她自己整个比尸体更加冰凉。灾难临头她一点也哭不出来。那个水池后来好几天没人用,颂莲仍然在水池里洗头。颂莲没有一般女孩无谓的怯懦和恐惧。她很实际。父亲一死,她必须自己负责自己了。在那个水池边,颂莲一遍遍地梳洗头发,借此冷静地预想以后的生活。所以当继母后来摊牌，让她在做工和嫁人两条路上选择时，她淡然地回答说，当然嫁人。继母又问，你想嫁个一般人家还是有钱人家？颂莲说，当然有钱人家，这还用问？继母说，那不一样，去有钱人家是做小。颂莲说，什么叫做小？继母考虑了一下，说，就是做妾，名分是委屈了点。颂莲冷笑了一声，名分是什么？名分是我这样人考虑的吗？反正我交给你卖了，你要是顾及父亲的情义，就把我卖个好主吧。

陈佐千第一次去看颂莲。颂莲闭门不见，从门里扔出一句话，去西餐社见面。陈佐千想毕竟是女学生，总有不同凡俗之处，他在西餐社订了两个位置，等着颂莲来。那天外面下着雨，陈佐千隔窗守望外面细雨蒙蒙的街道，心情又新奇又温馨，这是他前三次婚姻中从来未有的。颂莲打着一顶细花绸伞姗姗而来，陈佐千就开心地笑了。颂莲果然是他想象中漂亮洁净的样子，而且那样年轻。陈佐千记得颂莲在他对面坐下，从提袋里掏出一大把小蜡烛。她轻声对陈佐千说，给我要一盒蛋糕好吧。陈佐千让侍者端来了蛋糕，然后他看见颂莲把小蜡烛一根一根地插上去，一共插了十九根，剩下一根她收回包里。陈佐千说，这是干什么，你今天过生日？颂莲只是笑笑，她把蜡烛点上，看着蜡烛亮起小小的火苗。颂莲的脸在烛光里变得玲珑剔透，她说，你看这火苗多可爱。陈佐千说，是可爱。说完颂莲就长长地嘘了口气，噗地把蜡烛吹灭。陈佐千听见她说，提前过生日吧，十九岁过完了。

陈佐千觉得颂莲的话里有回味之处，直到后来他也经常想起那天颂莲吹蜡烛的情景，这使他感到颂莲身上某种微妙而迷人的力量。作为一个富有性经验的男人，陈佐千更迷恋的是颂莲在床上的热情和机敏。他似乎在初遇颂莲的时候就看见了销魂种种，以后果然被证实。难以判断颂莲是天性如此还是曲意奉承，但陈佐千很满足，他对颂莲的宠爱，陈府上下的人都看在眼里。

　　后花园的墙角那里有一架紫藤，从夏天到秋天，紫藤花一直沉沉地开着。颂莲从她的窗口看见那些紫色的絮状花朵在秋风中摇曳，一天天地清淡。她注意到紫藤架下有一口井，而且还有石桌和石凳，一个挺闲适的去处却见不到人，通往那里的甬道上长满了杂草。蝴蝶飞过去，蝉也在紫藤枝叶上唱，颂莲想起去年这个时候，她是坐在学校的紫藤架下读书的，一切都恍若惊梦。颂莲慢慢地走过去，她提起裙子，小心不让杂草和昆虫碰蹭，慢慢地撩开几枝藤叶，看见那些石桌石凳上积了一层灰尘。走到井边，井台石壁上长满了青苔，颂莲弯腰朝井中看，井水是蓝黑色的，水面上也浮着陈年的落叶，颂莲看见自己的脸在水中闪烁不定，听见自己的喘息声被吸入井中放大了，沉闷而微弱。有一阵风吹过来，把颂莲的裙子吹得如同飞鸟，颂莲这时感到一种坚硬的凉意，像石头一样慢慢敲她的身体，颂莲开始往回走，往回走的速度很快，回到南厢房的廊下，她吐出一口气，回头又看那个紫藤架，架上倏地落下两三串花，很突然地落下来，颂莲觉得这也很奇怪。

　　卓云在房里坐着，等着颂莲。她乍地发觉颂莲的脸色很难看，卓云起来扶着颂莲的腰，你怎么啦？颂莲说，我怎么啦？我上外面走了走。卓云说，你脸色不好，颂莲笑了笑说身上来了。卓云也笑，我说老爷怎么又上我那儿去了呢。她打开一个纸包，拉出一卷丝绸来，说，苏州的真丝，送你裁件衣服，颂莲推卓云的手，不行，你给我东西，怎么好意思，应该我给你才对。卓云嘘了一声，这是什么道理？我见你特别可心，就想起来这块绸子，要是隔壁那女人，她掏钱我也不给，我就是这脾气。颂莲就接过绸子放在膝上摩挲着，说，三太太是有点怪。不过，她长得真好看。卓云说，好看什么？脸上的粉霜可刮掉半斤。颂莲又笑，转了话题，我刚才在紫藤架那儿待了会儿，我挺喜欢那儿的。卓云就叫起来，你去死人井了？别去那儿，那儿晦气。颂莲吃惊道，怎么叫死人井？卓云说，怪不得你进屋脸色不好，那井里死过三个人。颂莲站起身伏在窗口朝紫藤架张望，都是什么人死在井里了？卓云说，都是上代的家眷，都是女的。颂莲还要打听，卓云就说不上来了。卓云只知道这些，她说陈家上下忌讳这些事，大家都守口如瓶。颂莲愣了一会儿，说，这些事情，不知道就不知道罢。

陈家的少爷小姐都住在中院里。颂莲曾经看见忆容和忆云姐妹俩在泥沟边挖蚯蚓，喜眉喜眼天真烂漫的样子，颂莲一眼就能判断她们是卓云的骨血。她站在一边悄悄地看她们，姐妹俩发觉了颂莲，仍然旁若无人，把蚯蚓灌到小竹筒里。颂莲说，你们挖蚯蚓做什么？忆容说，钓鱼呀，忆云却不客气地白了颂莲一眼，不要你管。颂莲有点没趣，走出几步，听见姐妹俩在嘀咕，她也是小老婆，跟妈一样。颂莲一下蒙了，她回头愤怒地盯着她们看，忆容嗤嗤地笑着，忆云却丝毫不让地朝她撇嘴，又嘀咕了一句什么。颂莲心想这叫什么事儿，小小年纪就会说难听话。天知道卓云是怎么管这姐妹俩的。

颂莲再碰到卓云时，忍不住就把忆云的话告诉她。卓云说，那孩子就是嘴上没遮拦的，看我回去拧她的嘴。卓云赔礼后又说，其实我那两个孩子还算省事的，你没见隔壁小少爷，跟狗一样的，见人就咬，吐唾沫。你有没有挨他咬过？颂莲摇摇头，她想起隔壁的小男孩飞澜，站在门廊下，一边啃面包，一边朝她张望，头发梳得油光光的，脚上穿着小皮鞋，颂莲有时候从飞澜脸上能见到类似陈佐千的表情，她从心理上能接受飞澜，也许因为她内心希望给陈佐千再生一个儿子。男孩比女孩好，颂莲想，管他咬不咬人呢。

只有毓如的一双儿女，颂莲很久都没见到。显而易见的是他们在陈府的地位。颂莲经常听到关于对飞浦和忆惠的议论。飞浦一直在外面收账，还做房地产生意，而忆惠在北平的女子大学读书。颂莲不经意地向雁儿打听飞浦，雁儿说，我们大少爷是有本事的人。颂莲问，怎么个有本事法？雁儿说，反正有本事，陈家现在都靠他。颂莲又问雁儿，大小姐怎么样？雁儿说，我们大小姐又漂亮又文静，以后要嫁贵人的。颂莲心里暗笑，雁儿褒此贬彼的话音让她很厌恶，她就把气发到裙裾下那只波斯猫身上，颂莲抬脚把猫踢开，骂道，贱货，跑这儿舔什么臊？

颂莲对雁儿越来越厌恶，至关重要的一点是她没事就往梅珊屋里跑，而且雁儿每次接过颂莲的内衣内裤去洗时，总是一脸不高兴的样子。颂莲有时候就训她，你挂着脸给谁看，你要不愿跟我就回下房去，去隔壁也行。雁儿申辩说，没有呀，我怎么敢挂脸，天生就没有脸。颂莲抓过一把梳子朝她砸过去，雁儿就不再吱声了。颂莲猜测雁儿在外面没少说她的坏话。但她也不能对她太狠，因为她曾经看见陈佐千有一次进门来顺势在雁儿的乳房上摸了一把，虽然是瞬间的很自然的事，颂莲也不得不节制一点，要不然雁儿不会那么张狂。颂莲想，连个小丫鬟也知道靠那一把壮自己的胆，女人就是这种东西。

到了重阳节的前一天，大少爷飞浦回来了。

颂莲正在中院里欣赏菊花，看见毓如和管家都围拢着几个男人，其中一个穿白西服的很年轻，远看背影很魁梧的，颂莲猜他就是飞浦。她看着下人走马灯似的把一车行李包裹运到后院去，渐渐地人都进了屋，颂莲也不好意思进去，她摘了枝菊花，慢慢地踱向后花园，路上看见卓云和梅珊，带着孩子往这边走。卓云拉住颂莲说，大少爷回家了，你不去见个面？颂莲说，我去见他？应该他来见我吧。卓云说，说得也是，应该他先来见你。一边的梅珊则不耐烦地拍拍飞澜的头颈，快走快走。

颂莲真正见到飞浦是在饭桌上。那天陈佐千让厨子开了宴席给飞浦接风，桌上摆满了精致丰盛的菜肴，颂莲睃巡着桌子，不由得想起初进陈府那天，桌上的气派远不如飞浦的接风宴，心里有点犯酸，但是很快她的注意力就转移到飞浦身上了。飞浦坐在毓如身边，毓如对他说了句什么，然后飞浦就欠起身子朝颂莲微笑着点了点头。颂莲也颔首微笑。她对飞浦的第一个感觉是出乎意料地英俊年轻，第二个感觉是他很有心计。颂莲往往是喜欢见面识人的。

第二天就是重阳节了，花匠把花园里的菊花盆全搬到一起去，五颜六色地搭成福、禄、寿、禧四个字。颂莲早早地起来，一个人绕着那些菊花边走边看，早晨有凉风，颂莲只穿了一件毛背心，她就抱着双肩边走边看。远远地她看见飞浦从中院过来，朝这里走。颂莲正犹豫着是否先跟他打招呼，飞浦就喊起来，颂莲你早。颂莲对他直呼其名有点吃惊，她点点头，说，按辈分你不该喊我名字。飞浦站在花圃的另一边，笑着系上衬衫的领扣，说，应该叫你四太太，但你肯定比我小几岁呢，你多大？颂莲显出不高兴的样子侧过脸去看花。飞浦说，你也喜欢菊花？我原以为大清早的可以抢风水，没想你比我还早。颂莲说，我从小就喜欢菊花，可不是今天才喜欢的。飞浦说，最喜欢哪种，颂莲说，都喜欢，就讨厌蟹爪。飞浦说，那是为什么。颂莲说，蟹爪开得太张狂。飞浦又笑起来说，有意思了，我偏偏最喜欢蟹爪，颂莲睃了飞浦一眼，我猜到你会喜欢它。飞浦又说，那又为什么？颂莲朝前走了几步，说，花非花，人非人，花就是人，人就是花，这个道理你不明白？颂莲猛地抬起头，她察觉出飞浦的眼神里有

10

一种异彩水草般地掠过，她看见了，她能够捕捉它。飞浦叉腰站在菊花那一侧，突然说，我把蟹爪换掉吧。颂莲没有说话。她看着飞浦把蟹爪换掉，端上几盆墨菊摆上。过了一会儿，颂莲又说，花都是好的，摆的字不好，太俗气。飞浦拍拍手上的泥，朝颂莲挤挤眼睛，那就没办法了，福禄寿禧是老爷让摆的，每年都这样，老祖宗传下来的规矩。

颂莲后来想起重阳赏菊的情景，心情就愉快。好像从那天起，她与飞浦之间有了某种默契，颂莲想着飞浦如何把蟹爪搬走，有时会笑出声来，只有颂莲自己知道，她并不是特别讨厌那种叫蟹爪的菊花。

你最喜欢谁？颂莲经常在枕边这样问陈佐千，我们四个人，你最喜欢谁？陈佐千说那当然是你了。毓如呢？她早就是只老母鸡了。卓云呢？卓云还凑合但她有点松松垮垮的了。那么梅珊呢？颂莲总是克制不住对梅珊的好奇心。梅珊是哪里人？陈佐千说，她是哪里人我也不知道，连她自己也不知道。颂莲说那梅珊是孤儿出身？陈佐千说，她是戏子，京剧草台班里唱旦角的。我是票友，有时候去后台看她，请她吃饭，一来二去的她就跟我了。颂莲拍拍陈佐千的脸说，是女人都想跟你。陈佐千说，你这话对了一半，应该说是女人都想跟有钱人。颂莲笑起来，你这话也才对了一半，应该说有钱人有了钱还要女人，要也要不够。

颂莲从来没有听见梅珊唱过京戏，这天早晨窗外飘过来几声悠长清亮的唱腔，把颂莲从梦中惊醒，她推推身边的陈佐千问是不是梅珊在唱，陈佐千迷迷糊糊地说，她高兴了就唱，不高兴了就哭，狗娘养的。颂莲推开窗子，看见花园里夜来降了雪白的秋霜，在紫藤架下，一个穿黑衣黑裙的女人且舞且唱着。果然就是梅珊。

颂莲披衣出来，站在门廊上远远地看着那里的梅珊。梅珊已沉浸其中，颂莲觉得她唱得凄凉婉转，听得心也浮了起来。这样过了好久，梅珊戛然而止，她似乎看见了颂莲的眼睛里充满了泪影。梅珊把长长的水袖搭在肩上往回走，在早晨的天光里，梅珊的脸上、衣服上跳跃着一些水晶色的光点，她的绾成圆髻的头发被霜露打湿，这样走着她整个显得湿润而忧伤，仿佛风中之草。

你哭了？你活得不是很高兴吗，为什么哭？梅珊在颂莲面前站住，淡淡地说。颂莲掏出手绢擦了擦眼角，她说也不知是怎么了，你唱的戏叫什么？叫《女吊》，梅珊说你喜欢听吗？我对京戏一窍不通，主要是你唱得实在动情，听得我也伤心起来。颂莲说着她看见梅珊的脸上第一次露出和善的神情，梅珊低下头看看自己的戏装，她说，本来就是做戏嘛，伤心可不值得。做戏做得好能骗别人，做得不好只能骗骗自己。

陈佐千在颂莲屋里咳嗽起来，颂莲有些尴尬地看看梅珊。梅珊说，你不去伺候他穿衣服？颂莲摇摇头说他自己穿，他又不是小孩子。梅珊便有点悻悻的，她笑了笑说他怎么要我给他穿衣穿鞋，看来人是有贵贱之分。这时候陈佐千又在屋里喊起来，梅珊，进屋来给我唱一段！梅珊的细柳眉立刻挑起来，她冷笑一声，跑到窗前冲里面说，老娘不愿意！

颂莲见识了梅珊的脾气。当她拐弯抹角地说起这个话题时，陈佐千说，都怪我前些年把她娇宠坏了。她不顺心起来敢骂我家祖宗八代。陈佐千说这狗娘养的小婊子，我迟早得狠狠收拾她一回。颂莲说，你也别太狠心了，她其实挺可怜的，没亲没故的，怕你不疼她，脾气就坏了。

以后颂莲和梅珊有了些不冷不热的交往。梅珊迷麻将，经常招呼人去她那里搓麻将，从晚饭过后一直搓到深更半夜。颂莲隔着墙能听见隔壁洗牌的哗啦哗啦的声音，吵得她睡不好觉。她跟陈佐千发牢骚，陈佐千说，你就忍一忍吧，她搓上麻将还算正常一点，反正她把钱输光了我不会给她的，让她去搓，让她去作死。但是有一回梅珊差丫鬟来叫颂莲上牌桌了，颂莲一句话把丫鬟挡了回去，她说，我去搓麻将？亏你们想得出来。丫鬟回去后梅珊自己来了，她说，三缺一，赏个脸吧。颂莲说我不会呀，不是找输吗？梅珊来拽她的胳膊，走吧，输了不收你钱，要是赢了归你，输了我付。颂莲说，那倒不至于，主要是我不喜欢。她说着就看见梅珊的脸挂下来了，梅珊哼了一声说，你这里有什么呀？好像守着个大金库不肯挪一步，不过就是个干瘪老头罢了。颂莲被呛得恶火攻心，刚想发作，难听话溜到嘴边又咽回去了，她咬着嘴唇考虑了几秒钟说，好吧，我跟你去。

另外两个人已经坐在桌前等候了，一个是管家陈佐文，另一个不认识，梅珊介绍说是医生。那人戴着金丝边眼镜，皮肤黑黑的，嘴唇却像女性一样红润而柔情，颂莲以前见他出入过梅珊的屋子，她不知怎么就不相信他是医生。

颂莲坐在牌桌上心不在焉，她是真的不太会打，糊里糊涂就听见他们喊和了，自摸了。她只是掏钱，慢慢地她就心疼起来，她说，我头疼，想歇一歇了。梅珊说，上桌就得打八圈，这是规矩。你恐怕是输得心疼吧。陈佐文在一边说，没关系的，破点小财消灾灭祸。梅珊又说，你今天就算给卓云做好事吧，这一阵她闷死了，把老头儿借她一夜，你输的钱让她掏给你。桌上的两个男人都笑起来。颂莲也笑，梅珊你可真能逗乐，心里却像吞了只苍蝇。

颂莲冷眼观察着梅珊和医生间的眉目传情，她想什么事情都是逃不过她的直觉的。当洗牌时掉下一张牌以后，颂莲弯腰去捡，一下就发现了他们的四条腿的形状，藏在桌下的那四条腿原来紧缠在一起，分开时很快很自然，但颂莲是确确实实看见了。

颂莲不动声色。她再也不去看梅珊和医生的脸了。颂莲这时的心情很复杂，有点惶惑，有点紧张，还有一点幸灾乐祸，她心里说梅珊你活得也太自在了也太张狂了。

秋天里有很多这样的时候，窗外天色阴晦，细雨绵延不绝地落在花园里，从紫荆、石榴树的枝叶上溅起碎玉般的声音。这样的时候颂莲枯坐窗边，睇视外面晾衣绳上一块被雨淋湿的丝绢，她的心绪烦躁复杂，有的念头甚至是秘不可示的。

颂莲就不明白为什么每逢阴雨就会想念床笫之事。陈佐千是不会注意到天气对颂莲生理上的影响的。陈佐千只是有点招架不住的窘态。他说，年龄不饶人，我又最烦什么三鞭神油的。陈佐千抚摸颂莲粉红的微微发烫的肌肤，摸到无数欲望的小兔在她皮肤下面跳跃。陈佐千的手渐渐地就狂乱起来，嘴也俯到颂莲的身上。颂莲面色绯红地侧身躺在长沙发上，听见窗外雨珠迸裂的声音，颂莲双目微闭，呻吟道，主要是下雨了。陈佐千没听清，你说什么？项链？颂莲说，对，项链，我想要一串最好的项链。陈佐千说，你要什么我不给你？只是千万别告诉她们。颂莲一下子就翻身坐起来，她们？她们算什么东西？我才不在乎她们呢。陈佐千说，那当然，她们谁也比不上你。他看见颂莲的眼神迅速地发生了变化，颂莲把他推开，很快地穿好内衣走到窗前去了。陈佐千说你怎么了，颂莲回过头，幽怨地说，没情绪了，谁让你提起她们的？

陈佐千快快地和颂莲一起看着窗外的雨景。这样的时候整个世界都潮湿难耐起来，花园里空无一人，树叶绿得透出凉意。远远的那边

14

的紫藤架被风掠过，摇晃有如人形。颂莲想起那口井，关于井的一些传闻。颂莲说，这园子里的东西有点鬼气。陈佐千说，哪来的鬼气？颂莲朝紫藤架努努嘴，喏，那口井。陈佐千说，不过就死了两个投井的，自寻短见的。颂莲说，死的谁？陈佐千说，反正你也不认识的，是上一辈的两个女眷。颂莲说，是姨太太吧。陈佐千脸色立刻有点难看了，谁告诉你的？颂莲笑笑说谁也没告诉我，我自己看见的，我走到那口井边，一眼就看见两个女人浮在井底里，一个像我，另一个还是像我。陈佐千说，你别胡说了，以后别上那儿去。颂莲拍拍手说，那不行，我还没去问问那两个鬼魂呢，她们为什么投井？陈佐千说，那还用问，免不了是些污秽事情吧。颂莲沉吟良久，后来她突然说了一句，怪不得这园子里修这么多井。原来是为寻死的人挖的。陈佐千一把搂过颂莲，你越说越离谱，别去胡思乱想。说着陈佐千抓住颂莲的手，让她摸自己的那地方，他说，现在倒又行了，来吧。我就是死在你床上也心甘情愿。

花园里秋雨萧瑟，窗内的房事因此有一种垂死的气息，颂莲的眼前是一片深深的幽暗，唯有梳妆台上的几朵紫色雏菊闪烁着稀薄的红影。颂莲听见房门外有什么动静，她随手抓过一只香水瓶子朝房门上砸去。陈佐千说你又怎么了，颂莲说，她在偷看。陈佐千说，谁偷看？颂莲说是雁儿。陈佐千笑起来，这有什么可偷看的？再说她也看不见。颂莲厉声说，你别护她，我隔多远也闻得出她的臊味。

黄昏的时候，有一群人围坐在花园里听飞浦吹箫。飞浦换上丝绸衫裤，更显出他的倜傥风流。飞浦持箫坐在中间，四面听箫的多是飞浦做生意的朋友。这时候这群人成为陈府上下关注的中心，仆人们站在门廊上远远地观察他们，窃窃私语。其他在室内的人会听见飞浦的箫声像水一样幽幽地漫进窗口，谁也无法忽略飞浦的箫声。

颂莲往往被飞浦的箫声所打动，有时甚至泪涟涟的。她很想坐到那群男人中间去，离飞浦近一点，持箫的飞浦令她回想起大学里一个独坐空室拉琴的男生，她已经记不清那个男生的脸，对他也不曾有深藏的暗恋，但颂莲易于被这种优美的情景感化，心里是一片秋水涟漪。颂莲踯躅半天，搬了一张藤椅坐在门廊上，静听着飞浦的箫声。没多久箫声沉寂了，那边的男人们开始说话。颂莲顿时就觉得没趣了，她想，说话多无聊，还不是你诓我我骗你的，人一说起话来就变得虚情假意的了。于是颂莲起身回到房里，她突然想起箱子里也有一管长箫，那是她父亲的遗物。颂莲打开那只藤条箱子，箱子好久没晒，已有一点霉味，那些弃之不穿的学生时代的衣裙整整齐齐地摞着，好像从前的日子尘封了，散出星星点点的怅然和梦幻。颂莲把那些衣服腾空了，也没有见那支长箫。她明明记得离家时把箫放进箱底的，怎么会没了呢？雁儿，雁儿你来。颂莲就朝门廊上喊。雁儿来了，说，四太太怎么不听少爷吹箫了？颂莲说，你有没有动过我的箱子？雁儿说，前一阵你让我收拾箱子的，我把衣服都叠好了呀！颂莲说，你有没有见一支箫？箫？雁儿说，我没见，男人才玩箫呢！颂莲盯住雁儿的眼睛看，冷笑了一声，那么说是你把我的箫偷去了？雁儿说，四太太你也别随便糟践人，我偷你的箫干什么呀？颂莲说，你自然有你的鬼念头，从早到晚心怀鬼胎，还装得没事人似的。雁儿说，四太太你也别太冤枉人了，你去问问老爷少爷大太太二太太三太太，我什么时候偷过主子一个铜板的？颂莲不再理睬她，她轻蔑地瞄着雁儿，然后跑到雁儿住的小偏房去，用脚踩着雁儿的杂木箱子说，嘴硬就给我打开。雁儿去拖颂莲的脚，一边哀求说，四太太你别踩我的箱子，我真的没拿你的箫。颂莲看雁儿的神色心中越来越有底，她从屋角抓过一把斧子说，劈碎了看一看，要是没有明天给你个新的箱子。她咬着牙一斧劈下去，雁儿的箱子就散了架，衣物铜板小玩意滚了一地。颂莲把衣物都抖开来看，没有那支箫，但她忽然抓住一个鼓鼓的小白布包，打开一看，里面是个小布人，小布人的胸口刺着三枚细针。颂莲起初觉得好笑，但很快地她就发觉小布人很像她自己，再细细地看，上面有依稀的两个墨迹：颂莲。颂莲的心好像真的被三枚细针刺着，一种尖锐的刺痛感。她的脸一下变得煞白。旁边的雁儿靠着墙，惊惶地看着她。颂莲突然尖叫了一声，她跳起来一把抓住雁儿的头发，把雁儿的头一次一次地往墙上撞。颂莲噙着泪大叫，让你咒我死！让你咒我死！雁儿无力挣脱，她只是软瘫在那里，发出断断续续的呜咽。颂莲累了，喘着气倏尔想到雁儿是不识字的，那么谁在小布人上写的字呢？这个疑问使她更觉揪心，颂莲后来就蹲下身子来，给雁儿擦泪，她换了种温和的声调，别哭了，事儿过了就过了，以后别这样，我不记你仇。不过你得告诉我是谁给你写的字。雁儿还在抽噎着，她摇着头说，我不说，不能说。颂莲说，你不用怕，我也不会闹出去的，你只要告诉我我绝对不会连累你的。雁儿还是摇头。颂莲于是开始提示。是毓如？雁儿摇头。那么肯定是梅珊了？雁儿依然摇头。颂莲倒吸了一口凉气，她的声音有些颤抖了。是卓云吧？雁儿不再摇头了，她的神情显得悲伤而麻木。颂莲站起来，仰天说了一句，知人知面不知心呐，我早料到了。

陈佐千看见颂莲眼圈红肿着，一个人呆坐在沙发上，手里捻着一枝枯萎的雏菊。陈佐千说，你刚才哭过？颂莲说，没有呀，你对我这么好，我干什么要哭？陈佐千想了想说，你要是嫌闷，我陪你去花园走走，到外面吃夜宵也行。颂莲把手中的菊枝又捻了几下，随手扔出窗外，淡淡地问，你把我的箫弄到哪里去了？陈佐千迟疑了一会儿，说，我怕你分心，收起来了。颂莲的嘴角浮出一丝冷笑，我的心全在这里，能分到哪里去？陈佐千也正色道，那么你说那箫是谁送你的？颂莲懒懒地说，不是信物，是遗物，我父亲的遗物。陈佐千就有点发窘说是我多心了，我以为是哪个男学生送你的。颂莲把手摊开来，说，快取来还我，我的东西我自己来保管。陈佐千更加窘迫起来，他搓着手来回地走，这下坏了，他说，我已经让人把它烧了。陈佐千没听见颂莲再说话，房间里一点一点黑下来。他打开电灯，看见颂莲的脸苍白如雪，眼泪无声地挂在双颊上。

这一夜对于他们两个人来说都是特殊的一夜，颂莲像羊羔一样把自己抱紧了，远离陈佐千的身体，陈佐千用手去抚摸她，仍然得不到一点回应。他一会儿关灯一会儿开灯，看颂莲的脸像一张纸一样漠然无情。陈佐千说，你太过分了，我就差一点给你下跪求饶了。颂莲沉默了一会儿，说，我不舒服。陈佐千说，我最恨别人给我看脸色。颂莲翻了个身说，你去卓云那里吧，反正她总是对人笑的。陈佐千就跳下床来穿衣服，说，去就去，幸亏我还有三房太太。

第二天卓云到颂莲房里来时，颂莲还躺在床上。颂莲看见她掀开门帘的时候打了个莫名的冷战。她佯装睡着闭上眼睛。卓云坐到床头伸手摸摸颂莲的额头说，不烫呀，大概不是生病是生气吧。颂莲眼睛虚着朝她笑了笑，你来啦。卓云就去拉颂莲的手，快起来吧，这样躺没病也孵出毛病来。颂莲说，起来又能干什么？卓云说，给我剪头发，我也剪个你这样的学生头，精神精神。

卓云坐在圆凳上，等着颂莲给她剪头发。颂莲抓起一件旧衣服给她围上，然后用梳子慢慢梳着卓云的头发。颂莲说，剪不好可别怪我，你这样好看的头发，剪起来实在是心慌。卓云说，剪不好也没关系的，这把年纪了还要什么好看。颂莲仍然一下一下地把卓云的头发梳上去又梳下来，那我就剪了，卓云说，剪呀，你怎么那样胆小？颂莲说，主要是手生，怕剪着了你。说完颂莲就剪起来。卓云的乌黑松软的头发一绺绺地掉下来，伴随着剪刀双刃的撞击声。卓云说，你不是挺麻利的吗？颂莲说，你可别夸我，一夸我的手就抖了。说着就听见卓云发出了一声尖厉刺耳的叫声，卓云的耳朵被颂莲的剪刀实实在在地剪了一下。

甚至花园里的人也听见了卓云那声可怕的尖叫，梅珊房里的人都跑过来看个究竟。她们看见卓云捂住右耳疼得直冒虚汗，颂莲拿着把剪刀站在一边，她的脸也发白了，唯有地板上是几绺黑色的头发。你怎么啦？卓云的泪已夺眶而出，她的话没说完就捂住耳朵跑到花园里去了。颂莲愣愣地站在那堆头发边上，手中的剪刀当地掉在地上。她自言自语地说了一声，我的手发抖，我病着呢。然后她把看热闹的用人都推出门去，你们在这儿干什么？还不快给二太太请医生去。

梅珊牵着飞澜的手，仍然留在房里。她微笑着对颂莲看，颂莲避开她的目光，她操起芦花帚扫着地上的头发，听见梅珊忽然咯咯笑出了声音。颂莲说，你笑什么？梅珊眨了眨眼睛，我要是恨谁也会把她的耳朵剪掉，全部剪掉，一点不剩。颂莲沉下了脸，你这是什么意思？难道我是有意的吗？梅珊又嬉笑了一声说那只有天知道啦。

颂莲没再理睬梅珊，她兀自躺到床上去，用被子把头蒙住，她听见自己的心怦然狂跳。她不知道自己的心对那一剪刀负不负责任，反正谁都应该相信，她是无意的。这时候她听见梅珊隔着被子对她说话，梅珊说，卓云是慈善面孔蝎子心，她的心眼点子比谁都多。梅珊又说，我自知不是她对手，没准你能跟她斗一斗，这一点我头一次看见你就猜到了。颂莲在被子里动弹了一下，听见梅珊出乎意料地打开了话匣子。梅珊说，你想知道我和她生孩子的事情吗？梅珊说，我跟卓云差不多一起怀孕的。我三个月的时候，她差人在我的煎药里放了泻胎药，结果我命大，胎儿没掉下来。后来我们差不多同时临盆，她又想先生孩子，就花很多钱打外国催产针，把阴道都撑破了。结果还是我命大，我先生了飞澜，是个男的。她竹篮打水一场空，生了忆容，不过是个小贱货，还比飞澜晚了三个钟头呢。

天已寒秋，女人们都纷纷换上了秋衣，树叶也纷纷在清晨和深夜飘落在地，枯黄的一片覆盖了花园。几个女佣蹲在一起烧树叶，一股焦烟味弥漫开来，颂莲的窗口砰地打开，女佣们看见颂莲的脸因愤怒而涨得绯红。她抓着一把木梳在窗台上敲着，谁让你们烧树叶的？好好的树叶烧得那么难闻。女佣们便收起了笤帚箩筐，一个胆大的女佣说，这么多的树叶，不烧怎么弄？颂莲就把木梳从窗里砸到她的身上，颂莲喊，不准烧就是不准烧！然后她砰地关上了窗子。

四太太的脾气越来越大了。女佣们这么告诉毓如。她不让我们烧树叶，她的脾气怎么越来越大了？毓如把女佣呵斥了一通，不准嚼舌头，轮不到你们来搬弄是非。毓如心里却很气，以往花园里的树叶每年都要烧几次的，难道来了个颂莲就要破这个规矩不成？女佣在一边垂手而立，说，那么树叶不烧了？毓如说，谁说不烧的？你们给我去烧，别理她好了。

女佣再去烧树叶，颂莲就没有露面，只是人去灰尽的时候见颂莲走出南厢房。她还穿着夏天的裙子，女佣说她怎么不冷，外面的风这么大。颂莲站在一堆黑灰那里，呆呆地看了会儿，然后她就去中院吃饭了。颂莲的裙摆在冷风中飘来飘去，就像一只白色蝴蝶。

颂莲坐在饭桌上，看他们吃。颂莲始终不动筷子。她的脸色冷静

20

而沉郁，抱紧双臂，一副不可侵犯的样子。那天恰逢陈佐千外出，也是府中闹事的时机。飞浦说，咦，你怎么不吃？颂莲说，我已经饱了。飞浦说，你吃过了？颂莲鼻孔里哼了一声，我闻焦煳味已经闻饱了。飞浦摸不着头脑，朝他母亲看。毓如的脸就变了，她对飞浦说，你吃你的饭，管那么多呢。然后她放高嗓门，注视着颂莲，四太太，我倒是听你说说，你说那么多树叶堆在地上怎么弄？颂莲说，我不知道，我有什么资格料理家事？毓如说，年年秋天要烧树叶，从来没什么别扭，怎么你就比别人娇贵？那点烟味就受不了。颂莲说，树叶自己会烂掉的，用得着去烧吗？树叶又不是人。毓如说，你这是什么意思，莫名其妙的。颂莲说，我没什么意思，我还有一点不明白的，为什么要把树叶扫到后院来烧，谁喜欢闻那烟味就在谁那儿烧好了。毓如便听不下去了，她把筷子往桌上一拍，你也不拿个镜子照照，你颂莲在陈家算什么东西？好像谁亏待了你似的。颂莲站起来。目光矜持地停留在毓如蜡黄有点浮肿的脸上。说对了，我算个什么东西？颂莲轻轻地像在自言自语，她微笑着转过身离开，再回头时已经泪光盈盈，她说，天知道你们又算个什么东西？

　　整整一个下午，颂莲把自己关在室内，连雁儿端茶时也不给开门。颂莲独坐窗前，看见梳妆台上的那瓶大丽菊已枯萎得发黑，她把那束菊花拿出来想扔掉，但她不知道往哪里扔，窗户紧闭着不再打开。颂莲抱着花在房间里踱着，她想来想去，结果打开衣橱，把花放了进去。外面秋风又起，是很冷的风，把黑暗一点点往花园里吹。她听见有人敲门。她以为是雁儿又端茶来，就敲了一下门背，烦死了，我不要喝茶。外面的人说，是我，我是飞浦。

　　颂莲想不到飞浦会来。她把门打开，倚门而立。你来干什么？飞浦的头发让风吹得很凌乱，他抿着头发，有点局促地笑了笑说，他们说你病了，来看看你。颂莲嘘了一声，谁生病啊，要死就死了，生病多磨人。飞浦径直坐到沙发上去，他环顾着房间，突然说，我以为你房间里有好多书。颂莲摊开双手，一本也没有，书现在对我没用了。颂莲仍然站着，她说，你也是来教训我的吗？飞浦摇着头，说，怎么会？我见这些事头疼。颂莲说，那么你是来打圆场的？我看不需要，我这样的人让谁骂一顿也是应该的。飞浦沉默了一会儿说，我母亲其实也没什么坏心，她天性就是固执呆板，你别跟她斗气，不值得。颂莲在房间里来回走着，走着突然笑起来，其实我也没想跟大太太斗气，真的，我也不知道自己是怎么回事，你觉得我可笑吗？飞浦又摇头，他咳嗽了一声，慢吞吞地说，人都一样，不知道自己的喜怒哀乐是怎么回事。

　　他们的谈话很自然地引到那支箫上去。我原来也有一支箫，颂莲说，可惜，可惜弄丢了。那么你也会吹箫啦？飞浦高兴地问。颂莲说，我不会，还没来得及学就丢了。飞浦说，我介绍个朋友教你怎样？我就是跟他学的。颂莲笑着，不置可否的样子。这时候雁儿端着两碗红枣银耳羹进来，先送到飞浦手上。颂莲在一边说，你看这丫头对你多忠心，不用关照自己就做好点心了。雁儿的脸羞得通红，把另外一碗往桌上一放就逃出去了。颂莲说，雁儿别走呀，大少爷有话跟你说。说着颂莲捂着嘴扑哧一笑。飞浦也笑，他用银勺搅着碗里的点心，说，你对她也太厉害了。颂莲说，你以为她是盏省油灯？这丫头心贱，我这儿来了人，她哪回不在门外偷听？也不知道她害的什么糊涂心思。飞浦察觉到颂莲的不快，赶紧换了话题，他说，我从小就好吃甜食，像这红枣银耳羹什么的，真是不好意思，朋友们都说，女人才喜欢吃甜食。颂莲的神色却依旧是黯然，她开始摩挲自己的指甲玩，那指甲留得细长，涂了凤仙花汁，看上去像一些粉红的鳞片。

喂，你在听我讲吗？飞浦说。颂莲说，听着呢，你说女人喜欢吃甜食，男人喜欢吃咸的。飞浦笑着摇摇头，站起身告辞。临走他对颂莲说，你这人有意思，我猜不透你的心。颂莲说，你也一样，我也猜不透你的心。

　　十二月初七陈府门口挂起了灯笼，这天陈佐千过五十大寿。从早晨起前来祝寿的亲朋好友在陈家花园穿梭不息。陈佐千穿着飞浦赠送的一套黑色礼服在客厅里接待客人，毓如、卓云、梅珊、颂莲和孩子们则簇拥着陈佐千，与来去宾客寒暄。正热闹的时候，猛听见一声脆响，人们都朝一个地方看，看见一只半人高的花瓶已经碎伏在地。

　　原来是飞澜和忆容在那儿追闹，把花瓶从长几上碰翻了。两个孩子站在那儿面面相觑，知道闯了祸。飞澜先从骇怕中惊醒，指着忆容说，是她撞翻的，不关我的事。忆容也连忙把手指到飞澜鼻子上，你追我，是你撞翻的。这时候陈佐千的脸已经幡然变色，但碍于宾客在场的缘故，没有发作。毓如走过来，轻声地然而又是浊重地嘀咕着，孽种，孽种。她把飞澜和忆容拽到外面，一人捆了一巴掌，晦气，晦气。毓如又推了飞澜一把，给我滚远点。飞澜便滚到地上哭叫起来，飞澜的嗓门又尖又亮，传到客厅里。梅珊先就奔了出来，她把飞澜抱住，睃了毓如一眼，说，打得好，打得好，反正早就看不顺眼，能打一下是一下！毓如说，你这算什么话？孩子闯了祸，你不教训一句倒还护着他？梅珊把飞澜往毓如面前推，说，那好，就交给你教训吧，你打呀，往死里打，打死了你心里会舒坦一些。这时卓云和颂莲也跑了出来。卓云拉过忆容，在她头上拍了一下，我的小祖奶奶，你怎么尽给我添乱呢？你说，到底谁打的花瓶？忆容哭起来，不是我，我说了不是我，是飞澜撞翻了桌子。卓云说，不准哭，既然不是你你哭什么？老爷的喜日都给你们冲乱了。梅珊在一边冷笑了一声，说，三小姐小小年纪怎么撒谎不打愣？我在一边看得清清楚楚，是你的胳膊把花瓶带翻的。四个女人一时无话可说，唯有飞澜仍然一声声哭号着。颂莲在一边看了一会儿，说，犯不着这样，不就是一只花瓶吗？碎了就碎了，能有什么事？毓如白了颂莲一眼，你说得轻巧，这是一只瓶子的事吗？老爷凡事喜欢图吉利，碰上你们这些人没心没肝的，好端端的陈家迟早要败在你们手里。颂莲说，耶，怎么又是我的错了？算我胡说好了，其实谁想管你们的事？颂莲一扭身离开了是非之地，她往后花园去，路上碰到飞浦和他的一班朋友，飞浦问，你怎么走了？颂莲摸摸自己的额头，说，我头疼，我见了热闹场面头就疼。

颂莲真的头疼起来，她想喝水，但水瓶全是空的，雁儿在客厅帮忙，趁势就把这里的事情撂下了。颂莲骂了一声小贱货，自己开了炉门烧水。她进了陈家还是头一次干这种家务活，有点笨手拙脚的。在厨房里站了一会儿，她又走到门廊上，看见后花园此时寂静无比，人都热闹去了，留下一些孤寂，它们在枯枝残叶上一点点滴落，浸入颂莲的心。她又看见那架凋零的紫藤，在风中发出凄迷的絮语，而那口井仍然向她隐晦地呼唤着。颂莲捂住胸口，她觉得她在虚无中听见了某种启迪的声音。

颂莲朝井边走去，她的身体无比轻盈，好像在梦中行路一般。有一股植物腐烂的气息弥漫井台四周，颂莲从地上捡起一片紫藤叶子细看了看，把它扔进井里。她看见叶子像一片饰物浮在幽蓝的死水之上，把她的浮影遮盖了一块，她竟然看不见自己的眼睛。颂莲绕着井台转了一圈，始终找不到一个角度看见自己，她觉得这很奇怪，一片紫藤叶子，她想，怎么会？正午的阳光在枯井中慢慢地跳跃，幻变成一点点白光，颂莲突然被一个可怕的想象攫住，一只手，有一只手托住紫藤叶遮盖了她的眼睛，这样想着她似乎就真切地看见一只苍白的湿漉漉的手，它从深不可测的井底升起来，遮盖她的眼睛。颂莲惊恐地喊出了声音，手。手。她想反身逃走，但整个身体好像被牢牢地吸附在井台上，欲罢不能。颂莲觉得她像一株被风折断的花，无力地俯下身子，凝视井中。在又一阵的晕眩中她看见井水倏然翻腾喧响，一个模糊的声音自遥远的地方切入耳膜：颂莲，你下来。颂莲，你下来。

卓云来找颂莲的时候，颂莲一个人坐在门廊上，手里抱着梅珊养的波斯猫。卓云说，你怎么在这儿？开午宴了。颂莲说，我头晕得厉害，不想去。卓云说，那怎么行？有病也得去呀，场面上的事情，老爷再三吩咐你回去。颂莲说，我真的不想去，难受得快死了，你们就让我清静一会儿吧。卓云笑了笑，说，是不是跟毓如生气呀？没有，我没精神跟谁生气，颂莲露出了不耐烦的神情，她把怀里的猫往地上一扔，说，我想睡一会儿，卓云仍然赔着笑脸，那你就去睡吧，我回去告诉老爷就是了。

这一天颂莲昏昏沉沉地睡着，睡着也看见那口井，井中那片紫藤叶，她浑身沁出一身冷汗。谁知道那口井是什么？那片紫藤叶是什么？她颂莲又是什么？后来她懒懒地起来，对着镜子梳洗了一番。她看见自己的面容就像那片枯叶一样憔悴毫无生气。她对镜子里的女人很陌生。她不喜欢那样的女人。颂莲深深地叹了一口气，这时候她想起了陈佐千和生日这些概念，心里对自己的行为不免后悔起来。她自责地想我怎么一味地耍起小性子来了，她深知这对她的生活是有害无益的，于是她连忙打开了衣橱门，从里面取出一条水灰色的羊毛围巾，这是她早就为陈佐千的生日准备的礼物。

晚宴上全部是陈家自己人了。颂莲进饭厅的时候看见他们都已落座。他们不等我就开桌了。颂莲这样想着走到自己的座位前，飞浦在对面招呼说，你好了？颂莲点点头，她偷窥陈佐千的脸色，陈佐千脸色铁板阴沉，颂莲的心就莫名地跳了一下，她拿着那条羊毛围巾送到他面前，老爷，这是我的微薄之礼。陈佐千嗯了一声，手往边上的圆桌一指，放那边吧。颂莲抓着围巾走过去，看见桌上堆满了家人送的寿礼。一只金戒指，一件狐皮大衣，一只瑞士手表，都用红缎带扎着。颂莲的心又一次咯噔了一下，她觉得脸上一阵燥热。重新落座，她听见毓如在一边说，既是寿礼，怎么也不知道扎条红缎带？颂莲装作没听见，她觉得毓如的挑剔实在可恶，但是整整一天她确实神思恍惚，心不在焉。她知道自己已经惹恼了陈佐千，这是她唯一不想干的事情。颂莲竭力想着补救的办法，她应该让他们看到她在老爷面前的特殊地位，她不能做出卑贱的样子，于是颂莲突然对着陈佐千莞尔一笑，她说，老爷，今天是你的良辰吉日，我积蓄不多，送不出金戒指皮大衣，我再补送老爷一份礼吧。说着颂莲站起身走到陈佐千跟前，抱住他的脖子，在他脸上亲了一下，又亲了一下。桌上的人都呆住了，望着陈佐千。陈佐千的脸涨得通红，他似乎想说什么，又说不出什么，终于把颂莲一把推开，厉声道，众人面前你放尊重一点。

陈佐千这一手其实自然，但颂莲却始料不及，她站在那里，睁着茫然而惊惶的眼睛盯着陈佐千，好一会儿她意识到发生了什么，她捂住了脸，不让他们看见扑簌簌涌出来的眼泪。她一边往外走一边低低地碎帛似的哭泣，桌上的人听见颂莲在说，我做错了什么，我又做错了什么？

即使站在一边的女仆也目睹了发生在寿宴上的风波，她们敏感地意识到这将是颂莲在陈府生活的一大转折。到了夜里，两个女仆去门口摘走寿日灯笼，一个说，你猜老爷今天夜里去谁那儿？另一个想了会儿说，猜不出来，这种事还不是凭他的兴致来，谁能猜得到？

两个女人面对面坐着，梅珊和颂莲。梅珊是精心打扮过的，画了眉毛，涂了艳丽的美人牌口红，一件华贵的裘皮大衣搭在膝上，而颂莲是懒懒的刚刚起床的样子，手指上夹着一支烟，虚着眼睛慢慢地吸。奇怪的是两个人都不说话，听墙上的挂钟嘀嗒嘀嗒响，颂莲和梅珊各怀心事，好像两棵树面对面地各怀心事，这在历史上也是常见的。

梅珊说我发现你这两天脾气坏了，是不是身上来了？

颂莲说这跟那个有什么联系，我那个不准，也不知道什么时候来，什么时候又去了。

梅珊说聪明女人这事却糊涂，这个月还没来？别是怀上了吧？

颂莲说没有没有哪有这事？

梅珊说你照理应该有了，陈佐千这方面挺有能耐的，晚上你把小腰儿垫高一点，真的，不诓你。

颂莲说梅珊你嘴上真是没遮拦亏你说得出口。

梅珊说不就这么回事有什么可瞒瞒藏藏的，你要是不给陈家添个人丁，苦日子就在后面了。我们这样的人都一回事。

颂莲说陈佐千这一阵子根本就没上我这里来，随便吧，我无所谓的。

梅珊说你是没到那个火候，我就不，我跟他直说了，他只要超过五天不上我那里，我就找个伴。我没法过活寡日子。他在我那儿最辛苦，他对我又怕又恨又想要，我可不怕他。

颂莲说这事多无聊，反正我都无所谓的，我就是不明白女人到底是个什么东西，女人到底算个什么东西，就像狗、像猫、像金鱼、像老鼠，什么都像，就是不像人。

梅珊说你别净自己糟践自己，别担心陈佐千把你冷落了，他还会来你这儿的，你比我们都年轻，又水灵，又有文化，他要是抛下你去找毓如和卓云才是傻瓜呢！她们的腰快赶上水桶那样粗啦。再说当众亲他一下又怎么样呢？

颂莲说你这人真讨厌，我不是这个意思，我是说我自己。

梅珊说别去想那事了，没什么，他就是有点假正经，要是在床上，别说亲一下脸，就是亲他那儿他也乐意。

颂莲说你别说了真让人恶心。

梅珊说那么你跟我上玫瑰戏院去吧，程砚秋来了，演《荒山泪》，怎么样，去散散心吧？

颂莲说我不去，我不想出门，这心就那么一块，怎么样都是那么一块，散散心又能怎么样？

梅珊说你就不能陪陪我，我可是陪你说了这么多话。

颂莲说让我陪你有什么趣呢，你去找陈佐千陪你，他要是没工夫你就找那个医生嘛。

梅珊愣了一下，她的脸立刻挂下来了。梅珊抓起裘皮大衣和围脖起身，她逼近颂莲朝她盯了一眼，一扬手把颂莲嘴里衔着的香烟打在地上，又用脚踩了一下。梅珊厉声说，这可不是玩笑话，你要是跟别人胡说我就把你的嘴撕烂了。我不怕你们，我谁也不怕，谁想害我都是痴心妄想！

飞浦果然领了一个朋友来见颂莲，说是给她请的吹箫老师。颂莲反而手足无措起来，她原先并没把学箫的事情当真。定睛看那个老师，一个皮肤白皙留平头的年轻男子，像学生又不像学生，举手投足有点腼腆拘谨。通报了名字，原来是此地丝绸大王顾家的三公子。颂莲从窗子里看见他们过来，手拉手的。颂莲觉得两个男子手拉手地走路，有一种新鲜而古怪的感觉。

看你们两个多要好，颂莲抿着嘴笑道，我还没见过两个大男人手拉手走路呢。飞浦的样子有点窘，他说，我们从小就认识，在一个学堂念书的。再看顾家少爷，更是脸红红的。颂莲想这位老师有意思，动辄脸红的男人不知是什么样的男人。颂莲说，我长这么大，就没交上一个好朋友。飞浦说，这也不奇怪，你看上去孤傲，不太容易接近吧。颂莲说，冤枉了，我其实是孤而不傲，要傲总得有点资本吧，我有什么资本傲呢？

飞浦从一个黑绸箫袋里抽出那支箫，说，这支送你吧，本来也是顾少爷给我的，借花献佛啦。颂莲接过箫来看了看顾少爷，顾少爷颔首而笑。颂莲把箫横在唇边，胡乱吹了一个音，说，就怕我笨，学不会。顾少爷说，吹箫很简单的，只要用心，没有学不会的道理。颂莲说，就怕我用不上那份心，我这人的心像沙子一样散的，收不起来。顾少爷又笑了，那就困难了，我只管你的箫，管不了你的心。飞浦坐下来，看看颂莲，又看看顾少爷，目光中闪烁着他特有的温情。

箫有七孔，一个孔是一份情调，缀起来就特别优美，也特别感伤，吹箫人就需要这两种感情。顾少爷很含蓄地看着颂莲说，这两种感情你都有吗？颂莲想了想说，恐怕只有后一种。顾少爷说有也就不错了，感伤也是一份情调，就怕空，就怕你心里什么也没有，那就吹不好箫了。颂莲说，顾少爷先吹一曲吧，让我听听箫里有什么。顾少爷也不推辞，横箫便吹。颂莲听见一丝轻婉柔美的箫声流出来，如泣如诉。飞浦坐在沙发上闭起了眼睛，说，这是《秋怨曲》。

毓如的丫鬟福子就是这时候来敲窗的，福子尖声喊着飞浦，大少爷，太太让你去客厅见客呢。飞浦说，谁来了？福子说，我不知道，太太让你快去。飞浦皱了皱眉头说，叫客人上这儿来找我。福子仍然敲着窗，喊，太太一定要你去，你不去她要骂死我的。飞浦轻轻骂了一声，讨厌。他无可奈何地站起来，又骂，什么客人？见鬼。顾少爷持箫看着飞浦，疑疑惑惑地问，那这箫还教不教？飞浦挥挥手说，教呀，你在这儿，我去看看就是了。

剩下颂莲和顾少爷坐在房里，一时不知说什么好。颂莲突然微笑了一声说，撒谎。顾少爷一惊，你说谁撒谎？颂莲也醒过神来，不是说你，说她，你不懂的。顾少爷有点坐立不安，颂莲发现他的脸又开始红了，她心里又好笑，大户人家的少爷也有这样薄脸皮的，爱脸红无论如何也算是条优点。颂莲就带有怜悯地看着顾少爷，颂莲说，你接着吹呀，还没完呢。顾少爷低头看看手里的箫，把它塞回黑绸箫袋里，低声说，完了，这下没情调了，曲子也就吹完了。好曲就怕败兴，你懂吗？飞浦一走箫就吹不好了。

顾少爷很快就起身告辞了。颂莲送他到花园里，心里忽然对他充满感激之情，又不宜表露，她就停步按了按胸口，屈膝道个万福。顾少爷说，什么时候再学箫？颂莲摇了摇头，不知道。顾少爷想了想说，看飞浦安排吧，又说，飞浦对你很好，他常在朋友面前夸你。颂莲叹了口气，他对我好有什么用？这世界上根本就没人可以依靠。

颂莲刚回到屋里，卓云就风风火火闯进来，说飞浦和大太太吵起来了。颂莲先是愣了一下，接着就冷笑道，我就猜到是这么回事。卓云说，你去劝劝吧。颂莲说，我去劝算什么？人家是母子，随便怎么吵，我去劝算什么呢？卓云说，你难道不知道他们吵架是为你？颂莲说，耶，这就更奇怪了，我跟他们井水不犯河水，干吗要把我缠进去？卓云斜睨着颂莲，你也别装糊涂了，你知道他们为什么吵。颂莲的声音不禁尖厉起来，我知道什么？我就知道她容不得谁对我好，她把我看成什么人了？难道我还能跟她儿子有什么吗？颂莲说着眼里又沁出泪花，真无聊，真可恶。她说，怎么这样无聊？卓云的嘴里正嗑着瓜子，这会儿她把手里的瓜子壳塞给一边站着的雁儿，卓云笑着推颂莲一把，你也别发火，身正不怕影子斜，无事不怕鬼敲门，怕什么呀？颂莲说，让你这么一说，我倒好像真有什么怕的了。你爱劝架你去劝好了，我懒得去。卓云说，颂莲你这人心够狠的，我是真见识了。颂莲说，你太抬举我了，谁的心也不能掏出来看，谁心狠谁自己最清楚。

第二天颂莲在花园里遇到飞浦。飞浦无精打采地走着，一路走一路玩着一只打火机。飞浦装作没有看见颂莲，但颂莲故意高声地喊住了他。颂莲一如既往地跟他站着说话。她问，昨天来的什么客人？害得我箫也没学成。飞浦苦笑了一声，别装糊涂了，今天满园子都在传我跟大太太吵架的事。颂莲又问，你们吵什么呢？飞浦摇摇头，一下一下地把打火机打出火来，又吹熄了，他朝四周潦草地看了看，说，待在家里时间一长就令人生厌，我想出去跑了，还是在外面好，又自由，又快活。颂莲说，我懂了，闹了半天，你还是怕她。飞浦说，不是怕她，是怕烦，怕女人，女人真是让人害怕。颂莲说，你怕女人？那你怎么不怕我？飞浦说，对你也有点怕，不过好多了，你跟她们不一样，所以我喜欢去你那儿。

后来颂莲老想起飞浦漫不经心说的那句话，你跟她们不一样。颂莲觉得飞浦给了她一种起码的安慰，就像若有若无的冬日阳光，带着些许暖意。

以后飞浦就极少到颂莲房里来了，他在生意上好像也做得不顺当，总是闷闷不乐的样子。颂莲只有在饭桌上才能看到他，有时候眼前就浮现出梅珊和医生的腿在麻将桌下做的动作，她忍不住地偷偷朝桌下看，看她自己的腿，会不会朝那面伸过去。想到这件事她心里又害怕又激动。

这天飞浦突然来了，站在那儿搓着手，眼睛看着自己的脚。颂莲见他半天不开口，扑哧笑了，你葫芦里卖的什么药，怎么不说话？飞浦说，我要出远门了。颂莲说，你不是经常出远门的吗？飞浦说，这回是去云南，做一笔烟草生意。颂莲说，那有什么，只要不是鸦片生意就行。飞浦说，昨天有个高僧给我算卦，说我此行凶多吉少。本来我从不相信这一套，但这回我好像有点相信了。颂莲说，既然相信就别去，听说那里土匪特别多，割人肉吃。飞浦说，不去不行，一是我想出门，二是为了进账，陈家老这样下去会坐吃山空。老爷现在有点糊涂，我不管谁管？颂莲说，你说得在理，那就去吧，大男人整天窝在家里也不成体统。飞浦搔着头沉默了一会儿，突然说，我要是去了回不来，你会不会哭？颂莲就连忙去捂他的嘴，别自己咒自己。飞浦抓住颂莲的手，翻过来，又翻过去研究，说，我怎么不会看手纹呢？什么名堂也看不出来。也许你命硬，把什么都藏起来了。颂莲抽出了手，说，别闹，让雁儿看见了会乱嚼舌头。飞浦说，她敢我把她的舌头割了熬汤喝。

颂莲在门廊上跟飞浦说拜拜，看见顾少爷在花园里转悠。颂莲问飞浦，他怎么在外面？飞浦笑笑说，他也怕女人，跟我一样的。又说，他跟我一起去云南。颂莲做了个鬼脸，你们两个倒像夫妻了，形影不离的。飞浦说，你好像有点嫉妒了，你要想去云南我就把你也带上，你去不去？颂莲说，我倒是想去，就是行不通。飞浦说，怎么行不通？颂莲揉了他一把，别装傻，你知道为什么行不通。快走吧，走吧。她看见飞浦跟顾少爷从月牙门里走出去，消失了。她说不清自己对这次告别的感觉是什么，无所谓或者怅怅然的，但有一点她心里明白，飞浦一走她在陈家就更加孤独了。

陈佐千来的时候颂莲正在抽烟。她回头看见他时的第一个反应就是把烟掐灭。她记得陈佐千说过讨厌女人抽烟。陈佐千脱下帽子和外套，等着颂莲过去把它们挂到衣架上去。颂莲迟迟疑疑地走过去，说，老爷好久没来了，陈佐千说你怎么抽起烟来了？女人一抽烟就没有女人味了。颂莲把他的外套挂好，把帽子往自己头上一扣，嬉笑着说，这样就更没有女人味了，是吗？陈佐千就把帽子从她头上捞过来，自己挂到衣架上，他说，颂莲你太调皮了。你调皮起来太过分，也不怪人家说你。颂莲立刻说，说什么？谁说我？到底是人家还是你自己，人家乱嚼舌头我才不在乎，要是老爷你也容不下我，那我只有一死干净了。陈佐千皱了下眉头说，好了好了，你们怎么都一样，说着说着就是死，好像日子过得多凄惨似的，我最不喜欢这一套。颂莲就去摇陈佐千的肩膀，既不喜欢，以后不说死就是了，其实好端端的谁说这些，都是伤心话。陈佐千把她搂过来坐到他腿上，那天的事你伤心了？主要是我情绪不好，那天从早到晚我心里乱极了，也不知道为什么，男人过五十岁生日大概都高兴不起来。颂莲说，哪天的事呀，我都忘了。陈佐千笑起来，在她腰上掐了一把，说，哪天的事？我也忘了。

隔了几天不在一起，颂莲突然觉得陈佐千的身体很陌生，而且有一股薄荷油的味道，她猜到陈佐千这几天是在毓如那里的，只有毓如喜欢擦薄荷油。颂莲从床边摸出一瓶香水，朝陈佐千身上细细地洒过了，然后又往自己身上洒了一些。陈佐千说，从哪儿学来的这一套。

33

颂莲说，我不让你身上有她们的气味。陈佐千踢了踢被子，说，你还挺霸道。颂莲说了一声，想霸道也霸道不起呀。忽然又问，飞浦怎么去云南了？陈佐千说，说是去做一笔烟草生意，我随他去。颂莲又说，他跟那个顾少爷怎么那样好？陈佐千笑了一声，说，那有什么奇怪的，男人与男人之间有些事你不懂的。颂莲无声地叹了一口气，她摸着陈佐千精瘦的身体，脑子里倏尔浮现出一个秘不告人的念头。她想飞浦躺在被子里会是什么样子？

作为一个具有了性经验的女人，颂莲是忘不了这特殊的一次的。陈佐千已经汗流浃背了，却还是徒劳。她敏锐地发现了陈佐千眼睛里深深的恐惧和迷乱。这是怎么啦？她听见他的声音变得软弱胆怯起来。颂莲的手指像水一样地在他身上流着，她感觉到手下的那个身体像经过了爆裂终于松弛下去，离她越来越远。她明白在陈佐千身上发生了某种悲剧，心里有一种奇怪的感情，不知是喜是悲，她觉得自己很茫然。她摸了下陈佐千的脸说，你是太累了，先睡一会儿吧。陈佐千摇着头说，不是不是，我不相信。颂莲说，那怎么办呢？陈佐千犹豫了一会儿，说，有个办法可能行，就是不知道你肯不肯？颂莲说，只要你高兴，我没有不肯的道理。陈佐千的脸贴过去，咬着颂莲的耳朵，他先说了一句话，颂莲没听懂，他又说一遍，颂莲这回听懂了，她无言以对，脸羞得极红。她翻了个身，看着黑暗中的某个地方，忽然说了一句，那我不成了一条狗了吗？陈佐千说，我不强迫你，你要是不愿意就算了，颂莲还是不语，她的身体像猫一样蜷起来，然后陈佐千就听见了一阵低低的啜泣，陈佐千说，不愿意就不愿意，也用不着哭呀。没想到颂莲的啜泣越来越响，她蒙住脸放声哭起来，陈佐千听了一会儿，说，你再哭我走了。颂莲依然哭泣，陈佐千就掀了被子跳下床，他一边穿衣服一边说，没见过你这种女人，做了婊子还立什么贞节牌坊？

陈佐千拂袖而去。颂莲从床上坐起来，面对黑暗哭了很长时间，她看见月光从窗帘缝隙间投到地上，冷冷的一片，很白很淡的月光。她听见自己的哭声还萦绕在她的耳边，没有消逝，而外面的花园里一片死寂。这时候她想起陈佐千临走说的那句话，浑身便颤得很厉害，她猛地拍了一下被子，对着黑暗的房间喊，谁是婊子，你们才是婊子。

这年冬天在陈府是不寻常的，种种迹象印证了这一点。陈家的四房太太偶尔在一起说起陈佐千脸上不免流露暧昧的神色，她们心照不宣，各怀鬼胎。陈佐千总是在卓云房里过夜，卓云平日的状态就很好，另外的三位太太观察卓云的时候，毫不掩饰眼睛里的疑点，那么卓云你是怎么伺候老爷过夜的呢？

有些早晨，梅珊在紫藤架下披上戏装重温舞台旧梦，一招一式唱念做都很认真，花园里的人们看见梅珊的水袖在风中飘扬，梅珊舞动的身影也像一个俏丽的鬼魅。

　　四更鼓哇

　　满江中啊人声寂静

　　形吊影影吊形我加倍伤情

　　细思量啊

　　真是个红颜薄命

　　可怜我数年来含羞忍泪

　　枉落个娼妓之名

　　到如今退难退我进又难进

　　倒不如葬鱼腹了此残生

杜十娘啊拼一个香消玉殒

纵要死也死一个朗朗清清

　　颂莲听得入迷，她朝梅珊走过去，抓住她的裙裾，说，别唱了，再唱我的魂要飞了，你唱的什么？梅珊撩起袖子擦掉脸上的红粉，坐到石桌上，只是喘气。颂莲递给她一块丝帕，说，看你脸上擦得红一块白一块的，活脱脱像个鬼魂。梅珊说，人跟鬼就差一口气，人就是鬼，鬼就是人。颂莲说，你刚才唱的什么？听得人心酸。梅珊说，《杜十娘》，我离开戏班子前演的最后一出戏就是这。杜十娘要寻死了，唱得当然心酸。颂莲说，什么时候教我唱唱这一段？梅珊瞄了颂莲一眼，说得轻巧，你也想寻死吗？你什么时候想寻死我就教你。颂莲被呛得说不出话，她呆呆地看着梅珊被油彩弄脏的脸，她发现她现在不恨梅珊，至少是现在不恨，即使她出语伤人。她深知梅珊和毓如再加上她自己，现在有一个共同的仇敌，就是卓云。颂莲只是不屑于表露这种意思。她走到废井边，弯下腰朝井里看了看，忽然笑了一声，鬼，这里才有鬼呢，你知道是谁死在这井里吗？梅珊依然坐在石桌上不动，她说，还能是谁，一个是你，一个是我。颂莲说，梅珊你老开这种玩笑，让人头皮发冷。梅珊笑起来说，你怕了？你又没偷男人，怕什么，偷男人的都死在这井里，陈家好几代了都是这样。颂莲朝后退了一步，说，多可怕，是推下去吗？梅珊甩了甩水袖，站起来说，你问我我问谁，你自己去问那些鬼魂好了。梅珊走到废井边，她也朝井里看了会儿，然后她一字一句念了个道白：屈、死、鬼、呐——

　　她们在井边断断续续说了一会儿话，不知怎么就说到了陈佐千的暗病上去。梅珊说，油灯再好也有个耗尽的时候，就怕续不上那一壶油呐。又说，这园子里阴气太旺，损了阳气也是命该如此，这下可好，他陈佐千陈老爷占着茅坑不拉屎，苦的是我们，夜夜守空房。说着就又说到了卓云，梅珊咬牙切齿地骂，她那一身贱肉反正是跟着老爷抖你看她抖得多欢恨不得去舔他的屁眼说又甜又香她以为她能兴风作浪看我什么时候狠狠治她一下叫她又哭爹又喊娘。

颂莲却走神了，她每次到废井边总是摆脱不了梦魇般的幻觉。她听见井水在很深的地层翻腾，送上来一些亡灵的语言，她真的听见了，而且感觉到井里泛出冰冷的瘴气，湮没了她的灵魂和肌肤。我怕。颂莲这样喊了一声转身就跑，她听见梅珊在后面喊，喂你怎么啦你要是去告密我可不怕我什么也没说过。

这天忆云放学回家是一个人回来的，卓云马上就意识到什么，她问，忆容呢？忆云把书包朝地上一扔说，她让人打伤了，在医院呢。卓云也来不及细问，就带了两个男仆往医院赶。他们回家已是晚饭时分，忆容头上缠着绷带被卓云抱到饭桌上，吃饭的人都放下筷子，过来看忆容头上的伤。陈佐千平日最宠爱的就是忆容，他把忆容又抱到自己腿上，问，告诉我是谁打的，明天我扒了他的皮。忆容哭丧着脸，说了一个男孩的名字。陈佐千怒不可遏，说他是谁家的孩子？竟敢打我的女儿。卓云在一边抹着眼泪说，你问她能问出什么名堂来？明天找到那孩子，才能问个仔细，哪个丧尽天良的禽兽不如的东西，对孩子下这样的毒手？毓如微微皱了下眉头，说，吃你们的饭吧，孩子在学堂里打架也是常有的事，也没伤着要害，养几天就好了。卓云说，大太太你说得也太轻巧了，差一点就把眼睛弄瞎了，孩子细皮嫩肉的受得了吗？再说，我倒不怎么怪罪孩子，气的是指使他的那个人，要不然，没冤没仇的，那孩子怎么就会从树后面蹿出来，抡起棍子就朝忆容打？梅珊只顾往碗里舀鸡汤，一边说，二太太的心眼也太多，孩子间闹别扭，有什么道理好讲？不要疑神疑鬼的，搞得谁也不愉快。卓云冷冷地说，不愉快的事在后面呢，这口气怎么咽得下去？我倒是非要搞个水落石出不可。

谁也想不到的是，第二天吃午饭的时候，卓云领了一个男孩进了饭间，男孩胖胖的，拖着鼻涕。卓云跟他低声说了句什么，男孩就绕着饭桌转了一圈，挨个看着每个人的脸，突然他就指着梅珊说，是她，她给了我一块钱。梅珊朝天翻了翻眼睛，然后推开椅子，抓住男孩的衣领，你说什么？我凭什么给你一块钱？男孩死命挣脱着，一边嚷嚷，是你给我一块钱，让我去搂陈忆容和陈忆云。梅珊啪地打了男孩一个耳光，放屁，我根本就不认识你个小兔崽，谁让你来诬陷我的？这时候卓云上去把他们拉开，佯笑着说，行了，就算他认错了人，我心中有个数就行了。说着就把男孩推出了吃饭间。

梅珊的脸色很难看，她把勺子朝桌上一扔，说，不要脸。卓云就在这边说，谁不要脸谁心里清楚，还要我把丑事抖个干净啊。陈佐千终于听不下去了，一声怒喝，不想吃饭给我滚，都给我滚！

这事的前后过程颂莲是个局外人，她冷眼观察，不置一词。事实上从一开始她就猜到了梅珊，她懂得梅珊这种品格的女人，爱起来恨起来都疯狂得可怕。她觉得这事残忍而又可笑，完全没有理智，但奇怪的是，她内心同情的一面是梅珊，而不是无辜的忆容，更不是卓云。她想女人是多么奇怪啊，女人能把别人琢磨透了，就是琢磨不透她自己。

颂莲的身上又来了，没有哪次比这回更让颂莲焦虑和烦躁了。那摊紫红色的污血对于颂莲是一种无情的打击。她心里清楚，她怀孕的可能随着陈佐千的冷淡和无能变得可望而不可即。如果这成了事实，那么她将孤零零地像一叶浮萍在陈家花园漂流下去吗？

颂莲发现自己愈来愈容易伤感，苦泪常沾衣襟。颂莲流着泪走到马桶间去，想把污物扔掉，当她看见马桶浮着一张被浸烂的草纸时，就骂了一声，懒货。雁儿好像永远不会用新式的抽水马桶，她方便过后总是忘了冲水。颂莲刚要放水冲，一种超常的敏感和多疑使她萌生一念，她找到一柄刷子，皱紧了鼻子去拨那团草纸，草纸摊开后原形毕露，上面有一个模糊的女人，虽然被水洇烂了，但草纸上的女人却一眼就能分辨，而且是用黑红色的不知什么血画的。颂莲明白，画的又是她，雁儿又换了个法子偷偷对她进行恶咒。她巴望我死，她把我扔在马桶里。颂莲浑身颤抖着把那张草纸捞起来，她一点也不嫌脏了，浑身的血液都被雁儿的恶行点得火烧火燎。她夹着草纸撞开小偏屋的门，雁儿靠着床在打盹，雁儿说，太太你要干什么？颂莲把草纸往她脸上摔过去，雁儿说，什么东西？等到她看清楚了，脸就灰了，嗫嚅着说不是我用的。颂莲气得说不出话，盯视的目光因愤怒而变得绝望。雁儿缩在床上不敢看她，说，画着玩的，不是你。颂莲说，你跟谁学的这套阴毒活儿？你想害死我你来当太太是吗？雁儿不敢吱声，抓了那张草纸要往窗外扔。颂莲尖声大喊，不准扔！雁儿回头申辩，这是脏东西，留着干吗？颂莲抱着双臂在屋里走着，留着自然有用，有两条路随你走。一条路是明了，把这脏东西给老爷看，给大家看，我不要你来伺候了，你哪是伺候我？你是来杀我来了。还有一条路是私了。雁儿就怯怯地说，怎么私了？你让我干什么都行，就是别撵我走。颂莲莞尔一笑，私了简单，你把它吃下去。雁儿一惊，太太你说什么？颂莲侧过脸去看着窗外，一字一顿地说，你把它吃下去。雁儿浑身发软，就势蹲了下去，蒙住脸哭起来，那还不如把我打死好。颂莲说，我没劲打你，打你脏了我的手。你也别怨我狠，这叫作以其人之道还治其人之身。书上说的，不会有错。雁儿只是蹲在墙角哭，颂莲说，你这会儿又要干净了，不吃就滚蛋，卷铺盖去吧。雁儿哭了很长时间，突然抹了下眼泪，一边哽咽一边说，我吃，吃就吃。然后她抓住那张草纸就往嘴里塞，发出一阵撕心裂肺的干呕声。颂莲冷冷地看着，并没有什么快感，她不知怎么感到寒心，而且反胃得厉害。贱货。她厌恶地看了一眼雁儿，离开了小偏房。

雁儿第二天就病了，病得很厉害，医生来看了，说雁儿得了伤寒。颂莲听了心里像被什么钝器割了一下，隐隐作痛。消息不知怎么透露了出去，用人们都在谈论颂莲让雁儿吞草纸的事情，说四太太看不出来比谁都阴损，说雁儿的命大概也保不住了。

陈佐千让人把雁儿抬进了医院。他对管家说，尽量给她治，花费全由我来，不要让人骂我们不管下人死活。抬雁儿的时候，颂莲躲在房间里，她从窗帘缝里看见雁儿奄奄一息地躺在担架上，她的头皮因为大量掉发而裸露着，模样很怕人。她感觉到雁儿枯黄的目光透过窗帘，很沉重地刺透了她的心。后来陈佐千到颂莲房里来，看见颂莲站在窗前发呆。陈佐千说，你也太阴损了，让别人说尽了闲话，坏了陈家名声。颂莲说，是她先阴损我的，她天天咒我死。陈佐千就恼了，你是主子，她是奴才，你就跟她一般见识？颂莲一时语塞，过了会儿又无力地说，我也没想把她弄病，她是自己害了自己，能全怪我吗？陈佐千挥挥手，不耐烦地说，别说了，你们谁也不好惹，我现在见了你们头就疼。你们最好别再给我添乱了。说完陈佐千就跨出了房门，他听见颂莲在后面幽幽地说，老天，这日子让我怎么过？陈佐千回过头回敬她说，随你怎么过，你喜欢怎么过就怎么过，就是别再让用人吃草纸了。

一个被唤作宋妈的老女佣，来颂莲这儿伺候。据宋妈自己说，她在陈府里从十五岁干到现在差不多大半辈子了，飞浦就是她抱大的，还有在外面读大学的大小姐，也是她抱大的，颂莲见她倚老卖老，有心开个玩笑，那么陈老爷也是你抱大的啰。宋妈也听不出来话里的味道，笑起来说，那可没有，不过我是亲眼见他娶了四房太太，娶毓如大太太的时候他才十九岁，胸前佩了一个大金片儿，大太太也佩一个，足有半斤重啊。到娶卓云二太太就换了个小金片儿，到娶梅珊三太太，就只是手上各戴几个戒指，到了娶你，就什么也没见着了，这陈家可见是一天不如一天了。颂莲说，既然陈家一天不如一天，你还在这儿干什么？宋妈叹口气说，在这里伺候惯了，回老家过清闲日子反而过不惯了。颂莲捂嘴一笑，她说，宋妈要是说的真心话，那这世上当真就有奴才命了。宋妈说，那还有假？人一生下来就有富贵命奴才命，你不信也得信呀，你看我天天伺候你，有一天即使天塌下来地陷下去，只要我们活着，就是我伺候你，不会是你伺候我的。

宋妈是个愚蠢而唠叨的女佣。颂莲对她不无厌恶，但是在许多穷极无聊的夜晚，她一个人枯坐灯下，时间长了就想找个人说话。颂莲把宋妈喊到房间里陪着她说话，一仆一主的谈话琐碎而缺乏意义，颂莲一会儿就又厌烦，她听着宋妈的唠叨，思想会跑到很远很奇怪的角落去，她其实不听宋妈说话，光是觉得老女佣黄白的嘴唇像虫卵似的蠕动，她觉得这样打发夜晚实在可笑，但又问自己，不这样又能怎么样呢？

有一回就说起了从前死在废井里的女人。宋妈说那最后一个是四十年前死的，是老太爷的小姨太太，说她还侍候过那个小姨太太半年的光景。颂莲说，怎么死的？宋妈神秘地眨眨眼睛，还不是男男女女的事情？家丑不可外扬，否则老爷要怪罪的。颂莲说，那么说我是

41

外人了？好吧，别说了，你去睡吧。宋妈看看颂莲的脸色，又赔笑脸说，太太你真想听这些脏事？颂莲说，你说我就听。这有什么了不得的？宋妈就压低嗓门说，一个卖豆腐的！她跟一个卖豆腐的私通。颂莲淡淡地说，怎么会跟卖豆腐的呢？宋妈说，那男人豆腐做得很出名，厨子让他送豆腐来，两个人就撞上了。都是年轻血旺的，眉来眼去的就勾搭上了。颂莲说，谁先勾搭谁呀？宋妈嘻地一笑说，那只有鬼知道了，这先后的事说不清，都是男的咬女的，女的咬男的。颂莲又问，怎么知道他们私通的？宋妈说，探子！陈老太爷养了探子呀，那姨太太说是头疼去看医生，老太爷要喊医生上门来，她不肯。老太爷就疑心了，派了探子去跟踪。也怪她谎撒得不圆，到了那卖豆腐的家里，挨到天黑也不出来。探子开始还不敢惊动，后来饿得难受，就上去把门一脚踹开了，说，你们不饿我还饿呢。宋妈说到这里就咯咯笑起来，颂莲看着宋妈笑得前仰后合的，她不笑，端坐着说了声，恶心。颂莲点了一支烟，猛吸了几口，忽然说，那么她是偷了男人才跳井的？宋妈的脸上又有了讳莫如深的表情，她轻声说，鬼知道呢？反正是死在井里了。

夜里颂莲因此就添了无名的恐惧，她不敢关灯睡觉。关上灯周围就黑得可怕，她似乎看见那口废井跳跃着从紫藤架下跳到她的窗前，看见那些苍白的泛着水光的手在窗户上向她张开，湿漉漉地摇晃着。

没人知道颂莲对废井传说的恐惧，但她晚上亮灯睡觉的事却让毓如知道了。毓如说了好几次，夜里不关灯？再厚的家底都会败光的。颂莲对此充耳不闻，她发现自己已经倦怠于女人间的嘴仗，她不想申辩，不想占上风，不想对鸡毛蒜皮的小事表示任何兴趣，她想的东西不着边际，漫无目的，连她自己也理不出头绪。她想没什么可说的干脆不说，陈家人后来都发现颂莲变得沉默寡言，他们推测那是因为她失宠于陈老爷的缘故。

　　眼看就要过年了，陈府上上下下一片忙碌，杀猪宰牛搬运年货。窗外天天是嘈杂混乱。颂莲独坐室内，忽然想起了自己的生日，自己的生日和陈佐千只相差五天，十二月十二，生日早已过去了，她才想起来，不由得心酸酸的，她掏钱让宋妈上街去买点卤菜，还要买一瓶四川烧酒。宋妈说，太太今天是怎么啦？颂莲说，你别管我，我想尝尝醉酒的滋味。然后她就找了一个小酒盅，放在桌上。人坐下来盯着那酒盅看，好像就看见了二十年前那个小女婴的样子，被陌生的母亲抱在怀里。其后的二十年时光却想不清晰，只有父亲浸泡在血水里的那只手，仍然想抬起来抚摸她的头发。颂莲闭上眼睛，然后脑子里又是一片空白，唯一清楚的就是生日这个概念。生日，她抓起酒盅看着杯底，杯底上有一点褐色的污渍，她自言自语，十二月十二，这么好记的日子怎么会忘掉？除了她自己，世界上就没人知道十二月十二是颂莲生日了。除了她自己，也不会有人来操办她的生日宴会了。

　　宋妈去了好久才回来，把一大包卤肺、卤肠放到桌上。颂莲说，你怎么买这些东西，脏兮兮的谁吃？宋妈很古怪地打量着颂莲，突然说，雁儿死了，死在医院里了。颂莲的心立刻哆嗦了一下，她镇定着自己，问，什么时候死的？宋妈说，不知道，光听说雁儿临死喊你的名字。颂莲的脸有些白，喊我的名字干什么？难道是我害死她的？宋妈说，你别生气呀，我是听人说了才告诉你。生死是天命，怪不着太太。颂莲又问，现在尸体呢？宋妈说，让她家里人抬回乡下去了，一家人哭哭啼啼的，好可怜。颂莲打开酒瓶，闻了闻酒气，淡淡地说了一句，也没什么多哭的，活着受苦，死了干净。死了比活着好。

　　颂莲一个人呷着烧酒，蒙蒙眬眬听见一阵熟悉的脚步声，门帘被哗地一掀，闯进来一个黑黝黝的男人。颂莲转过脸朝他望了半天，才认出来，竟然是大少爷飞浦。她急忙用台布把桌上的酒菜一股脑地全部盖上，不让飞浦看到，但飞浦还是看见了，他大叫，好啊，你居然在喝酒。颂莲说，你怎么就回来了？飞浦说不死总要回家来的。飞浦多日不见变化很大，脸发黑了，人也粗壮了些，神色却显得很疲惫的样子。颂莲发现他的眼圈下青青的一轮，角膜上可见几缕血丝，这同他的父亲陈佐千如出一辙。

你怎么喝起酒来了，借酒浇愁吗？

愁是酒能消得掉的吗？我是在自己给自己祝寿。

你过生日？你多大了？

管它多大呢，活一天算一天，你要不要喝一杯？给我祝祝寿。

我喝一杯，祝你活到九十九。

胡诌。我才不想活那么长，这恭维话你对老爷说去。

那你想活多久呢？看情况吧，什么时候不想活就不活了，这也简单。

那我再喝一杯，我让你活得长一点，你要死了那我在家里就找不到说话的人了。

两个人慢慢地呷着酒，又说起那笔烟草生意。飞浦自嘲地说，鸡飞蛋打，我哪里是做生意的料子，不光没赚到，还赔了好几千，不过这一圈玩得够开心的。颂莲说，你的日子已经够开心的，哪有不开心的事？飞浦又说，你可别去告诉老爷，否则他又训人。颂莲说，我才懒得掺和你们家的事，再说，他现在见我就像见一块破抹布，看都不看一眼。我怎么会去向他说你的不是？

颂莲酒后说话时不再平静了，她话里的明显的感情倾向是对着飞浦来的。飞浦当然有所察觉。飞浦的内心开放了许多柔软的花朵，他的脸现在又红又热，他从皮带扣上解下一个鲜艳的绘有龙凤图案的小荷包，递给颂莲。这是我从云南带回来的，给你做个生日礼物吧。颂莲瞥了一眼小荷包，诡谲地一笑说，只有女的送荷包给情郎，哪有反过来的道理呀？飞浦有点窘迫，突然从她手里夺回荷包说，你不要就还给我，本来也是别人送我的。颂莲说，好啊，虚情假意的，拿别人的信物来糊弄我，我要是拿了不脏了我的手？飞浦重新把荷包挂在皮带上，讪讪地说，本来就没打算给你，骗骗你的。颂莲的脸就有点沉下来了，我是被骗惯了，谁都来骗我，你也来骗我玩儿。飞浦低下头，偶尔偷窥一下颂莲的表情，沉默不语了。颂莲突然又问，谁送的荷包，飞浦的膝盖上下抖了几下，说，那你就别问了。

两个人坐着很虚无地呷酒。颂莲把酒盅在手指间转着玩，她看见飞浦现在就坐在对面，他低着头，年轻的头发茂密乌黑，脖子刚劲傲慢地挺直，而一些暗蓝的血管在她的目光里微妙地颤动着。颂莲的心里很潮湿，一种陌生的欲望像风一样灌进身体，她觉得喘不过气来。意识中又出现了梅珊和医生的腿在麻将桌下交缠的画面。颂莲看见了自己修长姣好的双腿，它们像一道漫坡而下的细沙向下塌陷，它们温情而热烈地靠近目标。这是飞浦的脚，膝盖，还有腿，现在她准确地感受了它们的存在。颂莲的眼神迷离起来，她的嘴唇无力地启开，嚅动着。她听见空气中有一种物质碎裂的声音，或者这声音仅仅来自她的身体深处。飞浦抬起了头，他凝视颂莲的眼睛里有一种激情汹涌澎湃着，身体尤其是双脚却僵硬地维持原状。飞浦一动不动。颂莲闭上眼睛，她听见一粗一细两种呼吸紊乱不堪，她把双腿完全靠紧了飞浦，等待着什么发生。好像是许多年一下子过去了，飞浦缩回了膝盖，他像被击垮似的歪在椅背上，沙哑地说，这样不好。颂莲如梦初醒，她嗳嚅着，什么不好？飞浦把双手慢慢地举起来，作了一个揖，不行，我还是怕。他说话时脸痛苦地扭曲了。我还是怕女人，女人太可怕。颂莲说，我听不懂你的话。飞浦就用手搓着脸说，颂莲我喜欢你，我不骗你。颂莲说，你喜欢我却这样待我。飞浦几乎是哽咽了，他摇着头，眼睛始终躲避着颂莲，我没法改变了，老天惩罚我，陈家世代男人都好女色，轮到我不行了，我从小就觉得女人可怕，我怕女人。特别是家里的女人都让我害怕。只有你我不怕，可是我还是不行，你懂吗？颂莲早已潸然泪下，她背过脸去，低低地说，我懂了，你也别解释了，现在我一点也不怪你，真的，一点也不怪你。

颂莲醉酒是在飞浦走了以后，她面色酡红，在房间里手舞足蹈、摔摔打打的。宋妈进来按她不住，只好去喊陈老爷陈佐千来。陈佐千一进屋就被颂莲抱住了，颂莲满嘴酒气，嘴里胡言乱语。陈佐千问宋妈，她怎么喝起酒来了？宋妈说我怎么会知道，她有心事能告诉我吗？陈佐千差宋妈去毓如那里取醒酒药，颂莲就叫起来，不准去，不准告诉那老巫婆。陈佐千很厌恶地把颂莲推到床上，看你这副疯样，不怕让人笑话。颂莲又跳起来，钩住陈佐千的脖子说，老爷今晚陪陪我，我没人疼，老爷疼疼我吧。陈佐千无可奈何地说，你这样我怎么敢疼你？疼你还不如疼条狗。

毓如听说颂莲醉酒就赶来了。毓如在门口念了几句阿弥陀佛，然后上来把颂莲和陈佐千拉开。她问陈佐千，给她灌药？陈佐千点点头，毓如想摁着颂莲往她嘴里塞药，被颂莲推了个趔趄。毓如就喊，你们都动手呀，给这个疯货点厉害。陈佐千和宋妈也上来架着颂莲，毓如刚把药灌下去，颂莲就啐出来，啐了毓如一脸。毓如说，老爷你怎么不管她，这疯货要翻天了。陈佐千拦腰抱住颂莲，颂莲却一下软瘫在他身上，嘴里说，老爷别走，今天你想干什么都行，舔也行，摸也行，干什么都依你，只要你别走。陈佐千气恼得说不出话，毓如听不下去，冲过来打了颂莲一记耳光，无耻的东西，老爷你把她宠成什么样子了！

南厢房闹成一锅粥，花园里有人跑过来看热闹。陈佐千让宋妈堵住门，不让人进来看热闹。毓如说，出了丑就出个够，还怕让人看？看她以后怎么见人！陈佐千说，你少插嘴，我看你也该灌点醒酒药。宋妈捂着嘴强忍住笑，走到门廊上去把门。看见好多人在窗外探头探脑的。宋妈看见大少爷飞浦把手插在裤袋里，慢慢地朝这里走。她正想让不让飞浦进去呢，飞浦转了个身，又往回走了。

下了头一场大雪，萧瑟荒凉的冬日花园被覆盖了兔绒般的积雪，树枝和屋檐都变得玲珑剔透、晶莹透明起来。陈家几个年幼的孩子早早跑到雪地上堆了雪人，然后就在颂莲的窗外跑来跑去追逐，打雪仗玩。颂莲还听见飞澜在雪地上摔倒后尖声啼哭的声音。还有刺眼的雪光泛在窗户上的色彩。还有吊钟永不衰弱的嘀嗒声。一切都是真切可感。但颂莲仿佛去了趟天国，她不相信自己活着，又将一如既往地度过一天的时光了。

夜里她看见了死者雁儿，死者雁儿是一个秃了头的女人，她看见雁儿在外面站着推她的窗户，一次一次地推。她一点不怕。她等着雁儿残忍的报复。她平静地躺着。她想窗户很快会被推开的。雁儿无声地走进来了，带着一种头发套子，绾成有钱太太的圆髻。颂莲说，你上哪儿买的头发套子？雁儿说，在阎王爷那儿什么都有。然后颂莲就看见雁儿从髻后抽出一根长簪，朝她胸口刺过来。她感觉到一阵刺痛，人就飞速往黑暗深处坠落。她肯定自己死了，千真万确地死了，而且死了那么长时间，好像有几十年了。

颂莲披衣坐在床上，她不相信死是个梦。她看见锦缎被子上真的插了一根长簪，她把它摊在手心上，冰凉冰凉。这也是千真万确的，不是梦。那么，我怎么又活了呢，雁儿又跑到哪里去了呢？

颂莲发现窗子也一如梦中半掩着，从室外穿来的空气新鲜清冽，但颂莲辨别了窗户上雁儿残存的死亡气息。下雪了，世界就剩下一半了。另外一半看不见了，它被静静地抹去，也许这就是一场不彻底的死亡。颂莲想我为什么死到一半又停止了呢，真让人奇怪。另外的一半在哪里？

梅珊从北厢房出来，她穿了件黑貂皮大衣走过雪地，仪态万千容光焕发的美貌，改变了空气的颜色。梅珊走过颂莲的窗前，说，女酒鬼，酒醒了？颂莲说，你出门？这么大的雪。梅珊拍了拍窗子，雪大怕什么？只要能快活，下刀子我也要出门。梅珊扭着腰肢走过去，颂莲不知怎么就朝她喊了一句，你要小心。梅珊回头对颂莲嫣然一笑，颂莲对此印象极深。事实上这也是颂莲最后一次看见梅珊迷人的笑靥。

梅珊是下午被两个家丁带回来的。卓云跟在后面，一边走一边嗑着瓜子。事情说到结果是最简单了，梅珊和医生在一家旅馆里被卓云堵在被窝里，卓云把梅珊的衣服全部扔到外面去，卓云说，你这臭婊子，你怎么跑得出我的手心？

这天颂莲看着梅珊出去又回来，一前一后却不是同一个梅珊。梅珊是被人拖回北厢房去的，梅珊披头散发，双目怒睁，骂着拖拽她的每一个人。她骂卓云说我活着要把你一刀一刀削了死了也要挖你的心喂狗吃。卓云一声不吭，只顾嗑着瓜子。飞澜手里抓着梅珊掉落的一只皮鞋，一路跑一路喊，鞋掉啰，鞋掉啰。颂莲没有看见陈佐千，陈佐千后来是一个人进北厢房去的，那时候北厢房已经被反锁上了。

颂莲无心去隔壁张望，她怀着异样沉重的心情谛听着梅珊的动静。她很想知道陈佐千会怎么处置梅珊。但是隔壁没有丝毫的动静。

一个家丁守在门口，摇着一串钥匙，开锁，关锁。陈佐千又出来了，他站在那里朝花园雪景张望了一番，然后甩了甩手，朝南厢房里走过来。

好大的雪，瑞雪兆丰年呐。陈佐千说。陈佐千的脸比预想的要平静得多。颂莲甚至感觉到他的表现里有一种真实的轻松。颂莲倚在床上，直盯着陈佐千的眼睛，她从中另外看到了一丝寒光，这使她恐惧不安。颂莲说，你们会把梅珊怎么样？陈佐千掏出一支象牙牙签剔着牙，他说，我们能把她怎么样？她自己知道应该怎么样。颂莲说，你们放她一马吧。陈佐千笑了一声说，该怎么样就怎么样。

颂莲彻夜未眠，心如乱麻。她时刻谛听着隔壁的动静，心里想的都是自己的事情。每每想到自己，一切却又是一片空白，正好像窗外的雪，似有似无，有一半真实，另外一半却是融化的虚幻。到了午夜时分，颂莲忽然又听见了梅珊唱她的京戏，有点不相信自己的耳朵，屏息再听，真的是梅珊在受难夜里唱她的京戏。

叹红颜薄命前生就

美满姻缘付东流

薄幸冤家音信无有

啼花泣月在暗里添愁

枕边泪呀共那阶前雨

隔着窗儿点滴不休

山上复有山

何日里大道还

欲化望夫石一片

要寄回文只字难

纵有这角枕锦衾明似绮

只怕那孤眠不抵半床寒

　　整个夜里后花园的气氛很奇特，颂莲辗转难眠，后来又听见飞澜的哭叫声，似乎有人把他从北厢房抱走了。颂莲突然再也想不出梅珊的容貌，只是看见梅珊和医生在麻将桌下交缠着的四条腿，不断地在眼前晃动，又依稀觉得它们像纸片一样单薄，被风吹起来了。好可怜，颂莲自言自语着，听见院墙外响起了第一声鸡啼，鸡啼过后世界又是一片死寂，颂莲想我又要死了。雁儿又要来推窗户了。

　　颂莲迷迷糊糊半睡半醒着。这是凌晨时分，窗外一阵杂沓的脚步声惊动了颂莲，脚步声从北厢房朝紫藤架那里去。颂莲把窗帘掀开一条缝，看见黑暗中晃动着几个人影，有个人被他们抬着朝紫藤架那里去。凭感觉颂莲知道那是梅珊，梅珊无声地挣扎着被抬着朝紫藤架那里去。梅珊的嘴被堵住了，喊不出声音。颂莲想他们要干什么，他们把梅珊抬到那里去想干什么。黑暗中的一群人走到了废井边，他们围在井边忙碌了一会儿，颂莲就听见一声沉闷的响声，好像井里溅出了很高很白的水珠。是一个人被扔到井里去了。是梅珊被扔到井里去了。

　　大概静默了两分钟，颂莲发出了那声惊心动魄的狂叫。陈佐千闯进屋子的时候看见她光着脚站在地上，拼命揪着自己的头发。颂莲一声声狂叫着，眼神黯淡无光，面容更像一张白纸。陈佐千把她架到床上，他清楚地意识到这是颂莲的末日，她已经不是昔日那个女学生颂莲了。陈佐千把被子往她身上压，说你看见什么？你到底看见了什么？颂莲说，杀人。杀人。陈佐千说，胡说八道。你看见了什么？你什么也没有看见。你已经疯了。

第二天早晨，陈家花园曝出了两条惊人的新闻。从第二天早晨起，本地的人们，上至绅士淑子阶层，下至普通百姓，都在谈论陈家的事情，三太太梅珊含羞投井，四太太颂莲精神失常，人们普遍认为梅珊之死合情合理，奸夫淫妇从来没有好下场。但是好端端的年轻文静的四太太颂莲怎么就疯了呢，熟知陈家内情的人说，那也很简单，兔死狐悲罢了。

第二年春天，陈佐千又娶了第五位太太文竹。文竹初进陈府，经常看见一个女人在紫藤架下枯坐，有时候绕着废井一圈一圈地转，对着井中说话。文竹看她长得清秀脱俗，干干净净，不太像疯子，问边上的人说，她是谁？人家就告诉她，那是原先的四太太，脑子有毛病了。文竹说，她好奇怪，她跟井说什么话？人家就复述颂莲的话说，我不跳，我不跳，她说她不跳井。

颂莲说她不跳井。

私　宴

　　最后一班长途汽车在暮色中抵达马桥镇。正如乘客们一路上所担忧的那样，汽车终于抛锚了。幸运的是抛锚地点在大牌坊，距离终点只有五六十米了，司机决定就地停车，可控制车门的开关不知怎的也出了问题。司机起初还有耐心，沉着地按着什么按钮，渐渐地动作走样，一上一下拍打起来，一车人都站起来向驾驶座那儿看，后面的人问前面的人，为什么不开门？前面的人说，不是不开门，是门打不开啦。

　　车厢里此起彼伏地响起一片焦躁或者气愤的声音。不知是哪个精明人高声建议，这样的车子，应该举报它，让运输公司退一半票钱！有人冲动地附和着嚷嚷，有人则以忍让的口吻淡淡地说，这是马桥镇，又不是北京、广州，这点事情去举报，他们把你当神经病！还有知情者无意中透露了长途汽车的产权归属，说，要举报你们就去举报大猫黄健吧，你们都不知道，这条长途线让他承包了。车门在众人的哄闹声中咯嗒咯嗒地响，响了好一会儿，冷不丁弹开来一半，差点跌下去一个人，那小青年反应快，拉住了栏杆，他手里的行李却夹在门

52

缝里了。小青年火气大，张嘴便骂，×你老娘的，怎么开门开半扇？我的包夹住了，快把门都打开！司机正没好气，回击道，×你老娘的老娘！打开半扇就不容易了，这老爷车早该报废了，骂我有屁用，你要有本事去×大猫的老娘！车厢里的人都急着下车，后面的人顾不上批评谁，也懒得帮忙，一个个抬高腿跨过那个拦路的旅行包，挤揉着从半个车门缝里一起冲下来了。

汽车站的广播员不知道去哪儿了，喇叭里没有抵达信息，仍然是《运动员进行曲》欢快的旋律。迎候的人群中有眼尖的，看见牌坊那儿的动静，说，是车来了吧，怎么停在牌坊前面了？人群动荡起来，有人疾步地跑过来，说，晚点了啊？下车的人说，怎么不晚点？车也不好，路也不好，门也打不开，不晚点才怪！

已经是农历小年的傍晚了，该回家的人终于都回来了。包青不和别人争，就落到最后一个下车，他提着行李箱走到车门口时，看见他的小学同学李仁政穿着长筒胶靴，左手拿着长把刷，右手拖着一条橡皮水管跑来洗车了，包青赶紧转过脸，侧着身子下了车。

包青是典型的马桥镇人嘴里所说的那种知识分子，那种知识分子对人缺乏热情，与几声信口而来的寒暄相比较，他们往往选择一个笨办法，装作没看见。包青就是这样，他做贼似的绕过汽车向牌坊的西边走，可是李仁政的声音却在后面追他，包青包青，你回来了？包青不好再装聋子，就很不情愿地回过头，回过头他发现李仁政脑袋上突然多了一顶红色棒球帽，帽子上印了一排醒目的白字：新马泰八日游。包青笑起来，说，你怎么戴了红帽子，我都认不出来你了，你出国旅游了？李仁政的手伸到帽子里摸了摸，说，我哪有那个福气，人家给我的帽子，我的头发，哎，回头跟你说。包青站在那里，看李仁政的表情还有话要说，他以为他要交代头发的事情，结果却不是，他突然提高声音说，大猫要请你喝酒，他关照我好几次了，你一回来就通知他，他要请你喝酒。包青说，谁，大猫？黄健吗？李仁政对准汽车后窗玻璃喷着水，说，就是大猫嘛，大猫你都不记得了？包青愣了好一会儿，最后低声嘀咕道，怎么会不记得他，喝就喝嘛。

　　远在北京的包青又回来过年了。不回来是个麻烦，回来也是麻烦，对于包青来说，回乡过年已经成为一种仪式的包袱了。过去母亲身体还硬朗的时候会跑到汽车站等他，他不忍心，就不告诉她准确的归期，不告诉她她也来等，从小年夜前两天开始，天天等，一个小小的枯瘦的身影，迎风站在牌坊下，让包青想起来就心疼，他不能不回来。包青的回乡之旅其实是一次孝心之旅，他对马桥镇没有多少牵挂，他妻子清楚这一点，也就不拦他，每逢过年一家三口便各奔东西。母亲也清楚这一点，她对儿媳妇近年来的缺席并不埋怨，母亲在电话里直率地对包青说过，我没几年活头了，你再尽几年孝，以后就可以跟你媳妇去广东过年了，你媳妇不是说了吗，广东过年热闹，天气也暖和，只穿一件毛衣就够了。

　　下了新民桥包青就看见他姐夫推着辆自行车从肉联厂那里向他跑来，后面跟着他姐姐。他们一定是被什么事情耽误了，现在匆匆地跑着，似乎要努力弥补什么。看得出来姐姐在怪罪姐夫，姐姐的身上还穿着肉联厂的白色工作服。包青不喜欢家里人兴师动众的样子，他皱了皱眉，干脆站在桥上不动了。桥下有个穿紫色皮大衣的女人，牵着一条狗上来了。包青起初没在意，是那条小鬈毛狗先来嗅他的鞋和裤脚，然后他闻见了一种在夏天北京大商场里弥漫的香水味道，一回头，包青看见了程少红。程少红风情万种地站着，斜着眼睛看他，包青一眼认出了她是喇叭花，就是想不起来程少红这个名字，以前镇上的男孩子都叫她喇叭花的。还是程少红主动，把小狗朝这儿牵了一

54

下，又朝上面拉了一下，命令小鬈毛狗说，欢欢，给大博士鞠个躬！

这么多年过去以后，包青见到程少红仍然有点慌张。他习惯性地伸出手去，见对方没有那个意思，又缩回了手，盯着她皮大衣上的一颗扣子，说，好多年没见面了，你还在果品公司吗？程少红说，哪儿还有什么果品公司呀？早散了，我现在在私营企业做。没办法，瞎混，没你那么聪明的脑子，做不了你那么大的事业。包青说，我也没做什么大事业。程少红啪地在包青胳膊上打了一下，你就别谦虚了，马桥镇这么小个地方，谁几斤谁几两大家都知道。大猫说他在电视上看见过你的。包青摆摆手，说，那叫什么上电视，我在会议上念论文，人家抓了一个镜头。程少红说，你还谦虚，这倒不容易，从小到大都谦虚。程少红说着想起了什么，扑哧一声，掩着嘴笑了。包青尴尬起来，他猜得到她在笑他的过去，只是不知道具体是哪件事情，包青就转过脸看着他姐姐姐夫，他们正满面歉意地往桥上赶，包青说，我得下去了，我家里人来接我了。他感到程少红在他背上又轻轻地拍了一下，然后他听见她说，大猫说要请你喝酒呢，你架子大，前两次让你推掉了，这次你跑不了啦。

初二下了雨。街上阴雨绵绵，马桥镇正在铺设光缆的道路一片泥泞。包青打着伞，带着礼品奔波在几个亲戚家中拜年。在舅舅那里包青再次听见大猫要宴请他的事，包青的舅舅还嘱咐他说，大猫要请你的话，你跟他提提，能不能让你表弟进羽绒厂，要不去长途汽车上跟车也行。你身份高，没准他会给你面子的。包青一听就不耐烦，又不好发作，对舅舅说，我哪儿有时间吃他的饭，镇长的饭局我都推了，明天就走了，教委刘主任那里还要应酬呢。包青从舅舅家出来，雨忽然下得大了，他就抄近路从小巷子里走，路过他从前上学的马桥二小的时候，他习惯性地朝校门那里看了一眼，看到的却不再是熟悉的小学，正好是大猫的羽绒加工厂。厂门口挂着四个红灯笼，组成"欢度春节"的字样，围墙两侧刷了醒目的标语：向管理要质量，向质量要效益。包青打着伞站在那里，听见雨点响亮地打在红砖楼的漏雨管上，还有宣传栏的塑料棚上，声声清冷，包青打了个寒战，然后他莫名地愤懑起来，嘴里说，买了学校做厂房，暴发户，暴发户呀！

大猫的宴请对于包青来说几乎是他探亲日程中的一个阴影，他准备用天气作借口，推掉大猫在富利华饭店的酒宴。母亲也不主张他去，她至今记得儿子当年与大猫做朋友付出了多么屈辱的代价。包青在电话里推托的时候，听见母亲在一边声讨大猫，她说，现在把你当人看了，当初把你当用人的就是他，用人还不如，主人不欺负用人，他骑在你头上拉屎的呀。包青不乐意听母亲唠叨这些事情，他示意母亲别在电话旁边监听，母亲就挪了几步坐下来，说，他有钱，有钱怎么的？山珍海味怎么的，谁爱吃谁吃去。母亲的态度提醒了包青，包青就把一切推到母亲身上，对着电话说，不是我不给面子，明天就回北京了，这顿饭我母亲不让在外面吃。

包青以为他成功地推掉了大猫的宴请。晚上一家人正要在餐桌前坐下来，门外响起了一阵摩托车尖厉的刹车声。有人在外面敲门。包青的姐姐出去开门，回来告诉包青是李仁政，说李仁政不肯进门，要包青出去说话。包青一出去就看见李仁政僵硬而笔直地站在雨中。李仁政摘下了头盔，包青恰好见到一个半秃的脑袋，几缕头发被压得紧贴在脑门上，还在滴着水。李仁政就那样站在雨中，他的表情看上去有几分惶恐，有几分不安，也有几分神秘。大博士，你的架子太大了吧，人家老同学跟你喝杯酒聚一聚，又不是请你上刀山下火海，怎么就这么难请？

李仁政果然是替大猫来接包青的，看来他已经知道了包青的态度，因此准备了一套逼人就范的措辞，包青，你今天不给这个面子，我就站这儿等。李仁政抬头看看天，说，我不怕淋雨，反正没听说雨能把人淋死。

　　是包青的母亲首先过意不去了，她让包青的姐姐去给包青拿伞，说，人家这么诚心，不去就是你不对了，人家会说闲话，说我家包青地位高了摆架子，传出去影响不好。临走母亲夹了块熏鱼塞到包青嘴里，包青是嚼着一块熏鱼出的门。

　　包青一手打伞，一手抱住李仁政的腰，坐着摩托车穿越马桥镇的街道。街上仍然是冷风冷雨，节日的小镇之夜显出一丝不合时宜的凄凉。包青能感觉到李仁政腰部那一小片温暖的区域，尽管隔着劣质的被雨淋湿的皮革，包青的一只手还是感到了李仁政的体温。这样的情景很陌生也很熟悉，包青突然清晰地记起来，好多年前的一个春节的夜晚，他和大猫、李仁政合骑两辆自行车去县里看一个歌星的演唱会，回来时候李仁政的自行车爆胎了，结果大猫逼他跟李仁政换了自行车，他们像卸包袱一样把包青卸下来了，包青记得他一个人推着一辆报废的自行车走了三十里地。

　　包青不知道程少红也是大猫邀请的宾客之一。他们一进富利华饭店，先看见的是花枝招展的程少红。程少红站在通往二楼包厢的地方对镜补妆，她打扮得过分认真，看上去像舞台上的民歌手，看见包青她慌忙把口红往包里一扔，嘴里尖叫起来，说，你怎么背来的，没去十八顶轿子抬你，你也赏脸来了？

　　包青不说话，只是不自然地微笑着。他对程少红说，你打扮得很漂亮呀。程少红说，漂亮个鬼。你心里怎么想的我知道，打扮得像三陪嘛，三陪怎么的，今天大猫就是让我来当你的三陪的，大猫说了，给你大博士当三陪，是我的荣幸！

穿红旗袍斜佩着金色欢迎条幅的引座小姐迎上来，把他们带到了一个叫巴黎厅的包间。包青看见一个肥胖的穿着西装的男人从椅子上慢慢地站起来，貌似大猫，不像大猫，但看他额头上的一块红色胎印，一定是大猫。大猫原本是要和包青拥抱的，由于包青不由自主的退缩，改成了握手。大猫温热的手紧紧地抓着包青，不肯放松。他说，包青呀，你摸我的心，跳得多厉害。他拉着包青的手贴在他的西装胸前，包青，我不骗你，省长接见我我也没有这么紧张。包青笑起来，把手抽出来，说，要是在路上见面，肯定认不出你来了。大猫说，你不认我，我可是认得出你来，你在电视上就那么闪了一下，我就把你认出来了。旁边有几个男女立刻附和道，是的，那天看电视，我们经理一下就把博士认出来啦！

包青被大猫拉到他身边坐下了。除了李仁政和程少红，桌上还有几个人，都是大猫的员工，其中一个戴眼镜的女孩子穿着粉红色的毛衣，一直用一种躲闪的却是灼热的目光看着包青，包青不好意思问，大猫却先知先觉地介绍了女孩的身份，原来是马桥中学钟老师的女儿小钟，现在在大猫的厂里做会计。钟老师现在……包青话没有全部出口，从众人表情里就知道究竟了，小钟立刻埋下头。大猫在旁边踢了踢包青的脚，轻声道，去世了，去年，癌症。包青哑然，突然想起当年教物理的钟老师是唯一宠爱他的老师，因为他学物理有天分。包青正不知所措，那个小钟却突然站起来，举起酒杯过来，说，包大哥，我从小就听我爸爸说，他培养出了个博士，今天见了面，我要敬你一杯。

包青就喝了第一杯酒。来的时候包青准备好了一套说辞，胃不

58

好，酒精过敏，第二天赶路，不能喝。但小钟特殊的身份以及特殊的眼神使他丧失了拒绝的勇气，他开了一个头，后来便是覆水难收了，大猫那些员工还可以推挡，李仁政的劝酒顽固得难以拒绝，而程少红的劝酒则带着某种胁迫，某种没有分寸的色情隐喻，让包青很难堪，也难以抵挡。她要和他喝交杯酒，包青惊讶于程少红的狂放，他涨红着脸说交杯酒不是随便喝的，程少红说，当然不是随便喝的，这算我罚自己的，当年我狗眼看人低，就没看出你包青的出息，我后悔死了，要不然我也是个博士太太啦。包青不知道说什么好，只好赔着笑，人却赖在椅子上，不肯接受程少红环绕过来的胳膊。旁边的人都起哄，程少红被晾得尴尬，突然架不住了，把酒往地上一泼，说，不喝也羞不死我。现在成大人物了，当初偷我胸罩的是谁？啊？包厢里突然一下静了下来，包青不提防程少红这一手，恼了。你疯了？小时候胡闹的事你现在拿出来说。包青提高了嗓音说，那是大猫拿了塞在我口袋里的，大猫就在旁边，可以作证的！大猫在一边笑，推了包青一下，说，你认什么真呢，开玩笑的，小时候的事谁记那么清楚，我都忘了什么偷胸罩的事了。包青却不肯顺台阶下，你忘我没忘，他正色道，是你塞到我口袋里的，她妈妈追出来的时候你塞的。你现在不承认，不是让我背这个恶名吗？大猫局促的表情只停留了一瞬间，很快释然，笑着说，好了好了，我现在想起来了，是我塞到你口袋里的，以前我们是老拿你当炮灰的，我承认还不行吗。包青看到大猫向李仁政挤了挤眼睛，包青记得好多年前他们总是这么互相使眼色的，每逢那时候他就感到一丝莫名的恐慌。现在他不怕他们交换眼神了，但是他感到不快，他突然把酒杯倒扣在桌子上，说，不喝了，我酒量一直不行，已经喝多了。

扣酒杯的时候包青感觉到众人都在盯着他，所有人的眼神都流露出不悦或者紧张之色，他故意忽略他们，对着小钟说，我有胃溃疡，血脂也高。小钟点了点头，她说，喝酒伤身，杂志上都这么说的。除了杂志上的话，女孩子似乎还想说什么，又不敢说，忍了一会儿，终于忍不住了，贸贸然提了一个问题，包大哥，我一直很奇怪，你那时候是个好学生，怎么会和黄经理老李他们做朋友的？她这么一问，把包青给问住了，包青的筷子停在菜碟上不动了，大猫那些员工都半真半假地批评小钟说错话，倒是大猫豁达，自嘲地说，这么说我是坏学生？坏学生就坏学生吧，瞒她瞒不住，谁让她是钟老师的女儿呢。

包青确实让女孩子点到了痛处。这也是他母亲和姐姐以前经常责问他的问题。他从来都答不上来。事实上他没有勇气剖析自己当年追随大猫李仁政他们的动机，他无法正视这份屈辱的选择，又没有足够的才智躲避这个问题，所以包青的脸颊一下涨得通红，只是敷衍地说了一句，我也不知道，小孩子的事情，没有道理可说的。而刚刚一直挂着脸的程少红这时突然冷笑一声，说，我知道，就是小鸡给黄鼠狼拜年，求它去吃别的小鸡，别吃它自己。小钟一定觉得程少红说得新鲜有趣，她咯地一笑，发现别人都不笑，就识时务地捂住了嘴。

大猫看看包青的表情，转过脸来瞪着程少红，勃然大怒，×你娘，你还说人家不会说话，你自己说的什么×话！让包青吃惊的是大猫用一种异常粗暴的方式惩罚程少红，而程少红并没有反抗。大猫骂她的话很脏很粗鲁，你个烂×，就你聪明会说话，你不说话会死吗？程少红说，好，那我不说话。我本来就攀不上人家大博士，说什么都是放屁。大猫说，你就是在放屁，让你陪着热闹热闹的，你倒好，人话不会说，只会乱放屁！程少红欠起身说，好好，我不放屁了，我在这儿惹大家不高兴，我走。大猫怒喝一声，说，说得轻巧，走？走你妈个×里去，李仁政，给她倒酒，拿大杯子，罚她三大杯！

包青万万没想到大猫会这么对待程少红，按照常识推理，他觉察到他们的关系非同寻常，亲戚们说过大猫暴富以后的私生活如何如何的放纵，但他没想到程少红在大猫面前会如此驯服，让他吃惊的还有李仁政，他以为李仁政会劝大猫息怒的，但李仁政什么也没说，他真的拿起白酒瓶向程少红走过去了。包青站了起来，包青几乎是本能地冲过去拉李仁政，抢他手里的酒瓶，李仁政笑着躲闪，说，没事的，少红的酒量你不知道。包青说，人家是女士，怎么样也不能这么灌她。他们这边扭在一起，程少红却冷不丁地把酒瓶抢过去了，她把瓶子往桌上重重地一蹾，说，喝就喝，喝死了拉倒，反正人老珠黄不值钱了，卖×也卖不出这瓶酒钱来，喝下去不死人，就是赚了！

外面有服务生推门，惊恐地探进头来察看，大猫对着门喊，滚出去，再进来我让你们老板炒了你。光骂不解气，大猫抓起一把瓷调羹朝服务生砸了过去，旁边的人都一惊，听见砰的一声，瓷调羹像一颗迷你型炸弹在墙上爆炸了，碎片飞了一地。

随后包厢里变得鸦雀无声。包青脑海里突然跳出"鸿门宴"三个字，尽管自知多虑，他还是敏感地认定宴席毁灭性的气氛将越来越浓。他坐不住了，对大猫说，我明天赶路，今天得早点回家。大猫却摇头，说，你不能走。包青感到大猫的一只手有力地钳住他的手臂，像一只铐子。大猫说，没喝好，谁也不能走。包青说，我喝好了，再也不能喝了。大猫说，你喝不喝的，随意，她冒犯你要罚，我没招待好你，我也要罚酒。李仁政小钟他们也来陪酒的，没有把酒陪好，都要罚！然后包青就听大猫向外面吼叫起来，人都死哪儿去了，快拿酒来，别一瓶一瓶地拿，给我搬一箱来！

包青如坐针毡，现在他很后悔自己心软，糊里糊涂跟着李仁政上了摩托车。服务生抱着一箱酒进来的时候，包青感觉到了一丝恐惧。

他对大猫说，这是干什么？拿一瓶出来就行了，让他们把箱子搬回去。大猫拍拍包青的肩膀说，不一定喝一箱的，我待客就是这习惯，你别慌，你是知识分子，有减免政策，喝好了就行，不想喝就不喝。包青直截了当地说，我喝好了，明天动身，又换汽车又换火车的，得早点回家休息了。大猫说，这是什么事，你还怕回不去北京？要是喝我的酒误了车，我派奥迪车把你直接送回北京。包青笑着摇了摇头，一咬牙站了起来，说，不行，我得告辞了。他注意到大猫的脸色霎时变得阴沉了，大猫这次没有动身拉他，但桌上其他人几乎用一种惊慌的眼神看着包青，李仁政看看大猫，一个箭步冲过去堵住了门。他低声说，包青，给点面子，现在不能走，喝几杯再走。包青从李仁政脸上看见的是哀求的神色，如此近距离地面对李仁政，包青发现他充血的眼角四周已经布满了鱼尾纹，而他半秃的脑袋似乎也在倾诉满腹的辛酸。两个男的正在门口对峙着，程少红踉跄着撞了过来，钩住包青的脖子把他往椅子上推，她说，你个大博士就这么难伺候呀，我说错话，已经罚了三大杯了，你还不满意，要不要我表演脱衣舞呀？包青来不及否认什么，那边大猫咯咯一笑，拍起手来，好，就再罚她一个脱衣舞。

看来程少红只是借酒劲儿说着玩儿的，真让她跳她又清醒了。程少红开始嘴犟，说，人家小钟还是黄花闺女，怎么能当她面跳这舞？大猫说，别找理由，让小钟先出去一会儿。小钟羞了个大红脸，站起来要走，被程少红一把拉住，程少红说，你们真把老娘当小姐了？呸，看脱衣舞是白看的？钱呢，钱在哪儿？大猫坐在椅子上转过身，抓住小桌上的一只公文包，说，钱在这儿，门票多少小费多少，你开个价。包青看看玩笑开得不可收拾，就拉住大猫说，不闹了不闹了，少红的表现已经够好了，是我不好，我扫大家兴致了，我也罚自己一

62

杯吧。

　　包青隐隐约约觉得他需要做出一点牺牲。他喝酒了，他一喝桌上的气氛就温和多了。包青想好了，等气氛正常了他就走，但大猫突然让他的司机抱来一个大锦缎盒子，说要让他看一件东西。打开盒子，一只彩绘瓷瓶隆重地躺在里面。大猫说，你是搞专业的，给我鉴定一下，这瓶子值多少钱。包青说，我搞地质学，不搞文物鉴赏。大猫说，你就别客气了，怎么说你也比我们懂得多。李仁政过来小心地抱出瓶子让包青看，包青一眼瞥见瓶子上的花卉图案有一个落款，唐寅。包青疑惑起来，说，唐伯虎画的瓶子？大猫有点紧张地反问，唐伯虎画的瓶子不值钱？包青说，不是这个问题，恐怕是瓶子的问题。包青拿着瓶子上上下下仔细观察了一会儿，终于忍不住笑了，说，你上当了，虽然我不懂文物鉴赏，可是这瓶底写着嘉庆年号，人家唐伯虎早成灰啦，怎么会在上面作画！大猫乍然变色，说，你再细细看看。包青说，不用看了，你买的一定是假货，说不定连瓶子也是仿冒的，多少钱买的？包青没有听见大猫的回答，他抬起头，发现所有人都瞪大眼睛看着他，似乎在等候他收回刚才的话，大猫的表情非常古怪，有点窘迫，更多的是暴怒，他斜着眼睛睨视着李仁政，李仁政的脸已经白了，李仁政说，我明天就去上海找小三子，他向我拍胸脯的，他保证不是假货的。大猫鼻孔里哼了一声，说，你在里面拿了多少回扣？李仁政急了，叫起来，我要拿了一分钱，天打雷劈，出门就让汽车轧死。大猫坐了下来，逼视着李仁政，李仁政无辜地仰着脸，一副问心无愧的样子，大猫先放弃了，他把椅子往后压着晃了两下，环顾着众人，咦，你们干吗都像死了亲爹一样的，是我赔了钱，关你们屁事！大猫挥挥手，说，算了，也就是二十万，我做生意这么多年，也不是没让人骗过，骗我二十万走，就赚它二百万回来嘛。

人都端坐着沉默不语，只有桌上的鸡鸭鱼肉和海鲜兀自散发着热情的香气。包青意识到一切的不愉快根源其实都在他这里，他因此充满了内疚，包青站起来和李仁政碰杯，李仁政先是哭丧着脸不动，突然惊醒似的站起来说，我罚酒，罚酒。包青觉得程少红也间接地受到了自己的伤害，就敬了程少红一杯。程少红说，这才像话，你脸都不红，还能喝呢。包青注意到小钟的视线一直停留在他身上，不该忽略小钟，就敬了小钟一下，他又提到小钟的父亲钟老师，说他其实一直记得他的好，只是回乡探亲总是匆匆忙忙，没顾上去看望他。小钟没说什么，程少红在一边插嘴说，现在还可以去看，去墓地看看他嘛。包青知道程少红是在奚落他，但他还是认真地对小钟解释道，这次没时间了，下次吧。

然后包青回到了座位上，他有一个错觉，以为自己尽力地做完了他该做的事，他拿起汤勺准备喝一口鸡汤。但是一只酒杯斜刺里伸了过来，和他的汤碗撞了一下，是大猫。大猫说，包青，我们还没喝呢，要不你喝鸡汤我喝酒，我们干两杯？包青放下碗，拿起酒杯，说，再喝我就躺倒了。大猫说，躺倒了我用车送你回去，在马桥镇喝酒，你还怕回不了家吗？

包青不胜酒力。人到四十，包青第一次这么狂饮。包青吐了。他记得是李仁政扶着他去厕所吐，他对着洗手间的窗子吐，看见外面雨停了，夜色微微发蓝，镇上传来零碎的鞭炮声，包青记得回家的事，他对李仁政说，我要回家，我妈一定急坏了。李仁政说，大猫让走你就走，你再跟他喝一杯，让他放你走。李仁政一直半推半架着包青，包青记得那年秋天他们把他扔进河里以后他自己爬不上岸，也是李仁政好心来拉他，半推半架着把他送上新民桥。包青忽然就对李仁政说，仁政，我知道你是个好人。李仁政却不高兴，喷出满口酒气骂道，好人有×用，没钱，好人也会变坏人！

从洗手间回来包青记住了李仁政的话，和大猫喝一杯就走。他主动敬了一杯，但大猫说，告辞酒必须是三杯。包青模模糊糊意识到大猫是在整他，只是不清楚大猫是因为喝多了整他，还是因为某种不满，反正他是在整他，包青想无所谓，现在谁也不怕谁，我不靠你吃饭，坚持一下就走吧。但是事与愿违，包青的身体缺乏理性和耐心，软绵绵的不听话了，地球引力对他产生了超常的作用，包青突然就从椅子上滑下来了，坐在地上。包青坐在大猫的脚边喝了最后那杯酒。包青的目光所及是大猫的黑色皮鞋和白色棉袜，大猫的袜子白得刺眼，而皮鞋上沾着的一星黄色的泥巴让包青感到不安。所谓记忆的走廊有时一步而过，昔日重来只在悄无声息之间，包青忽然听见一个熟悉的粗暴的声音，那个声音挟带着武力威胁命令他，把泥巴擦掉，擦掉，擦掉！是大猫的声音，是少年时代的大猫的声音，也是如今的一方富豪大猫的声音，快，把泥巴擦掉！包青顺从地拿起了一块餐巾，就像好多年前他被逼迫做过的那样，他向大猫的皮鞋轻轻吐了一口唾沫，说，我擦，我擦。

包青听见了别人此起彼伏的笑声，他顾不上抬头，他专注地用餐巾擦着大猫的皮鞋，看见皮鞋变得光亮如新，闪烁出一圈奢华的光晕，然后他听见啪的一声脆响，感到自己的脸上挨了大猫一巴掌，由于一方出手突然，一方缺乏防御，那一巴掌打得结实，包青歪坐在地上了，与此同时他听见大猫暴躁地吼叫起来，怎么光擦左脚，右脚呢，快点，擦右脚！

博士包青初三那天就回北京了，镇上人都知道他回乡过年从来都来去匆匆。还是姐姐姐夫去送他，在汽车站他们又遇见了李仁政。包青拿个后背对着他，光明正大地回避李仁政，但李仁政还是跑过来了，塞给他一个大纸袋，说，大猫送的酒，两瓶五粮液。包青坚决地挡开李仁政的手，说，我不喝，你带回去给他，昨天他已经让我出够洋相了。李仁政托着酒，小心地选择着说辞，说，昨天是喝多了点，大猫让你别见怪。这酒是好酒，他的心意，让你带回北京喝。包青赌气似的说，我不喝酒的，回北京也不喝，怎么跟你们说这么多遍也没用？李仁政眨巴着眼睛，是呀，你们知识分子都不怎么喝的，他看了看包青的姐夫，顺手把酒塞到了他手上，说，那干脆让老钱带回去吧，反正我不能带回去给大猫，他不骂死我。

　　包青很冷淡地掏出手机来，站在候车室门口给妻子打电话，不再和李仁政说话。李仁政知趣，正要告辞，包青却一把拉住了他。包青把李仁政一直拉到台阶下面，说，仁政，你是个好人，昨天我出那么大洋相，你怎么就在一边看着？你实话告诉我，我是不是替大猫擦皮鞋了？他是不是还打了我一个耳光？李仁政的眼睛闪闪发光，嘴上却说，没有没有，没有的事。包青紧张地注视着李仁政的表情，说，你别打马虎眼，我给他擦皮鞋你也不拦我一下？你就看他借酒撒疯，打我的耳光？李仁政摆摆手说，咳，没有的事，你给大猫擦皮鞋？他敢打你的耳光？都那么大的人了，大猫不会让你擦鞋的，更不会打你的耳光，再说他现在也不敢欺负你嘛。包青下意识地摸了摸自己的脸颊，疼倒是不疼，可我当时脑子很清醒呀。他狐疑地注视着李仁政，说，看来喝醉的人都会出洋相，拉也拉不住，要不，是我记错了？是你替他擦皮鞋了？他打你的耳光了？

　　包青看见李仁政猛地抬起头，李仁政的表情看上去有点狡猾，也有点难以形容的自豪。我没擦，骗你我不是人养的，我从小到大就没替他擦过鞋，更没挨过他耳光！李仁政郑重地申明着，突然笑起来，在包青小腹上捅了一把，说，你不要耿耿于怀嘛，喝醉的人，不能跟他计较的，你就原谅他一次，大人不记小人过。包青不知为什么，突然用手掌蒙住了自己的脸，然后他听见李仁政感叹着说，三十年河东三十年河西，你们现在都混好啦，那么多同学朋友，只有你能跟他平起平坐，要不是喝醉了，他怎么敢打你的耳光？

　　他们说话的时候长途客车已经从停车场里开了出来，只听见咣当一声响，把包青一行人都吓了一跳，原来是车门自动地打开了。节日过去了，人人红光满面，汽车也要迎新年，那辆长途客车的车门大概已经修好了。

肉联厂的春天

　　人们把金桥所在的工厂称作屠宰厂，那是出于某种懒惰的因循守旧的语言习惯。当我在这里讲述金桥的故事时，我首先想替他澄清一个事实，金桥不在屠宰厂工作，金桥是东风肉联厂屠宰车间的工人。金桥确实与杀猪这门职业有关，但天天与生猪打交道并不证明他就是个杀猪的，况且金桥从走进肉联厂的第一天起就开始盘算怎样离开这个油腻得令人反胃的地方。

　　春天的太阳照耀在肉联厂的红色厂房和露天清洗槽上。这是生猪的丰收季节，从厂房的各个窗口传来机器切割猪肉的欢快的声音，冷库的女工们穿着臃肿的棉袄从金桥身后突然冒出来，她们倚靠在清洗槽上扯下口罩，一些粗俗的脏话纷乱地倾泻在金桥的耳朵里。女工们在咒骂一个人：猪头、下水、尿泡；她们在用一种职业术语咒骂一个人。金桥觉得很有趣，他不知道那些女工在骂谁，反正不会是骂他。金桥放下手里的刷子，关上水龙头，停止了刷洗衣服上那块污渍的动作，他回过头朝女工们笑了笑，他说，喂，你们在骂谁？

谁？除了那只猪头还会骂谁？一个女工挥着手里的口罩说，她的声调起初是愤然的，但当她发现金桥是个陌生人时，身体便很消极地往后扭过去，重新半倚半坐在清洗槽上，你是新工人？她审视着金桥，突然扑哧笑了一下，她说，你拿着刷子刷什么？刷工作服？工作服有什么可刷的？今天干净了明天还会脏，你这么爱干净就不该到肉联厂来。

胸口弄上了一摊猪血，没想到猪血那么难洗，怎么刷也刷不干净。金桥说。

你不会是奸细吧？那个女工说，你不会去向他告密吧？

我向谁告密？金桥反问了一句。

猪头呀。女工这时近似卖弄风情地朝金桥挤了挤眼睛，然后她说，你要是敢告密，我们就把你拖到冰库里，跟生猪冻在一起。

金桥愣了一下，他刚想问什么，清洗槽边的女工们突然鸦雀无声，她们的目光一齐投向屠宰车间与浴室之间的路口，一个戴鸭舌帽的男人拖着一只袋子从那儿走过来。女工们几乎齐声骂了一句，猪头、下水、尿泡，一边骂一边仓皇地散去。金桥望着她们的背影在冰库的棉帘后面消失，他觉得肉联厂的人们行为有点古怪。金桥拿起刷子在右胸前又刷了一下，他眼角的余光迎接着那个戴鸭舌帽的男人，金桥已经注意到那个男人面色红润眉目清癯，他拖着袋子走路仍然显出一种干练敏捷的作风，他就是猪头？金桥想为什么把他叫作猪头呢，在他从小生长的城北地带，人们习惯于将那种容貌丑陋或性格反常的人斥为猪头，那是一种污辱性的说法，而拖着袋子迎面走来的那个人看上去酷似一个以风度、口才和修养闻名于世的外交家。当他的瘦长的身影和身后的蛇皮袋越来越近，金桥几乎目瞪口呆，假如没有那只沾满污渍的蛇皮袋，假如他穿上深蓝色的中山装，再在中山装口袋里插上一支钢笔，金桥真的相信他看见了那位已故外交家的亡灵。

猪头？金桥想起冷库女工们恶毒的声音，她们竟然骂他是猪头，金桥的心里突然生起一种代人受过的歉意，他的脸也莫名其妙地红了起来。我在这里提醒关心金桥事件的人注意这个细节，当金桥与徐克祥在肉联厂的清洗槽边初次相遇时，金桥用刷子最后刷了一下他的被玷污的工作服，然后他迅速整了整头发、衣领和皮带，人像一棵无精打采的植物突然受到了雨水和阳光的刺激，笔直地站得一丝不苟，当然更重要的是金桥注视徐克祥的目光，除了不必要的窘迫和慌乱外，还有一种深深的拜谒偶像式的崇敬。

你是金桥？徐克祥一眼就认出了金桥，他放下那只蛇皮袋子，走上去跟金桥握手，第一天上班吧？徐克祥说，怎么样，还习惯吗？

习惯，不，不是习惯，金桥有点语无伦次地端详着徐克祥，他说，眼镜，一副白框眼镜，你是不是也有一副白框眼镜？

我不戴眼镜，我就是徐克祥，叫我老徐好了，徐克祥说，肉联厂上上下下都叫我老徐，别叫厂长，也别叫我书记，就叫老徐好了。

老徐，我，我觉得你很像一个人。

像个工人？嘿，我本来就是工人出身。徐克祥突然朗声大笑，他的表情也显得更加快乐，别人都这么说，像工人就好，要是我老徐哪天不像工人像干部了，徐克祥倏地收住笑容，右手往肩后一挥，说，那我老徐就官僚了，你们就别叫我老徐，叫我徐官僚好了。

金桥又一次被徐克祥的手势震惊了，右手往肩后一挥，那个已故外交家在加重语气时右手就是这样的，轻轻地却是果断地往肩后一挥，没有人能够轻易地模仿这种手势，金桥盯着徐克祥的右手，他想现在那只右手该握紧了撑在腰上了，金桥不知道是什么导致了这种神奇的事实，他看见徐克祥的手慢慢地握紧、慢慢地撑在腰上了。

你怎么这样拘束？徐克祥一只手撑着腰部，另一只手亲昵地在金桥肩上拍了一下，他说，千万不要怕我，金桥，你看你还不知道我是谁，我却能叫出你的名字了，我看了你的档案材料，一下子就全记住了，我做领导别的本领不强，就是记性好，什么都能记住。

过目不忘，外交家都是这样的。金桥喃喃地说，太像了，你们简直太像了。

徐克祥这时候的注意力重新投向了脚边的蛇皮袋，他的神情突然变得凝重了，两道剑眉拧结起来，金桥，来，我们把这袋东西送回冰库去，他抓着蛇皮袋的一角，叹了口气说，这样下去不行，一定要刹一刹这股歪风了。

什么歪风？袋子里装的什么？

猪头、猪下水还有别的，有人总是想挖肉联厂的墙脚，他们把袋子偷偷拖到围墙边，扔出墙，外面有人接应，让我逮住好几回了。徐克祥说，猪头、猪下水难道就不是国家财产吗？怎么可以偷？这样下去不行，一定要刹一刹这股歪风。

金桥帮着徐克祥抬起蛇皮袋朝冰库走，蛇皮袋上的油污和血渍再次弄脏了金桥洗干净的双手，从袋子里渗出的猪内脏的腥味使他感到反胃，金桥尽量克制住呕吐的欲望，他顺应着徐克祥的步伐走到冰库门前，终于忍不住地丢下袋子，哇的一声吐出来了。

你还没习惯肉联厂的环境，习惯了就不会吐了，习惯了就好了。徐克祥在后面说。

我受不了猪肉的腥味，金桥一边吐一边说，我以为这里是做罐头的，我搞错了。这么脏，到处是猪血，到处是腥臭，我不会在这里待下去的。

那你想去哪里工作？徐克祥在后面说。

哪里都比这里好。金桥从口袋里抓出那把刷子，又开始四处刷洗胸前和裤腿上新添的污渍，他的回答当然有点闪烁其词。他听见徐克祥在他身后发出一声冷笑，金桥猛地回过头来想看见他冷笑时的模样，据说那位已故外交家与对手谈判时也常常突然发出一声冷笑，他的冷笑被誉作钢铁般的冷笑。但金桥看见的只是徐克祥的颀长的钢铁般的背影，徐克祥独自拖着那只袋子拉开了冷库的大门。

金桥站在冷库的大门前，冷库低于地面水平线，金桥现在可以更加全面地观察肉联厂，附近的一块稀疏的没有返青的草坪，土红色或者灰白水泥的厂房，厂房上空没有煤烟，天基本上是蓝色的，阳光也像是从电扇里均匀地吹出来的，吹到脸上都是春天的气息，只是生猪肉的腥味始终混杂其中。金桥看见一朵云从更高的天空游弋而过，让他惊奇的是那朵云的形状就像一头小猪昏睡的形状。

从第一天起金桥就向许多人埋怨他的处境，他是个注重仪表风度的人，在报考外交学院三次失败后他做了委曲求全的准备，但是他没有准备天天与生猪打交道，假如不能走向联合国安理会椭圆形大厅的台阶，是不是就要他到肉联厂来向生猪们阐述他对世界和平的观点呢？金桥的语气悲凉而充满自嘲意味，他的朋友们注视着金桥嘴角上的一个水泡，他们等待着金桥对国际风云的预测，但金桥不再侃侃而谈，他说，猪、猪肉、猪肝、猪大肠，他妈的，我竟然天天和这些鬼东西在一起！有一个朋友大概想安慰金桥，他说，肉联厂其实也没什么不好的，每人每月领三斤猪肉，一分钱不花。但那个朋友很快就知道自己失言了，他看见金桥投来的目光令人心悸，阴郁、狂怒和悲伤，那是朋友们从未见过的金桥的目光。

金桥的小阁楼上气氛沉闷，一群年轻人零乱地坐在地铺上板凳上，他们一齐用怜悯的目光注视着金桥和他嘴角的水泡。临河的窗台上那只袖珍收音机仍然在播报新闻，一个浑厚的客观的男中音告诉小城的人们，在遥远的非洲沙漠，又有多少妇女和孩子死于饥渴和瘟疫。

有人悄悄地把手伸到窗台上关掉收音机。

别动。金桥猛地抬起头说，开着收音机，这是最新消息。

朋友们陪着金桥听新闻，但他们的目光开始在狭小的阁楼上游移不定，临河的民居和草草隔砌的阁楼里总是显得幽暗沉闷的，尤其是在宾客们都沉默无语的时候。春天在金桥家的那次聚会，唯有板壁上的那些彩色和黑白的人像栩栩如生，他们都是阁楼的主人金桥崇拜的中外外交家，是他们的笑容、仪态在小阁楼里挥散着仅有的一点活力。

春天的那次聚会，朋友们记得金桥仍然穿着他钟爱的白色涤麻衬衫，衬衫领子下打了一条黑红条纹领带，他的装束也仍然与墙上的某一名外交家相仿。他们还记得金桥在长久的沉默后突然哧地一笑，他指着墙上的一张人像说，肉联厂有一个人，跟这个老焦长得一模一样，你们想象不出他跟老焦有多么相像。

老焦是金桥对那名外交家的昵称。照片上的老焦正在与人交谈，他的右手富有个性地向肩后一挥，手的周围因此留下一圈白花花的空白。朋友们对老焦一知半解，他们只是听金桥说那位潇洒睿智的外交家已经在多年前含冤离世了。

金桥嘴角上的那个水泡也给人留下了深刻的印象，当然，熟悉金桥的朋友们不会简单地把它归为气候干燥的原因，春季固然干燥，但金桥不会因为季节而气血不畅，那个损害了金桥仪表的水泡无疑与一种恶劣的心情有关。

火车站的广场是眉君与金桥约会的地方。

眉君坐在喷泉池边，与往常一样，她身边放着金桥送给她的生日礼物，一只贵州苗族人编织的蜡染布包，眉君的两只红皮鞋互相弹击着，弹击声轻重缓急不一，似乎想演奏一支曲子。眉君从蜡染布包里拿出一盒橙汁，很响亮地吸着，而她的眼睛却愤怒地斜睨着路口的过往行人。

金桥终于来了，金桥修长挺拔的身影一出现眉君便低下头正襟危坐，扔下橙汁盒，从包里拿出一本书放在膝盖上，《白宫风云》，无疑这本书也是金桥借给她的。

小姐是去巴黎吗？金桥微微弯腰站在眉君身边，他说，开往巴黎的东方快车六点五十分开，你该上车了。

我不去巴黎。眉君说，哼，巴黎，巴黎算什么东西？

那么小姐是去索马里看望灾民？你应该先到雅温得或者开罗，然后搭非洲航空公司的班机到摩加迪沙。

我哪儿也不去。眉君突然合上书，她用一种讥讽和挖苦的表情盯着金桥，她说，我去屠宰厂，告诉我去屠宰厂怎么走？

金桥愣了一下，他在眉君旁边慢慢地坐下，你今天怎么啦？他说，一点幽默感也没有，你忘了幽默的十大妙用了？

为什么迟到？眉君几乎是叫喊了一声。

我在洗澡，主要是洗头发。金桥揪住自己的一绺头发给眉君看，为了来见你，我必须把头发上的油腻和猪肉味道洗掉，金桥说，你不知道洗掉那些东西有多么困难，我怎么能让你闻见肉联厂的气味？你别生气，我迟到是尊重女士的一种表现。

油嘴滑舌。眉君小巧而丰满的身子渐渐地朝金桥一侧扭过来，她瞪着金桥松软洁净的头发说，你还有闲心油嘴滑舌？你还洗什么头发？现在几点钟了？

六点五十分，怎么啦？

气死我了。眉君的身体再次愤怒地背离金桥，她站起来的时候脸涨得很红，我再也不管你的事了，我再管你的事我也是白痴，眉君拿起那只蜡染布包风一样地掠过金桥身边，跑出去几米远，她又回过头喊，金桥，你这种人天生就该在屠宰厂杀猪！

金桥伸手去抓眉君的裙子，但是没抓住，与此同时他想起了与眉君的约定，六点半他们要去一个姓顾的干部家里，他想起那个姓顾的干部是眉君家的远房亲戚，更主要的是金桥想起那个人在劳动局工作，眉君说他或许能帮金桥，让金桥的档案从肉联厂退回劳动局。

你回来，金桥高声朝眉君的背影喊道，我们去劳动局，不，我们去你亲戚家里。金桥追着眉君跑了几步，但很快就站定了，因为火车站广场上的人都向他侧目而视，这给金桥带来了极其糟糕的压力，不管天大的事情，金桥绝不做任何斯文扫地的事，当然在众目睽睽之下追逐女友总是事出有因，问题是金桥的鞋带松了，左脚上的皮鞋很有可能在奔跑中掉落。不管天大的事情，金桥不会甘冒这种危险在火车站的广场前奔跑的。

眉君的背影在嘈杂的人流车辆中消失了，金桥能感觉到那是一个被伤透了心的女孩的背影。我怎么会把这件最重要的事忘了呢？金桥想想自己确实有点荒唐，每天想着告别肉联厂，却把付诸行动的第一个计划忘了，金桥回忆起他走进浴室之前还是记着六点半的行动的，但不知怎么当他淋浴完毕，当他把油腻的工作服扔进工具箱换上自己的白涤麻衬衫，当他以一种自我满意的姿态走近火车站和女友时，那些琐碎的实用性的计划便离开了他的思想，他记得在眉君拂袖而去之前，他脑子里盘桓的是那些遥远却又美丽的词汇，唐宁街、工党、保守党，密特朗和爱丽舍宫，联合国教科文组织，还有一面奇怪的红黄蓝白四色国旗。

是我自己的错。金桥用食指按住他的太阳穴，他毕竟不在纽约的联合国总部，甚至不在北京的外交部大楼，他必须这样按住一部分思想，让另一部分切合实际的思想生长出来。

《白宫风云》被丢在喷泉池边，不知眉君是否故意的。金桥拾起书，看见封面上浸洇了一些果汁，他用手指擦了几下，那座巍峨的白色宫殿已经被染成了橙色，无论怎么擦，它不可能回归原来的白色面目了。金桥立即觉得他受到了一次伤害，伤害一本好书就是伤害书的主人，金桥发誓以后再也不把书借给别人，不管那人是谁。

喷泉池很久没有喷泉了，它现在只是一口肮脏的蓄水池，浅水里积满了废纸、易拉罐和橘子皮。金桥突然发现他是坐在一个很不卫生的地方，他站起来想离开，但转身之间却听到了一个朦胧的却很尖刻的声音，你嫌这里脏，难道还有比肉联厂屠宰车间更脏的地方吗？金桥面露窘色地东张西望，他现在常常出现类似幻听的奇境，或许不是幻听，而是他心里的独白。金桥觉得有一个声音一天比一天放肆地尾随着自己，嘲弄、讥讽甚至污辱他，那个声音异常冷酷地摧残着金桥的自尊，它使金桥感到恐慌。去吧，别待在这些肮脏世俗的地方，去你该去的每一个美丽洁净的地方。

金桥的耳朵开始灌满这些讨厌的声音，与此同时他看见一群苍蝇从候车室的窗户里飞过来，杂乱无序的一些黑点，就像广场上那些旅行者一样横冲直撞。金桥惊异于自己能在黄昏逆光的情形下分辨那些苍蝇，这无疑是几天来在肉联厂与猪肉苍蝇频繁接触的收益。那是不是肉蝇呢？金桥突然想到屠宰车间的老工人给他传授的知识，他们说肉蝇专门吮食动物的尸肉，肉蝇绝不往茅房厕所里飞，也从不在垃圾堆上盘旋，它们只喜欢肉。是不是肉蝇？金桥这么盯着那群苍蝇嘀咕着，他脸上的微笑看上去很调皮。苍蝇几乎掠过金桥的面颊，栖停在喷泉池的另一侧，金桥想这个地方真的太脏了，苍蝇来了，他也该走了。金桥本来已经疾步离开，但无意之中回头一瞥，突然发现那群苍蝇其实是栖在一只蛇皮袋上。那只蛇皮袋鼓鼓囊囊的沾满污渍，很像是徐克祥那天拖过的袋子。金桥猜想那肯定是一个赶火车的冒失鬼忘在这里的，他皱了皱眉头说，肉蝇，真是肉蝇，他厌恶这只袋子和这群苍蝇，但不知为什么金桥忍不住地想证实袋子里是否是猪肉，在几秒钟的迟疑后金桥走过去解开了蛇皮袋口上的绳子，紧接着他看见了一堆猪下水和一只猪头挤在袋子里，金桥跳起来叫喊了一声，这个瞬间他相信眼前的蛇皮袋来自于肉联厂，不，就是那天徐克祥拖着的袋子。一只猪头，一堆猪下水还有别的，天知道它们为什么跟着金桥来到了火车站！

那个干部模样的人确实是一个干部。

眉君让金桥随她喊顾伯伯，眉君事先吩咐他说，见了顾伯伯你少说话，别在他面前老气横秋说东道西的，千万别再卖弄你的知识。眉君还说，装成个老实人，他们都喜欢老实人的，金桥申辩了一句，哼，老实人不吃亏？这种观念真可笑。金桥还想说什么，但瞥一眼眉君的脸色便又噤声了。他不敢损害眉君帮助他的热情了，眉君已经下过最后通牒，假如金桥不听她的，她再也不会管他的闲事。

顾伯伯明显很喜欢眉君，他慈祥地向眉君嘘寒问暖的时候，金桥冷眼观察着这间属于别人的大而无当的屋子，地面、家具以及衣架上的鸭舌帽和呢大衣都散发着保守务实的气息，墙上的淡蓝色油漆也像它的主人一样老化乏力了，金桥很快注意到墙上的一幅陈旧的地图，七三年的地图？金桥凑到地图前失声叫起来，克什米尔，克什米尔在哪里？金桥的手指冲动地划过地图松脆的纸面，他说，这条虚线果然标错了。

眉君走过来挨着金桥看地图，实际上她是来踩金桥的脚的，她的眼神与脚一齐谴责着金桥的不识时宜。金桥有点羞惭地回到硬木椅上，端正地坐着，头部朝顾伯伯微微转过三十度左右，这是最合乎礼仪的会谈姿势，但金桥想起之前眉君的提醒，在这里应该处处谦卑，金桥便谦卑地缩起了脖子，他说，顾伯伯，您。他觉得顾伯伯正专注地等着他说话，那个花白的脑袋轻轻朝他俯冲而来，金桥闻到一股蒜味，是从老人粗重的鼻息中挥发的。顾伯伯，您，金桥想说您爱吃蒜，吃蒜很好，可以防癌祛病，但他感受到旁边眉君锐利的目光，那是一种压力，眉君逼着他说出字字珠玑的开场白。

顾伯伯，您，您的模样很像田中角荣。金桥脑子里突然一片空白，空白中诞生的唯一意念就是这个名字。

田什么荣？你说我像谁？顾伯伯仍然微笑着问。

田中角荣。金桥说，就是七二年来访的田中首相，是我最喜欢的外交家之一。

他是哪儿的？顾伯伯站了起来，看上去他似乎忘了做某一件事，他往左右两侧张望着，带着些歉意说，年纪大了，脑子不灵了，好多事情都记不得啦。

是一位日本首相，金桥愕然地看看眉君，他发现眉君的眼神是一种警告和呵斥，但他忍不住地按照语言的惯性继续说，没有当年的田中，就没有今天的中日关系。

是个日本人？顾伯伯说，你们年轻人不知道，日本人手上沾满了几百万中国人的鲜血呀。

眉君的红皮鞋从水泥地上滑过来，再一次踩住金桥的脚，准确地说这一次更像是蓄意伤害。金桥差点叫起来，他有点愠怒地盯着眉君，眉君却不看他一眼，她的目光追逐着老人左右摆动的脑袋，顾伯伯您在找什么？眉君说，是不是找药？您坐着，我帮您找。

不是药，是我的肠胃有点问题，今天上了好几回厕所，怎么又想上了？顾伯伯跌跌撞撞地往厕所那边走，一边走一边说，肉，肉，现在的猪肉也是伪劣产品，全是细菌，吃了不拉肚子才怪。

剩下金桥和眉君面对面坐着，眉君剥了一只橘子，三口两口地吃，金桥我警告你，你要是再夸夸其谈炫耀自己，你要是自己把事情弄糟了，别怨我不帮你。眉君把橘子皮狠狠地扔在篓子里，她说，记住，等他回来就该切入正题了，他是你们系统的元老，让他跟肉联厂打个招呼，他们不敢不放人，至少也让他们给你换个工作，宣传科工会什么的。

只要不跟猪天天在一起就行。金桥说。

你这种人只配跟猪在一起。眉君说。

厕所里响起抽水的声音，金桥突然觉得紧张，他用一种求助的目光望着眉君，是该切入正题了，金桥说，我怎么觉得思路堵塞呢，你说该怎么切入？

不是切肉的问题，顾伯伯走进来说，是出厂前的卫生检疫不过关，肉联厂现在的问题是只求产量不求质量，主要是小包装，群众意见很大，这个问题非解决不可。顾伯伯看了眼金桥，眼睛倏地一亮，你刚才说到切肉，这是个点子，可不可以考虑在切肉时加上消毒工序？

我不知道。金桥想笑，但他抬起手把不合时宜的笑声捂住了。我跟肉联厂没什么关系，金桥在椅子上不安地扭动着身子，他瞟见眉君在向他丢眼色，她让他现在切入正题。我不喜欢肉联厂，不，应该说

79

我讨厌，金桥艰难地咽着唾沫，他听见眉君仰天叹了一口气，那意味着她反对自己如此切入正题。但金桥的眼前已经清晰地浮现出屠宰车间粉红色的血淋淋的生产场面，他甚至又闻见了从生猪肉和猪下水中散发的热腥味，金桥觉得油脂与血污堵住了他的喉咙，这个瞬间金桥忘了所有的礼仪与社交语言，噗的一声，他朝篓子里啐了一口，我要吐掉所有咽下去的猪肉，我恨猪肉。金桥痛苦地凝望着顾伯伯，他说，我恨肉联厂，帮帮我，让我离开肉联厂。

这位同志，顾伯伯用询问的目光逼视着眉君，这位同志怎么这样冲动？

眉君患牙疼似的捂着脸，避开了顾伯伯警觉的洞悉一切的眼睛。他心情不好，眉君扭扭怩怩地左顾右盼，他是个人才，眉君的声音渐渐流畅起来，她说，顾伯伯您不会湮没人才吧？怎么说也不该让他去杀猪，您帮帮他，别让他在屠宰车间大材小用了。

不想在屠宰车间？顾伯伯花白的脑袋又转向金桥，怕脏？怕苦？怕丢面子？

金桥下意识地点了点头，立刻发现这是错误，于是又摇头否定。他想对此做出具有说服力的解释，但是抬眼之间他看见窗外悬挂着一条腌火腿，透过玻璃腌火腿的色泽仍然给人以富丽堂皇的感觉，金桥的注意力就这样游移到窗外。他想讨厌的猪肉及猪肉产品无所不在，一条腌火腿，从普通的苍白的猪腿到酱红色的价格昂贵的火腿，这是一个多么无聊而烦琐的生产过程，许多人的生命就在这个庸俗的过程中浪费了，而他们却为此心满意足。金桥于是脱口而出，真浪费，真庸俗。

什么？你是说屠宰车间的工作庸俗？顾伯伯脸上慈祥的表情急剧地转变为激愤和睨视，这位同志，你这种观点我不能同意，顾伯伯说，这位同志我问你吃不吃猪肉？吃猪肉的吧？那就行了，生产猪肉的是庸俗，吃猪肉的就高雅了？你这位同志的思想意识有点问题，假如人人都是你这样的思想，那群众的菜篮子里就不会有猪肉了。

我不是这个意思。金桥嗫嚅着说。金桥觉得他确实不是那个意思，他设想可以用三种或四种角度去阐明这个问题，但他想说话的时候却总是陷入理屈词穷的境地。

他不是这个意思。眉君这时候在一边替金桥解围，她急中生智地推了推金桥的胳膊。他主要是皮肤过敏，看见猪肉猪血身上就出小疙瘩。眉君对金桥说，把你衣服袖子卷起来，让顾伯伯看看你胳膊上那些小疙瘩。

金桥不记得自己胳膊上有小疙瘩，他在卷衣袖的时候心里很虚，同时怀疑眉君的这个诡计是否有意义。幸亏顾伯伯没有看他的胳膊，否则金桥觉得自己将斯文扫地。

从顾伯伯家里出来以后，金桥与眉君一直在争论诈病的优劣。暮色降临这个水边的城市和水边的街道，空气中混杂着汽油、烤红薯以及化工厂废气的气味，而从河上吹来的风毕竟是春天的晚风，它浪漫地吹乱了眉君秀丽的长发和金桥的米色风衣。有人在北门汇文桥一带看见那对情侣且爱且恨地走着，他们有时牵着手，牵着手的时候他们喁喁私语，但突然间那声音高亢尖锐起来，于是其中的一只手便会狠狠地甩开另一只手。

假如玷污了我的人格，假如要让我浑身长满小疙瘩去博取同情，我情愿天天与猪在一起！金桥的一只脚踩在汇文桥古朴的石栏杆上，被眉君甩掉的那只手顺势朝桥下的河水一挥，他说，我要寻找的不是皮肤过敏，更不是小疙瘩，什么是豁免权你懂吗？打一个比方，我现在想要的就是一个豁免权。

凭什么豁免你？没有皮肤过敏怎么豁免你？眉君靠在桥的另一侧俯瞰着下面的流水，突然冷笑了一声说，就凭你满嘴欧共体满嘴联合国的？有什么用？你这种人其实是白痴，别人知道的事你都不知道，别人懒得知道的事你却成了个专家。

豁免权。金桥对眉君的讥嘲充耳不闻，他咕哝着在桥顶上来回走了几步，突然揽住眉君拉着她往桥下走，他说，走，让我们好好想想，怎样争取豁免权。眉君被他紧紧地揽着，别扭地拾级而下，她的声音仍然尖锐地抨击着金桥，收起你那套理论吧，告诉你，除了皮肤过敏，没有东西能把你从屠宰车间救出来。

四月的晚风还残存着些许凉意，北门一带的人声灯影里年轻的情侣随处可见，但是任何一对都不及金桥和眉君那样富有诗意，他们一直把金桥的米色风衣当作一把伞，眉君躲在这样一把伞后面激烈地批判着金桥，而金桥不愧是金桥，他的手始终撑开身上的风衣，让眉君藏在里面畅所欲言，也让风衣制成的伞遮挡路人好奇的缺乏教养的目光。

东风牌卡车从邻近乡村的生猪收购站运来满车的膘肥体胖的活猪，那是在早晨工人们上班之前的热闹场景。日复一日，每天都有足够的猪抵达肉联厂，工人们平静地投入到宰杀、清洗、切割和分类的生产过程中，除了极少量的肥肉或尾巴被女工们用来做投掷的武器，投向了那些轻薄下流的男人身上，最后丢在地上，百分之三十的肉被加工成肉片、肉丝和肉丁装进食品袋中冷冻，叫作小包装。被冷冻的还有百分之三十的相对完整的猪腿、肋条等，当地人喜欢称之为冷气肉；更多的百分之四十的猪肉则在当天午后热气腾腾地摆上肉铺的案板，那就是家庭主妇们最喜欢的热气肉了。

从屠宰车间的圆形窗口可以看见半自动化的猪肉生产流水线，看见水泥地面上淌着浅红色的污水，许多双黑色雨靴在污水中纷乱地走动，当然我们还可以看见金桥在流水线上的身影，他把一只猪腿从挂钩上取下来，啪地在上面盖了一个蓝色印章，咯嗒，咯嗒，不知是什么机械手在金桥的头顶上响着，金桥就按照那响声的节奏为猪腿盖图章。这是一种简单的难以测量强度的劳动。我们看见劳动者金桥戴着一只防护口罩和一顶蓝色工作帽，只露出那双焦虑的眼睛，巨大的笨拙的排风扇在金桥身后隆隆运转着，它无法吹乱金桥洁净的永远向后梳理的头发，但它无疑已经吹乱了金桥在春天的好心情。

午间休息的时候金桥在冷库门前找到了徐克祥。金桥一见徐克祥便想到老焦，想到他见过的一张老焦的照片，也是这样目光炯炯地从低处往上走，当然老焦好像是在印度的泰姬陵台阶上行走。金桥想他必须遏止这种习惯性的联想了，他必须把徐克祥与已故外交家严格区分开来，否则他思考了一夜的谈话将变得无从谈起。

听说你在找我？是徐克祥先迎了上来，他匆匆打量了金桥一遍，然后伸手把金桥的工作帽鸭舌转到正前方，你主动找我谈，很好，徐克祥笑了笑，扬起浓眉问，谈谈，很好，谈什么？

谈我的工作，不，其实是谈我的处境。

谈工作很好，谈处境也不错，徐克祥说，工人们都有些怕我，他们不愿意与我交换意见，暗地里却骂我猪头。徐克祥突然拍了拍金桥的肩膀，你听见他们骂我猪头了吗？其实我根本不在乎，他们当面骂我我也不在乎，本来就是肉联厂的头，本来就是猪头嘛，徐克祥仰天大笑了一声，然后很快收敛了笑容说，但是我不喜欢他们当面一套背后一套，要骂就对着我痛痛快快地骂，我听得进意见，当兵出身的人直来直去的，最恨阳奉阴违那一套。

阳奉阴违是弱小民族与超级大国周旋的常用手段。不，我不想谈这些手段，金桥摇了摇头，他听见一个声音在警告自己，别让徐克祥牵住鼻子走，东拉西扯只是他回避的方法，这意味着他不想谈话进入正题。金桥想现在他不能按照昨天夜里考虑的步骤进行圆桌式谈话，必须单刀直入，于是金桥提高了嗓音说，老徐，我不能在屠宰车间干了。

你刚才说到手段？说下去，你的见解肯定有意思。你说的弱小和超级是指什么？是指肉联厂的干群关系吗？

不，老徐，我说我不能在屠宰车间干了。

为什么？徐克祥沉默了几秒钟，终于露出了金桥想象中的严峻的表情，他说，说出你的理由。

我到肉联厂来本身就是个错误，你把我分配到屠宰车间更是个错误。金桥说，我讨厌猪肉，更讨厌杀猪。

没有人会喜欢肉联厂的工作环境，但是所有的工作都要人干，你不干，他也不干，假如这样我们只好吃带毛的猪肉了。金桥你说是不是？你自己说你的理由是不是理由？

我也许没有什么理由。金桥的脑海里迅速掠过几个华丽而飘逸的名词概念，他想他不得不用它们为自己辩护了，这其实关系到我的主权，就像一个国家，一个人也有他的主权，金桥的双手在徐克祥面前来回比画着，他说，我喜欢干什么，不喜欢干什么，就像一个国家的内政不容别国干涉，另外，我这人天生爱干净，无法在这么脏的环境里工作，我想要的其实也是一种豁免权，老徐请你给我一个豁免权吧。

他们说你是一个业余外交家，名不虚传。徐克祥又哈哈大笑起来，他的一只手在金桥的肩上快乐地抓捏着，然后突然停止了，那只

84

手收回来在下颌处刮击了一番，猛地向肩后一挥，金桥你是个人才，可是小小肉联厂没有外交部，你让我怎么安排你的工作呢？

老徐，请你不要挖苦讽刺，这是一次常规性的正式谈话，非正式谈话可以轻松一些，但正式谈话都是严肃的就事论事的。

我很严肃。徐克祥用一种古怪的目光凝视着金桥，他的手再次朝金桥伸过来，这回是替金桥掖了掖衣服领子。金桥，其实我跟你志趣相投，徐克祥的声音听起来真挚而中肯，我年轻的时候跟你一样，一心想进外交部，你知道我生平最崇拜的人是谁吗？是焦——

金桥几乎与徐克祥同时喊出了这个名字，金桥惊喜地张大了嘴，不敢相信自己的耳朵，他不敢相信徐克祥与自己崇拜的是同一个老焦，怪不得你跟老焦那么像，一举一动都那么像。金桥说着嘿嘿地笑起来，他觉得本来紧张的心情突然松弛了，两只脚也轻浮地转了一个华尔兹的舞步。但金桥很快察觉到徐克祥的情绪与自己并不合拍，徐克祥脸上的笑容像流星稍纵即逝，他的眼睛直直地盯着金桥，闪着金属般坚韧的光芒，金桥没能从中读到柔情或者赏识的内容，相反地金桥觉得徐克祥的目光是一种轻视、鄙薄，是一种难以名状的敌视。

你想离开屠宰车间？

是的，你同意吗？

你还想离开肉联厂？

是的，金桥迟疑了一会儿用力点了点头，他又开始紧张起来，是的，我一定要离开这里，金桥掠了下耷拉在额前的一绺头发，他说，我猜你会放我走的。

不，我不放你走。徐克祥的表情也像已故外交家老焦那样变幻无常，在打击对手时嘴角上浮现出一丝灿烂的微笑，那天下午他就这样微笑着对金桥说，你忘了老焦年轻时候干什么工作？老焦在药店里当了五年学徒，他能卖药，你为什么不能杀猪？所以你现在回车间去吧。徐克祥看了看腕上的手表，然后他的右手再次往肩后一挥，上岗啦，金桥，回到流水线上去！

设想我们在夜晚来到金桥的阁楼，设想他的女友眉君不在或者已经离去，而那对情侣制造的爱情的气味也已被晚风吹散，我们可以看见金桥在黑夜里守候着那只半导体收音机，看见金桥倚着墙睡着了，金桥睡着了但他的嘴唇仍然醒着，它们在黑暗中优雅地翕动着，填补了收音机里节目结束后的空白。金桥的几个朋友曾向别人赌咒发誓，说金桥会在梦中朗读当天的国际新闻。

有关金桥的传闻，包括他后来的传奇般的故事都令人似信非信，但我确实亲耳听过金桥诉说他的一种苦恼。我对自己很失望，金桥说，你们不知道我在梦里发言时多么雄辩，不信你们可以去问眉君，她听见我在梦里舌战群儒，精彩极了，她拍手把手掌都拍红了。可是，可是在肉联厂不行，金桥忧心忡忡地叹息着说，在肉联厂我总是思路堵塞，语无伦次，我一说话就像个可笑的傻瓜。有一回我竟然让一个清洁女工驳倒了，她把一摊污水往我这里扫，我说你往哪里扫呀，她说我往那里扫，扫到门外去，我说那你怎么往我这里扫呢，她说那你怎么非要站在这里，你就不能站那里去吗？嘻！当时我竟然给绕糊涂了，哑口无言。我对自己真的很失望，在肉联厂我就像一些殖民地国家，就像一些影子政府，找不到我的立场，也找不到我的观点。有时候我觉得一只手在把我往冷库里扔，难道要把我做成一块冷气肉吗？

设想金桥被做成一块冷气肉，他会不会在肉铺里播送当天的国际新闻——不，没人忍心做这样的设想，你只能按照金桥的习惯去设想，设想金桥是被大水围困的印度恒河下游地区，设想金桥是战火纷飞的柬埔寨，然后按照国际通行的语气格式，给金桥以春天良好的祝愿。

眉君的爱情像一朵牵牛花，牵着金桥往肉联厂的围墙外面爬，眉君执着地要把金桥从猪肉堆里营救出来，因此那对情侣在春天的爱情突然变成匆忙地奔走和游说，金桥被眉君纤小湿热的手牵来牵去，见了许多德高望重或神通广大的人，当他们冒着细雨最后来到杂技团门口时，金桥看见眉君的乌黑的长发已经被雨湿透，她的脸上也凝结着数滴小水珠，金桥怀着无边的柔情扔下雨伞，他想找一块手帕为眉君擦脸，但西服口袋里没有手帕，金桥就紧紧拥住眉君，抓住他的领带在她脸上擦了一下。

别这样，眉君伸着脖子朝传达室里张望，随手打掉了金桥的领带，她说，现在不是你温柔的时候，先找到苗阿姨要紧，拿好伞别忘了！

金桥突然觉得悲哀，他拿好伞跟着眉君往走廊里走，他真的觉得自己和眉君的爱情成了一架牵牛花，急功近利地朝每一块篱笆攀援。温柔难道一定要讲究时间背景的吗？金桥凝视着眉君在杂技团走廊里疾走的背影，嘴里对她喊着，牵牛花，牵牛花，你走慢一点。但是眉君边走边不耐烦地说，我没心思开玩笑，你想好跟苗阿姨说什么，你要是再不跟我配合，我真的不管你了！

苗阿姨曾经是个在杂技界大红大紫的演员，金桥记得童年时代看过她的蹬缸表演，记忆中那个女演员有一张美丽的淌满汗珠的瓜子脸，尤其是她那双穿着红色绣花鞋的脚，因为娴熟地控制和把玩着陶缸、绒毯甚至花布伞，给人一种手脚易位的错觉。金桥还依稀地记得苗阿姨与一位来访的越南领导人握过手，也许是老挝或者柬埔寨的领导人？那时候金桥年龄太小记不清了，但他记得那位外宾在与女演员握过手后，又充满好奇心地蹲下来，摸了摸她那双灵巧的脚。金桥想我跟苗阿姨说什么，首先要说说她那双风华绝代的脚。

练功房里一群男女整齐的毽子翻已近尾声，苗阿姨一边喊着最后的口令一边朝门外走来，金桥一眼发觉苗阿姨的形象与记忆中那个女演员已经风马牛不相及，一个圆滚滚的中年妇女，腰间束着一条宽皮带，白色灯笼裤的底部在地板上唰唰地拖过，苗阿姨看上去威风凛凛，金桥下意识地盯着她的脚，她的脚上现在穿着普通的黑布鞋，而且是趿拉着。

就是你？苗阿姨无疑是属于那种爽朗的快人快语的妇女，她的目光毫不遮掩地研究着金桥的体形和面容，你长得跟小宋有点相像，苗阿姨笑了一声说，练好了没准能接小宋的班。

就是他，眉君过去亲热地挽住苗阿姨的手，她向金桥丢了个眼色说，他就是金桥，从小就爱杂技，苗阿姨你随便考考他吧。

你随便考考我吧，我会空翻、侧手翻，还会变一些小魔术。金桥有点局促地瞟了眼练功房里的那群男女，他一边脱下半湿的西装一边对苗阿姨解释道，我翻得不如他们好，不过，先翻一个空翻给你看看吧。

不要空翻，苗阿姨制止了金桥，她说，眉君说你会口技，我让人找个麦克风来，你表演给我看看。

口技？什么口技？金桥木然地看了看眉君，他猜不出眉君是怎么向苗阿姨推荐自己的。

你怎么糊涂了？不就是学鸟叫学飞机火车叫吗？眉君说着转向苗阿姨，金桥这个人很特别的，他主要擅长学别人说话，学活人说话不是比学动物火车什么更难吗？

我主要学一些外交界大人物的言行举止，也没什么了不起的。金桥说。

那是模仿，那不叫口技。苗阿姨说。

都是嘴上的功夫，学人叫不比学动物叫更好玩吗？眉君说。

不，不要学人叫，要学鸟叫、鸡叫、狗叫，不是一只鸟一只鸡一只狗在叫，要学一群鸟一群鸡一群狗叫，那才叫口技。我们团的口技演员小宋生病了，我们要找人顶替他的节目，苗阿姨连珠炮似的说完这番话，朝练功房里的一个男演员喊，小王，你把麦克风给我准备好。

请等一会儿。金桥对苗阿姨做了个少安毋躁的手势，他尽量让自己显得镇静地说，我知道口技表演一半靠的是麦克风，不过我不懂为什么一定要学那些动物学那些火车轮船呢？

你也可以学阅兵式呀大合唱呀或者批判会什么的，不过那都是高难度，估计你也不会，你只要学一次动物叫，再学一次火车进站就可以了，让我来听听你的声音和技巧。

金桥犹豫了一会儿，他先凭借想象模拟了火车进站的所有声音，鸣笛、刹车、排气，金桥觉得他的舌头和喉管因为用力过度而痉挛起来，他等待着听者的反应，但苗阿姨和眉君都没什么反应。他听见苗阿姨咳嗽了一声，然后她说，好像听不出来是火车进站的声音。

还有动物叫呢，眉君在一旁提醒金桥说，金桥你学一群麻雀在树上叫，肯定学得像。

不学麻雀。金桥沮丧地揉着他的喉部。

那就学鸡叫，学农村里的鸡打鸣，此起彼伏的声音。

不学鸡打鸣，金桥挥了挥手说。

那你想学什么？眉君的两道蛾眉生气地拧了起来，她说，那就学狗叫，学狗叫你总会吧？

金桥猛地回过头怒视着眉君，他的涨红了的脸颊和一抹冷笑说明他受到了一次严重的伤害。在一阵令人难堪的沉默后，金桥恢复了一贯的风度，他把麦克风递还给苗阿姨，是个误会，金桥说，不过见到你我很荣幸，你的脚曾经给我留下非常神奇美好的印象。

金桥独自走出了杂技团的门洞，外面的小雨刚刚停歇，布市街一带的春天更加显得湿润而清新，金桥张大嘴呼吸着雨后的空气，他仍然在追想口技、狗叫和人格之间的关系，或许眉君认为学狗叫只是为了达到调动工作的目的？恰恰是这些善良、热情而追求效率的人们，容易在乐善好施中忽略了他人的尊严。还有什么比尊严更重要呢？金桥对自己的表现感到满意，他小心地绕过地上的一摊积水，看见水中的那个倒影依旧衣冠楚楚，金桥想这一切都是因为他维护了自己的尊严，一个高贵骄傲的人，他的身影比他更伟岸，一个卑微猥琐的人，他的身影便是一只过街的老鼠，这句至理名言好像来自老焦的日记。

金桥走出去好几米远，突然觉得丢了什么，是雨伞？不是雨伞，是眉君，是眉君那只温热纤小的手。我怎么丢下她一个人走了？这未免太无礼太粗鲁了。金桥拍了拍额头自责着，金桥回过头来，恰巧看见眉君气冲冲地跑出杂技团大门，眉君抓着雨伞朝金桥这边指戳着，嘴里喊着，金桥，你是个白痴，永远别来找我了，你只配在肉联厂待着，别再来找我，你只配跟猪待在一起！

失恋的人在春天的鸟语花香中也是萎靡不振的，即使是金桥也不能免俗。四月里一家芭蕾舞团到我们这个城市演出，那些热爱高雅艺术的人们都前往捧场了。《胡桃夹子》以后是幕间休息，我看见金桥一个人低着头往剧场外走。那时候我还不知道金桥和眉君的爱情出现了危机，我问他眉君为什么没来，金桥像个西方人一样耸了耸肩，他给我看他手心里的两张票，一张是票根，一张是完整的，这便是金桥含蓄的回答了。我说，节目很好，为什么急着中途退场？金桥苦笑着伸出五指在眼前晃了几下，这个手势我就不理解了，我说，你到底怎么啦？金桥显得有点窘迫，他说，心情不好，看什么都产生幻觉。那些演员不该穿无色的紧身裤，他们老是做单腿独立单腿旋转的动作，让我想起屠宰车间，想起流水线上的一排猪腿。

我觉得金桥是怀着痛苦说出这番不敬的话，他猛地转过身去推开剧院的玻璃门，甚至不跟我道别，这种一反常态的表现让我对金桥的生活忧心忡忡。

金桥开始像一个影子尾随徐克祥。

东风肉联厂里像影子那样尾随徐克祥的人很多，一个肥胖的女工从办公室里一路追逐着徐克祥，抗议她的月度奖金比别人少了十元钱，一个双鬓斑白的屠宰工一手拿着一沓医院的收据，一手拽住徐克祥的衣角高声说，这不是营养品，是药，是药呀！你不批谁肯给我报销，难道要让我自费看病吗？金桥冷眼观察着徐克祥应付类似场面的手段，他发现徐克祥其实是以不变应万变的，他的右手往肩后有力地一挥，找老张去，找医务室去。金桥想这是一种踢皮球的方法，这是管理阶层常用的一种方法，甚至在国际事务中，那些超级大国也把援助贫穷小国的义务当皮球一样踢来踢去的。

金桥不会让徐克祥把他当皮球一样踢来踢去。几天来金桥一直伺机与他摊牌，他希望选择一个安静优美的环境作为摊牌的地点，但整个肉联厂难以寻觅这样的环境。一个天边滚动着火烧云的黄昏，金桥终于在厂外的一条窄巷里拦住了徐克祥的自行车，那里沿墙堆放着邻近工厂废弃的机器零件，还有煤渣堆和建筑垃圾，他不喜欢这种谈话的地方，但是当时金乌西坠的黄昏景色突然启迪了金桥，与其一天天地在肉联厂虚度光阴，不如快刀斩乱麻，拦住他，告诉他，你必须放我走。

你必须放我走。金桥站在徐克祥的自行车前，他的一只手敏捷地伸到车座下面锁上了自行车，你必须放我走，金桥带有示威意味地向徐克祥晃着那串钥匙说，你不放我走，今天我也不放你走。

徐克祥愣了一下，但只是几秒钟，他很快露出了从容的笑容，拔钥匙？我以为遇到了哪个小流氓了，徐克祥说，金桥，这不像是你的行为，这不符合外交礼仪。

不，当有人损害别人的主权时，受损害的一方总是要给予警告，给予一个还击的暗示。

警告什么？暗示什么？你想怎么还击呢？

你无权把我囚禁在肉联厂。我的辞职报告递给你了，你可以批准，可以不批准，但你无权把它锁在抽屉里不闻不问。

好吧，我告诉你，我不批准，我也可以告诉你，我徐克祥从来不怕警告，也不理睬所有的暗示。徐克祥的表情看上去很严峻，他突然把手伸到金桥的面前，你已经得到明确的答复了，现在把钥匙给我。

不，你还没说出不批准的理由。金桥躲避着徐克祥的轻蔑的目光，也躲开了他的索取钥匙的手，金桥觉得自己突然被击向了被动的低下的位置，这使他心中感到一阵痛楚。他想较量已经走向高潮，他一定要挺住，于是金桥忍住某种羞耻之心，朝徐克祥继续晃动着那串钥匙，理由呢？金桥说，我要的不是你人格的自由，我要的是你的理由。

理由有好几条，但现在只剩下一条了。徐克祥仍然目光如炬地逼视着金桥，好高骛远、夸夸其谈、贪图享受、怕脏怕苦，这是你们这一代青年的通病。徐克祥清了清喉咙说，而你金桥，又比他们多染上一个恶习，拔钥匙？拦路撒泼？这是流氓恶棍的伎俩，我可以原谅你，但我绝不妥协，你听明白了吗，我绝不向一个流氓恶棍妥协。

人身攻击。金桥当时立刻想到了这个词语。他想指出徐克祥的理由依赖于人身攻击的基础，但他的目光恰恰投在那串自行车钥匙上，是这串钥匙授人以柄，直到这时金桥才意识到拔掉徐克祥的自行车钥匙也许会导致致命的错误，他像挨了烫似的扔出那串钥匙，他看见钥匙落在徐克祥的脚下，徐克祥低头看了看，但他没有捡起那串钥匙，只是在鼻孔里哼了一声。

徐克祥不去捡他的自行车钥匙，这使金桥想起已故外交家老焦当年在日内瓦拒绝与一个敌对国家的代表握手的那一幕。金桥感受到了其中的分量，这个人果然有老焦遗风，他看着徐克祥以一种坦然的姿态步行到窄巷的尽头，他想喊住他，但一个声音在冥冥中说，金桥，你输了，谁让你去拔他的自行车钥匙呢？

肉联厂附近的这条窄巷后来成了金桥记忆中的蒙难之地，摊牌的那天他本来对艰难的谈判有所准备，他想找到一把能打开徐克祥心锁的钥匙，可那不是一串自行车钥匙。金桥抓着那串钥匙在落日夕晖里徘徊，他觉得他抓着那串钥匙就像一个罪犯抓着犯罪的证据。

许多人都见到了徐克祥的那串钥匙，一把是铜质的，两把是铝质的，除了自行车钥匙外，另两把从形状上判断可能是工具箱钥匙。许多人看见金桥提着那串钥匙寻找徐克祥，他问别人道，你看见老徐了吗？他丢了这串钥匙。立刻有人以知情者的口吻说，是他丢的还是你拔掉的？金桥几乎觉得无地自容，后来在会议室门口他终于看见了徐克祥，徐克祥正在召集一个中层干部会议，金桥从人堆里挤到徐克祥面前，向他晃了晃那串钥匙，他说，昨天的事我很抱歉，你的自行车我推进厂里的车棚了。

徐克祥脸上宽宏大量的微笑是金桥始料未及的，而且徐克祥还亲热地拍了拍他的肩膀，我还有一串备用的钥匙，徐克祥说，这串你留着，留个纪念。

不，我不要。金桥不假思索地说。

为什么不要？徐克祥说，你忘了老焦当年送给美国国务卿的礼物，不就是一把钥匙吗？留着它吧，特殊的礼物有特殊的意义。

金桥当时意识到这是一件居心叵测的礼物，他想拒绝，但会议室门口人多眼杂，他不想在那里与徐克祥推来推去的，更重要的是金桥把这件礼物理解为一次挑战，一次考验，拒绝便是软弱的表现。徐克祥想让我背上一个十字架，金桥后来对朋友们说，背就背吧，我从来都敢于正视自己的错误。但是徐克祥假如自以为战胜了我，那他就大错特错了，你们看吧，我跟他的较量会越来越精彩。有朋友站在息事宁人的立场上劝导金桥，你何必去跟一个老狐狸较量呢？辞职报告已经递上去了，他批准了你就走，他不批准你也可以走呀。金桥立即打断了那个朋友的言论，他说，我知道怎么走都是走，但走得是否体面，走得是否快乐，这关系到我的尊严，我把这事当作一场战争，战争你们明白吗？战争不是逃避，是一次次的交锋，战争都会有胜利者和失败者，而我要做的是一名胜利者。

我想告诉所有关心金桥事件的人们，金桥不是人们想象中的神经质的自暴自弃的人，当他在滔滔不绝地阐述他的思想时，你会发现他苍白的脸上闪烁着理智的光辉，即使你不能理解他所要的胜利是什么意思，你也应该相信，金桥不是一个人云亦云的庸人。

五月里东风肉联厂的生猪生产更加繁忙。咯，咯嗒，机器手放下了半爿新鲜光洁的生猪。咯，咯嗒，机器手咬住了半爿盖上蓝印的生猪。一群苍蝇在屠宰车间里嗡嗡回旋，仔细观察那群欢快的苍蝇，你会发现它们有着异常丰肥的腹部和色彩鲜艳的翅膀。

金桥就是在观察苍蝇的时候睡着了，连续几夜的失眠使他精神涣散，苍蝇飞舞的声音灌满耳朵，他知道那是苍蝇，但他无法停止对一架三叉戟飞机掠过欧亚次大陆的想象，一次飞往日内瓦、布鲁塞尔或者阿姆斯特丹的航行。金桥睡着了，他看见飞机上坐满了一些似曾相识的人，美、英、德、法、日等许多国家的首脑，甚至还有一个被废黜的袖珍小国的总统，金桥想这些人怎么会挤坐同一架飞机呢，他们每个人都应该有自己的专机，金桥想与他们交谈，但每个人都有了自己的谈话对象，他插不上嘴。他听见邻座有人在交换对戈兰高地局势的看法，他很想发表自己的意见，但是在八千米的高空中金桥的声音莫名其妙地消失了，情急之中他举起了右臂，他想发言，一个金发碧眼的空中小姐走过来，她说，先生你要什么？咖啡还是红茶？空中小姐无疑误解了他的意思，我要发言，金桥的右手愤然向肩后一挥，他猜空中小姐已经理解了他的手势，他看见她端着一只盘子匆匆地走来，盘子里的东西远看像乳酪，其实是一沓厚厚的文件材料，金桥接过那只盘子，惊诧地发现盘子里装着克里姆林宫本年度的裁军计划。

金桥醒来的时候嘴角带着一丝迷茫的微笑，他很快发现他是被人推醒的，而且他的肘部并非是架在那沓神秘的文件上，而是靠在一堆温软油腻的猪肉上。

推醒他的是屠宰车间的业余诗人，业余诗人附在金桥耳边恶狠狠地说，别睡了，猪头来了。金桥揉着眼睛回头一望，看见徐克祥在门边闪了一下，只是闪了一下就不见了。

他怎么不进来？金桥说。

他根本不想进来，他只是想告诉我们他在厂里，那么闪一下就够了。业余诗人说，猪头，真是只讨厌的猪头。

肉联厂的人都这么恨他？

也谈不上恨，就是讨厌他，他整天盯着你，盯得你喘不过气来。

你们好像都有点怕他？

也谈不上怕，他的脾气其实很好，有一次我指着他鼻子骂他猪头，你猜怎么样，他笑了，他说我本来就是猪头。

这是假象。一个高明的统治者往往能够忍辱负重。金桥若有所思地说，这个人软硬不吃，对别人却软硬兼施，他很强大，假如不能给他一次珍珠港偷袭，你就无法在诺曼底登陆。

你在说什么？

我在想怎样才能扳倒他的手腕。

那天下班后金桥和业余诗人结伴登上肉联厂冷冻库的平台，平台很大，不知为什么堆放了许多残破的桌椅。金桥和业余诗人就对坐在两张长椅上望着五月的夕阳从肉联厂上空缓缓坠落，除了日落风景，他们还能俯瞰肉联厂的最后一辆货车从远处归来，货去车空，留下一汪浅红色的污液在木板和篷布上微微颤动，远看竟然酷似玛瑙的光晕。业余诗人诗兴大发，他为金桥朗诵了好几首有关黄昏、爱情和鲜花的诗歌，但金桥始终不为所动，他的耳朵里渐渐浮起了梦中那架特殊班机掠过天空的声音，他所仰慕的人、他所批驳的人还有他所不齿的人都在航行之中，而他却被遗弃在肉联厂冷冻库的平台上了。

金桥忽然以手蒙面喊道，别再对我念那些骗人的诗，告诉我怎样才能离开这个鬼地方？

怎样都可以离开这个鬼地方。业余诗人说，你可以旷工，旷工一个月就是开除，或者你去医院弄长病假，弄成了还有工资，怎样都可以离开，你为什么要为这件事痛苦呢？

我为什么要为这件事痛苦呢？我自己也糊涂了。金桥自嘲似的笑了一下，我知道怎样都可以离开，但我只想让徐克祥心甘情愿地放我走，我永远不想降低我的人格，更不想让卑劣替代我的尊严，我要走，但我不想留下任何一个污点。

业余诗人终于哈哈大笑起来，他把平台上的椅子一张张地推过去，又朝每一张椅子上踢了一脚，傻瓜、笨蛋、白痴、偏执狂、梦游者，业余诗人一边踢一边给每一张椅子冠以恶名，他每踢一脚金桥的心就有一次尖锐的刺痛。业余诗人最后在金桥身边站住，诗歌是假的骗人的，那你的尊严和人格难道就是真的？业余诗人咄咄逼人地盯着金桥的眼睛，突然激动地说，什么尊严，什么人格，不过都是猪尿泡，有尿胀得吓人，没尿就是一张臭皮囊！你说对不对？金桥，你说对不对？

不，不对。金桥几乎怒吼起来。他想去抓业余诗人的手，但业余诗人无疑对金桥产生了强烈的鄙视，他一路又推倒了几张椅子爬上了平台的悬梯，最后他朝金桥喊道，金桥，我告诉你怎样才能离开，干掉徐克祥，然后干掉你自己。

后来便起风了，是春天罕见的那种大风。金桥觉得风快把他从平台上吹下去了，他听见皮带扣上的钥匙也被风吹得叮咚直响，那种孤寂而纤细的声音使金桥莫名地警醒，他低下头看见三把钥匙，一把铜钥匙和两把铝钥匙，它们属于徐克祥，但他却鬼使神差地把它们挂在了身上。

人们都说眉君是不可多得的古道热肠的女孩，即使在她与金桥正式分手那天，她仍然到处为金桥的事情奔波着。他们最后一次在火车站广场见面时眉君恰好刚刚剪掉了长发，发型师为她设计了一种折叠式的华丽的短发发型，别人都说眉君这样更显俏丽活泼了，眉君认为金桥对她的新发型会赞赏，没想到金桥一针见血地指出那是对戴安娜王妃的模仿，金桥说，我们不要轻易地去模仿别人，黄种人与白种人气质不同，脸形身材也不同，她留短发好看你不一定好看，让我说你不该剪头发，不如像陈香梅那样梳一个圆髻，更有东方的韵味。

我说过眉君不是那种小鸡肠子的女孩，金桥的一盆冷水使她郁郁寡欢，但那只是短短的几分钟，几分钟后眉君就想通了折叠式短发和圆髻的关系，对了，梳个圆髻肯定别有风味，你怎么不早说？眉君推搡着金桥懊悔不迭，但她又安慰自己说，反正我头发长得快，等长了再梳圆髻吧。

火车站的喷泉池仍然没有喷泉，暗绿色的积水倒映着五月的蓝天和一对情侣的背影，当然，喷泉的水在节日里会欢乐地奔涌，天空到了六月和七月会更加澄碧透明，而这对情侣的爱情已经被风吹散，只剩下最后的一片叶子。

顾伯伯那里你还要再去一次。再去一次估计就行了。眉君说，你不用送礼，顾伯伯那人很廉洁，不过他喜欢品茶，你准备一点好茶叶，知道吗，送茶叶不算送礼。

我还是不明白，怎么可以跳过徐克祥这一关？他不放我走我怎么可以走？这不符合程序。

你问我我问谁去？反正他们说这叫退档，他们把你的档案从肉联厂要回去，你就与肉联厂无关了，你也不用去跟徐克祥白费唾沫了。

像邮局里的改退包裹，退来退去，金桥摇了摇头说，不，我不愿意像一只包裹被人退来退去的。

不肯做包裹，那你就老老实实做你的杀猪匠吧。眉君又开始动怒了，眉君一动怒说话就不免尖刻，她说，你不肯做包裹，我凭什么做你的公关小姐,涎着脸到处求爷爷告奶奶的?我真是吃饱了撑的,我要是再这样贱下去,我就,我就是一头猪!

冷静些,别这样作践自己,我不懂人为什么喜欢与动物等同。金桥一只手按住眉君的肩头,似乎想把她的火气按下去,你别在公共场合这么高声说话,别人会看你,不文明的举止引来不礼貌的目光。你听,十四次列车进站了,也许马达加斯加总统在软卧车厢里,今天他从上海回北京,他肯定就在那节车厢里。

我要是再管你的闲事,我就是一头猪。眉君从她的蜡染布包里抓出一块手绢捂住嘴,不难看出眉君的怒火已经化成委屈和哀伤,眉君猛地转过身去呜咽起来。

金桥慌了手脚,别哭,别哭,他在眉君身边转来转去的,因为慌乱他的安慰起了适得其反的效果,好了,我听你的,做一次包裹其实也无所谓。金桥轻柔地拍着眉君的肩头,似乎想把她的哭泣拍掉,他说,我听你的,就去顾伯伯家,买上一斤碧螺春,马上就去好吗?

眉君止住了哭泣,眉君抬起头,顺手将揉皱的手绢扯平整了,我要是再管你的事,我就是一头猪,眉君的手指不停地扯拉着手绢,她的声音听来平淡如常,虽然重复但金桥已经感受到其中决绝的意味,眉君说,金桥你听着,你这种人,你这样的人,我要是再理你,我就是一头猪。

最后一次约会时眉君对金桥已经心如死灰,她甚至把那只漂亮的蜡染布包塞到了金桥怀里。在眉君穿越火车站前的人流匆匆而去的时候,金桥清醒地知道一段美好的爱情也随之匆匆而去了,他在一种尖锐的痛楚中仍然放不下一个问题:人可以赌咒发誓,但为什么要让自己成为一头猪呢?

屠宰车间的人们喜欢恶作剧，他们是一群习惯了肮脏和油腻的人，他们的滑稽与幽默往往要借助于猪的内脏或者脚爪，因此常常有人在口袋里掏香烟时掏到一截猪肠，或者掏到一片猪耳朵。也有别出心裁的，譬如业余诗人，他在灵感突至时喜欢在生猪的背上写诗，当然都是一些缺乏新意的风花雪月之作，本来就不会被报纸杂志利用的。金桥起初还会走过去读一读，评点一番，后来他就懒得去看一眼了，他不喜欢这种游戏，他曾经真诚地劝告过业余诗人，别在猪肉上写诗，你是在亵渎诗歌。

　　但是语言文字仍然出现在肉联厂的生猪身上，有一天金桥从流水线上接到半片猪，猪背上写着龙飞凤舞的三个字：徐克祥。他未加思索就把它擦掉了。金桥没想到流水线下来的猪肉身上突然都写上了徐克祥的名字，无疑这是一次有预谋的行动。这里谁写的？金桥朝四周高声喊了几遍，无人应声，屠宰车间的人脸上都带着一种神秘的微笑，似乎每个人都参与了这次规模庞大的恶作剧。金桥问业余诗人，是不是你写的？业余诗人沉下脸说，你他妈的别诬陷我，我只写诗不写别的。金桥听到四处响起窃窃的笑声，他不知道这些人为什么总是陶醉在如此卑下的游戏里。业余诗人还说，又不是写你的名字，关你什么事？让它出厂，让它挂到肉铺里去，你不是也讨厌徐克祥吗？金桥愤愤地说，那是两回事，我讨厌人身攻击，我讨厌所有卑鄙低级的手段。

　　那天金桥怀着一种厌恶的心情擦去了所有猪肉上徐克祥的名字，我们相信金桥这么做只是出于他高尚质朴的天性，但屠宰车间的一些工人却曲解了金桥，他们认为金桥在拍徐克祥的马屁，他们痛恨所有拍马屁的人，在东风肉联厂这种人总是要受到唾弃的。于是在第二天的生猪流水线上出现了一只超大型的猪，就是在这头猪的背部，金桥惊愕地发现，他的名字与徐克祥的名字赫然并列在一起。

有人告诉我金桥当时脸色煞白，他的身体在节奏欢快的生猪流水线下簌簌颤抖，他发疯似的用刀背把猪肉上的墨迹刮除，然后就一路狂奔着跑出了屠宰车间，当然金桥不会跑到徐克祥那里告状，他像一匹受了惊吓的马一路狂奔着，跑出了东风肉联厂。

金桥闲居在家的日子其实很短暂，或许是为了排遣心头的苦闷，或许是因为苦闷，金桥在青竹街的公用电话亭里打了好几个电话，通知他的朋友们到他家里开冷餐会。他在电话里特别强调，可以自带冷餐，但最好不要带猪肉罐头。

没有人带去猪肉罐头，在金桥家阁楼的那次聚会，朋友们自觉遵守着几个戒律，不谈眉君，不谈猪肉。但即使这样金桥的眉宇间仍然透出无边的落寞，他几乎没吃什么食物，他只是不停地说话，发生在屠宰车间的恶作剧被金桥再提起时，冷静已经代替了悲愤，金桥说，他们为什么把我的名字和徐克祥写在一起？他们认为我不跟他们合作就会跟徐克祥合作，非此即彼，多么愚昧无知的思想，他们不理解中立的意义，他们更不懂得我是谁，我是谁？我是一个不结盟国家！

朋友们都看出金桥在肉联厂陷入了四面楚歌的绝境，有人问他，是不是准备就此告别肉联厂了？金桥说，不，至少还要去一次，我不喜欢消极的方法，这几天待在家里是为了调整我的精神状态，我还要与徐克祥谈判，一定要有一个圆满的结局。

没有人想到转机突然来临，就在朋友们陆续离开金桥家时，外面又来了一位客人，是东风肉联厂负责劳动人事的女干部。作为不速之客，女干部带来的信息足以让人雀跃，她说，老徐让我来通知你，你的辞职报告批准了，老徐让你明天去厂里，他还想与你谈一次。金桥克制住心头的狂喜，问，再谈一次？谈什么？女干部莞尔一笑说，谈了就知道了，你跟老徐不是很谈得来吗？金桥想解释什么，但女干部匆匆地要走，一边走一边含蓄地瞟着金桥说，老徐很喜欢你啊，他说你是出淤泥而不染，他说你以后会前途无量呢。

我看见金桥耸了耸肩，他微笑着朝几个朋友摊开双手。虽然我很厌恶别人做这种西方风格的动作，但金桥做这种动作就显得天经地义。我猜测是金桥在生猪流水线上的维护文明之举感动了徐克祥，但是这种简单的因果关系不宜点破，我看见金桥的脸上迸发出一种灿烂的红光，他对着外面的街道吸气，再吐气，然后歪着脑袋对朋友们笑了笑，嗯？这是一个含义隽永的鼻音，它意味着胜利、胜利和胜利。

嗯？

假如这时候金桥用语言而不是鼻音，那他就不是我们熟识的金桥了。但是不知为什么，我隐隐地为金桥的胜利担忧，一般说来胜利假如来得这么容易，它就值得怀疑，也许它只是一个回合的胜利而已。

但是我要说那天的聚会有着难得的雨过天晴似的气氛，好朋友从来都是这样，他高兴你也高兴，他不高兴你设法让他高兴。大家跟金桥握别时都说，等着听你的好消息。没有人是未卜先知的神仙，没有人预料到第二天就发生了令人震惊的冷库事件。后来有人声称在事发前如何预感到了金桥的不幸，我想那是哗众取宠的无稽之谈。

金桥那天衣履光鲜而严谨，黑色西装、白色衬衫和彩色条纹领带，一切都显示了他对最后一次肉联厂之行的重视。在经过孔庙与邮电大厦间的路口时，金桥一眼看见眉君和她姐姐在路边鲜花摊上选购鲜花，愉快的心情使金桥骑在自行车上朝那姐妹俩挥手，他高声喊道，买一束玫瑰，那是爱情和凯旋的标志。但是路上的车流人声太嘈杂，眉君没有听见金桥的声音。眉君挑选了一束白色的苍兰。

东风肉联厂每逢周末总是格外忙乱，金桥在几辆卡车的夹缝中挤进了厂门，他害怕西装会沾上油腻，干脆把它脱了搭在手上。偌大的厂区里到处回荡着肉猪们粗声粗气的号叫，穿白色或蓝色工装的人们在卡车上下搬运着加工过的鲜猪肉，而屠宰车间的圆窗内人头攒动，两个女工从吵嘴到相互谩骂的过程很明显也很快捷。猪、猪屎、猪脑子、猪×。这些粗俗的声音再次顶进金桥的耳朵，他突然觉得自己已经不以为然了。金桥闯进徐克祥的办公室，里面没有人，正在东张西望的时候，对面政工科里出来一个人，他看见金桥眼睛一亮说，喂，你就是金桥吧？你顶住了屠宰车间的不良歪风，我们要表扬你的。金桥知道他指的是什么，金桥说，我不要表扬，我要找徐克祥。那个人说，那你到冷库去吧，冷库今天很忙，老徐又去帮忙啦。

徐克祥果然在冷库里。金桥想把他叫出来，但徐克祥在里面喊，你进来吧，穿上棉衣棉裤，进来边干边谈，不会受冻的。金桥犹豫了一会儿还是进去了，他在穿棉衣棉裤时很担心自己的衣裤会不会被挤皱被弄脏，但他想反正是最后一次了，咬咬牙与徐克祥配合一回吧。

冷库里因为很冷，因为要保持低温，劳动的人很寥落，除了徐克祥，只有几个穿得异常臃肿的女工拖着小车来回地跑动，一个女工打量着金桥说，你也下冰库？怎么，才来没几天就提拔啦？金桥没有理睬她，他对女人总是宽宏大量的。金桥走到徐克祥身边，他觉得徐克祥的脸在低温环境下更显清瘦和憔悴，现在徐克祥的神态让金桥联想起外交家老焦晚年的一张照片，照片上的老焦在冬天的梅花丛里踏雪而过，手里抓着一本翻开的书。当然冷库里没有梅花，而徐克祥手里抓着的也不是书，是一条冰冻猪腿。

你让我来谈谈。金桥说，你让我来谈谈？

边干边谈，否则你会觉得冷。徐克祥把小拖车里的猪腿整整齐齐摆在一起，他说，像我这样干，卖力一点你就不会觉得冷，我们边干边谈。

可是，我们谈什么呢？金桥试着搬起一条猪腿，他忽然想到他应该先谢谢徐克祥，于是他把戴着棉手套的手伸过去，在徐克祥的手套上拍了拍，就这么握一次手吧，金桥说，我很高兴你批准我辞职。

批准你辞职我很不高兴，所以我罚你一回，陪我干活，陪我谈谈当前的国际形势。徐克祥嘴里吐出的热气遮住了他半边脸，他的声音听来喜怒难辨，不过你从今天起就不是肉联厂的人了，徐克祥说，你可以不听我的，我知道你讨厌猪肉，你假如没兴趣待在这里可以离开。

不，我待在这里，现在看见猪肉的意义完全不同了。金桥想了想又说，我陪你边干边谈，为了老焦，我陪你边干边谈。

谈什么呢？就先谈老焦吧，金桥我考考你，老焦是哪一年哪一天死的？

一九七六年七月十八日。

老焦死的时候身边还有谁？

一个人也没有，老焦死得很凄惨。

是没有人，但有一群老鼠。老鼠啃光了床头柜上的馒头，喝光了杯子里的牛奶，老鼠还把枕边的眼镜搬来搬去的，它们想把眼镜带回洞里，但眼镜最后卡在地板缝里。

你怎么知道这些细节？

我亲眼看见的。那会儿我当兵，我看守老焦。

怪不得，怪不得你很像他。

不，我不像老焦，我是东风肉联厂的领导，别人背地里都叫我猪头，只有你没叫过。

那是他们不懂得如何尊重人，他们只喜欢侮辱和贬损人，你在这里曲高和寡，跟我一样。

你现在该明白我为什么不放你走了，我第一次看见你就想，肉联厂终于来了一个好青年了，他尊重我崇拜我，可是我知道好青年都不喜欢肉联厂，肉联厂留不住一个好青年。

我们谈点别的吧，不谈切身利益，你不是说要谈国际形势吗？

其实我对国际形势不感兴趣，我只关心肉联厂的形势。

你要关心。不管你在部队还是在肉联厂，你都应该胸怀全中国放眼全世界，老徐你别笑，我不是开玩笑，请你相信我的真诚。喂，你知道这届美国总统竞选吗？布什、克林顿，两个热门候选人，你看好谁？

克林顿是谁？就是那个电影演员？

不，是阿肯色州州长，很年轻的一个候选人。

那他肯定不行。布什我知道，他很稳健，让人放心，再说他对中国不错。

你看好布什？

对，看好布什，那个什么顿的不行。

就因为布什稳健？其实稳健和保守只差半步，我倒是看好克林顿，他更符合当代政治家的标准，怎么样，老徐，我们来打个赌，我赌克林顿，你赌布什，到年底选举结果出来，谁输谁请客。

赌就赌，把手套摘了，我们钩钩手指。

他们准备钩手指打赌的时候，听见冷库的铁门重重地响了一声，与此同时天顶上的几盏电灯同时熄灭，突如其来的黑暗使两个人惊惶地跳了起来。

林美娣——

朱英——

陈丽珍——

徐克祥高声喊着几个女工的名字，但冷库里一片死寂，唯一的回音是冷气机组里水的回流声。

她们走了，她们不知道我还在冷库里，徐克祥在黑暗中寻找着手表上的夜光，他说，离下班还有半个钟头，她们又早退了。她们像做贼一样地锁门，做贼一样地溜出厂门，她们认为我走了，否则她们不敢早退。

现在怎么办？我们肯定出不去了吗？

再等等看，我希望她们在跟我开玩笑，不过开玩笑的可能性不大，她们忘了检查一遍，看看冷库里还有没有人，她们脑子里只想着早点溜掉。也怪我，冷库是安全重地，我不该让林美娣她们在这里负责。

我觉得温度越来越低了。金桥在黑暗中蹦跳着，他说，我们不会一直这样冻下去吧？是不是应该找一下警报器，要不我们找到冷气机的开关，关掉冷气就行了。

没有警报器，冷气阀上个月就坏了，我让小于他们修，我猜他们还会拖上几天。徐克祥继续在黑暗中摸索着，他好像找到了冷气阀，但他没有能扳动它。该死，果然还没修，徐克祥骂了一声，他说，金桥，你看看肉联厂的这些人，你现在该知道我为什么不肯放你走了。

金桥凭着方位感去寻找冷库的铁门，他觉得他找到了，来人，快开门。金桥捶打着铁门一遍遍地吼叫着，但是铁门外也是一片死寂，他觉得外面的人应该能听到铁门的碰撞声，为什么没有人来开门？刹那间金桥的心头浮起一种不祥的预感，他怀疑肉联厂的一百多个工人都已经下班了。

别叫了，没有人会听到。人已经走光了，他们看见我不在厂门口，肯定都提前走了，金桥，别害怕，到我这边来，让我们一起想想办法。你找到别的棉衣棉裤了吗？

我什么也看不见，我快冻僵了。老徐，我觉得这是一起阴谋，就像国会纵火案，就像水门事件。

不，他们不是搞阴谋的人，他们是擅离职守不负责任的人，我现在很后悔没早点去把住厂门，让他们钻了这个空子。不，后悔没有用，金桥你过来，我把我的棉袄脱给你，我比你抗冻。

现在不是搞人道主义援助的时候，我不要你的棉袄，我们可以靠在一起，不停地说话，不停地活动，也许能挺到明天早晨。

金桥，我没看错你。你是肉联厂最好的青年，来，你靠着我，把你的手给我，我们刚才不是在钩手指打赌吗？你说你看好谁？克什么顿？

我看好克林顿。

我看好布什。

金桥觉得徐克祥握着他的手，就像父亲握着儿子的手，这使他感到一种奇特的温暖。但是寒冷的气流已经像巨兽一点点地吞噬他的身体和思想。他把手放在徐克祥的手上，他想更详细地了解已故外交家老焦生前的故事，但他觉得嘴唇被冻住了，思想和语言也被冻住了，他想活动自己的手脚，手与脚却失去了知觉。他依稀看见棉袄棉裤中手与腿上结满了冰花，没想到我也被做成了一块冷气肉。他张大嘴想让徐克祥听见他的幽默，但是他发现自己的幽默也被寒冷吞噬了，他听不见他的声音了。

金桥握着徐克祥的手，渐渐沉睡过去，他听见徐克祥说，别睡，千万别睡，金桥你快睁开眼睛。但他已经无力睁开眼睛，他愿意让时间在此停留，因为他又登上了那架巨大的飞机，那架横掠欧亚大陆的飞机，他看见已故外交家老焦和他坐在一起，而他们座位的前排后排坐着神交已久的美、英、德、法、日等国的首脑，让我们来谈谈新的世界和平计划！他看见自己在那次伟大的旅行途中站起来，他听见自己的声音，洪亮、自信、幽默，散发着无可比拟的魅力。

冷库事件后来被证实是一起意外事故。女工们第二天发现那两个不幸的冰人，他们仍然站在那里紧紧地握手。正如两个死者奇异的临终姿态，事故的前因后果也令人扼腕嗟叹。

肉联厂的红色围墙外是一个鸟语花香的春天，朋友们都说这个春天本来是越来越美好的，不知在哪里出了差错，五月的鲜花和阳光突然变成了寒冷和死亡的记忆，他们失去了好朋友金桥，也失去了一种高雅文明的风范，他们将无法借鉴金桥独特的追求完美的处世哲学，从此也不再有人怀着激情向他们传播有关中东战争、日美贸易或者总统竞选的最新信息。

春天以后我们许多人都成了素食主义者，这种风气的形成渊源于金桥生前的女友眉君，据说眉君有一天看见餐桌上的炒肉片后放声恸哭，砸碎了一堆碗碟。眉君的悲伤很快感染了我们，我们都开始戒食猪肉，作为对金桥的一种纪念。当然许多场合许多时刻我们都会想起金桥，譬如那年冬天——冬天距离春天也不过是一箭之遥，那年冬天我们从电视和广播中知道了美国总统竞选的结果，不出金桥所料，克林顿登上了总统的宝座。

人民的鱼

　　春节临近，鱼的末日也来临了。我们街上的傻子光春热爱垂钓，有一天他从铁路那边的鱼塘回来，棉裤是湿的，裤腿上结了一层冰碴儿，他扛着一根用晾衣竿做成的竹子鱼竿在街上走，沿途告诉别人一个古怪的消息。他们把抽水机搬去了，鱼塘里的鱼就哭起来了，他说，鱼塘里有好多鱼，都在水底下哭！

　　没有人在意傻子光春的话，大家已经在街上看见了鱼，已经有好多鱼告别了河流和池塘，来到了我们香椿树街，让智力正常的人们感到纳闷或者不公的是鱼的去向，干部居林生的家似乎变成了一口鱼塘，那么多的鱼都游到他家里去了。

　　善妒的邻居们倚门传播着这件事情，他们指着几只在街上疾奔的猫说，看见了没有，居林生家快成鱼塘了，街上的猫都在往他家跑呢。

　　鱼和送鱼的人在香椿树街 127 号门口来来往往。多少鱼呀，有的鱼很威风，是从红旗牌小轿车上下来的；有的鱼坐着面包车、卡车、拖拉机来；也有的鱼被人随便挂在自行车车把上，很委屈地晃荡了一路，噘着个嘴来到了居林生家的天井。居家的天井里荡漾着鱼类特有的甜蜜的腥气。青鱼、草鱼、鲤鱼，还有黑鱼，几乎都是五斤以上的大鱼，它们水淋淋的，嘴上被人拴了根草绳，有的绳子上还绑着纸条，未及腐烂的纸条上那个“居”字还清晰可见，含义很明显，这是一条属于居林生的鱼，那么多鱼，躺着的挂着的，都是居林生收到的年货。鱼与鱼之间本来素不相识，来到这么个神秘陌生的地方，死去的鱼保持沉默，幸存的活鱼大多瞪着迷惘的眼睛：这是什么地方？他们要拿我们怎么样？可惜鱼儿们都只能躺在地上，连呼吸都困难了，也就不能交谈。也许有几条聪明的鱼知道自己是一种年货，但再聪明的鱼也无法了解近年来人们送礼的时尚，这时尚可说是抬举鱼类，也可说是与鱼类为敌，不知是从哪个部门哪个区域开始的，鱼流行起来了。本地人将鱼作为最吉祥最时髦的礼物，送来送去，在春节前寒风凛冽的街头，随处可见人与鱼结伴匆匆而行，这景象使冬天萧瑟冷寂的香椿树街显出了节日喜庆祥和的气氛。鱼不懂事，年年有鱼，年年有余，连小学生都懂得其中的奥秘，鱼类自己却不懂。鱼不认识字，不懂谐音，不懂灾难为何独独降临到鱼类身上，它们悲愤地瞪着眼珠子，或者不耐烦地甩着尾巴，有的用最后一点力气在人的手下跳跃着，抗议着，但我们知道，失去了水以后鱼的所有愤怒都是徒劳的，怎么跳也跳不回池塘里去了。

一到过年，居家宾客盈门，我们也就有机会看见我们街上最大的干部居林生了。尤其是傍晚时分，居林生夫妻经常站在门口送客人，有时候是柳月芳送，有时候是居林生送，有时候客人明显来头不小，夫妻俩就一起出来送客。居林生当时尽管只是个科级干部，但他的肚子已经像领导一样鼓得规模很大了，他剔牙齿剔得厉害，大家看见他挺着将军肚，一手叉腰，另一只手随意地向客人挥着，眼睛尖的邻居会注意他的另一只手上还抓着一根牙签呢。相比之下，柳月芳送客有送客的礼数，她笔直地站在门口，脸上堆满了热情的笑容，大家都能听见她清脆的声音，过年来吃饭，一定要来啊，不来看我以后怎么骂你！

好东西多了也棘手，那么多鱼把柳月芳忙坏了。她是个街道办事处的妇女干部，与人打交道的，现在却被迫与鱼群打成一片。所有鱼种中柳月芳最喜欢黑鱼。黑鱼是唯一体贴主人的鱼，柳月芳把它们扔在一只水缸里，黑鱼翻一个身便游开了，好像说，你忙你的，我好养，随便什么时候处理我。其他的鱼都是一副英雄主义的模样，悲壮地瞪着柳月芳和她手里的刀，好像说，来来，杀我，怕死我就不是鱼！那些鱼不能养，也养不活，非杀了不可。柳月芳把鱼一条条地提到厨房里去，刮鳞，剖鱼，都是她一个人干。她让居林生帮忙刮鳞，居林生笨手笨脚的，鱼没怎么样，自己的手倒割破了，也难怪，从来不做家务的男人，怎么会刮鱼鳞？柳月芳只好把丈夫赶回房间里去看电视。她叫儿子出来，儿子在里面恶声恶气地说，让你送人你不舍得送，弄这么多鱼在家里，天天吃鱼，吃得头发上都是腥味，现在看见鱼我就犯恶心！

柳月芳只好一个人对付那么多鱼。柳月芳脾气虽好，也不是圣人，干着干着就发牢骚了。她说，这些人也是死脑筋，怎么光知道送鱼？就不能送点别的？现在的社会风气——真是的，今年过年我们家缺只鸭子，就是没有人想到送只鸭子来。

外面时兴送鱼，我有什么办法？居林生说，我总不能告诉别人，家里鱼太多，缺只鸭子，不让人家笑话？

鸭子也不好，宰起来麻烦，柳月芳说，有人送礼送得聪明，不送别的，送金华火腿，送干货。

居林生听得不受用，在里面讥讽妻子说，好，我明天就告诉他们，别送鱼，让他们送火腿送干货！

柳月芳叹着气说，怎么就时兴送鱼的呢？鱼当然是好的，市场上买条大青鱼起码四五十块，可也不能一窝蜂都送鱼呀，送一条鱼，不如直接送五十块钱实惠呢。

居林生听得火了，冲出来对妻子嚷道，好，我让他们送五十块钱来——你还有没有一点觉悟了？你是要让我犯法蹲学习班去吧？

看丈夫一脸怒气的，柳月芳知道自己牢骚过了头，居林生误会了，以为她在埋怨他无能，柳月芳扑哧一笑，赶紧站起来用肩膀将丈夫往房间里拱，她说，你这人，干什么这么正经，在家里随便说说的话，你也当真？还嫌我没觉悟，没觉悟我就把鱼拎给鱼贩子了，这么大一条青鱼，他们起码给我五十块钱。

即使是能干的柳月芳，忙过了头也会发昏，她出去倒掉了一大盆鱼内脏，突然想起来家里腌鱼的缸不够用，就跑到隔壁张慧琴家去借缸，说是要腌雪里蕻。张慧琴撇着嘴说，什么雪里蕻，你们家的鱼腥了一条街了，没看见街上的猫都往你家门口跑？柳月芳有点尴尬，但还是死撑着说，就送来那么几条鱼，哪能腥一条街呢，我们家老居最反感别人给他送年货了，他也不爱吃鱼。不骗你，是腌菜用的。柳月芳忙昏了头，借回了缸，却把装鱼内脏的盆扔在门口，后来隔壁的张慧琴就来敲门了。

张慧琴拿着那只盆站在门口，侧着身子看天井里的那排鱼，那排鱼挂在一条绳子上，整整齐齐的，像一支有组织有纪律的自缢殉命的队伍，张慧琴捂嘴笑起来说，腌这么多雪里蕻呀？吃一年也吃不光。

人家亲眼看见了鱼，柳月芳也就不瞒她了，说，不瞒你，这都是内部价买的鱼，便宜，不买可惜。

张慧琴也不点破，仍然站在那里笑，指着一只腌鱼缸说，你怎么把鱼头扔了呢，鱼头可以一起腌的。柳月芳说，我一个人对付这么多鱼，哪里忙得过来？说着突然想起来张慧琴做事手脚是最麻利的，干脆请张慧琴帮她的忙，在开口之前柳月芳就想好了，要送张慧琴一条三斤重的鲤鱼。

张慧琴这人大家知道的，没什么优点，就是热心肠，天生喜欢参与别人家的事务。后来张慧琴就蹲在居家的天井里，和柳月芳一起组成一条流水线，一个刮鳞，一个剖鱼，两个女人并肩劳动，免不了要说些与劳动无关的闲话。

这么大一条鱼，够一大家子吃两天。张慧琴抚摸着一条大青鱼隆起的鱼脊，她说，你好福气呀。

什么好福气？柳月芳明白她的意思，偏要装傻。

你好福气呀。张慧琴叹了口气，说的还是那句话。

柳月芳在昏暗的灯光下偷偷地瞟了她一眼，看见的与其说是一张充满妒意的脸，不如说是女邻居哀伤自怜的表情，柳月芳没说什么，站起来从煤堆后面拖出一个麻袋，拎出了那条鲤鱼往张慧琴脚下一扔，说，别跟我客气，这条鱼你带回去，红烧，给孩子们吃。

张慧琴没有推辞，但也没有接受，只是扫了一眼那条鱼，说，你不要跟我客气的。

烧鲤鱼一定要多放黄酒，鲤鱼虽然土腥味重了点，鱼肉还是很嫩的。柳月芳说，我们这里人不大吃鲤鱼，到了北方，北方人还就爱吃鲤鱼呢。

再怎么腥也比不上冰冻黄鱼腥。张慧琴说，不瞒你说，我们家老孙和孩子都是属猫的，穷命偏偏长个富贵胃，不吃蔬菜，吃鱼，只要是腥的，什么鱼都吃。我们家老孙爱吃鱼眼睛，老三更绝，爱吃鱼泡泡。

鱼价钱贵，你要是再去照顾他们的胃口，当这个家就更不容易了。

可不是嘛。不瞒你说，我买过猫鱼给他们解馋的，张慧琴说，没办法，也是让他们逼的，我拿肉膘熬油，炸猫鱼给他们吃，放一点干辣椒，哎，味道就是好，你要是不嫌弃，哪天我端一碗过来让你尝尝。

这倒是的，不值钱的东西也能做出好味道的菜来。柳月芳表示同意，不过她对吃猫鱼心里多少有点障碍，就没接女邻居的话茬儿，看看几天来积存的鱼处理得也差不多了，房间里居林生已经关了电视，还夸张地打了个哈欠，大概是提醒妻子他要休息了。柳月芳下意识地看了眼门后的洗脚盆，突然发现盆里还堆了一堆鱼头，那些鱼头原来准备送给王德基家的，一忙就忘了这事。柳月芳急着把盆腾空，决定把鱼头改送张慧琴，她说，鱼头你们家吃不吃？本来是送王德基的，他老是帮我家拉煤，你如果要，干脆就给你算了。

怎么不吃？张慧琴说，鱼身上的东西，除了苦胆，都能吃，不瞒你说，我最爱吃鱼头了。

就这样，柳月芳把一堆鱼头也给了张慧琴。隔天柳月芳走过张慧琴家厨房的窗口，闻到一股扑鼻的鲜香，她隔着窗子随口问了一声，你做什么菜做得这么香？张慧琴在里面说，你给我的鱼头呀，进来尝一尝？柳月芳说，我不吃鱼头的。话一出口柳月芳便觉得自己有点缺心眼儿，何必把这事告诉人家呢，她听见张慧琴在里面哦了一声，恍然大悟的声音，柳月芳后悔自己嘴快，把好好的一份人情弄薄了。

鱼在很大程度上促进了柳月芳和张慧琴的邻里之情。没有鱼，两个女人的关系也是和睦的，但有了鱼之后，她们的关系几乎可以说是亲如姐妹了。

她们互相赠送自己的拿手好菜。柳月芳善于做腌鱼，这大家也能想见，每年收那么多鱼，一时吃不了，腌起来，这么吃那么吃，熟能生巧，自然就有心得体会，但张慧琴不一样，这个女人是巧媳妇能做无米之炊，她送过来的什么东西柳月芳都觉得好吃，菜肉馄饨好吃，盐水焯毛豆好吃，白切肚肺好吃，有一回柳月芳去串门，看见张慧琴一个人在吃饭，没有菜，只有一碗汤，是海带葱花汤，点了几滴麻油，柳月芳是好奇，拿了勺子尝了一口，味道居然也很好！

那时大家还不说发掘人才这种时髦话，柳月芳尽管自己也很能干，但她是真心赞赏女邻居的厨艺，加之居林生在外面结交的朋友多，家宴便也多，凡是有一定规模的家宴，柳月芳必然央求张慧琴来帮忙。张慧琴从来不推辞，大家知道她这个人的，你看不起她她在你背后吐唾沫，你敬她一尺她还你一丈，柳月芳跟她要好，她用自己的发卡为柳月芳掏过耳垢。张慧琴在居家厨房里忙碌就像在自己家一样，柳月芳无形之中沦落为她的助手，自己还不知道。张慧琴爱听表扬，她这边忙着耳朵还竖着，听桌上客人对她手艺的反响，反响当然是不错的，大家对居林生大夸柳月芳的厨艺，张慧琴也不计较，只是捂着嘴对柳月芳咯咯地笑，倒是柳月芳不好意思贪功，她要把女邻居推出去引见给客人们，张慧琴死也不肯，她说，人家都是头头脑脑的，我又不认识人家，我又不能提干，出去见面算哪一出？

就像餐馆里的厨师一样，等到宴席散了，便轮到两个女人吃工作餐了。工作餐以残羹剩饭为主，柳月芳总过意不去，她建议张慧琴带这个回去，不要，带那个回去，人家也不要，张慧琴说，我把那个大鱼头端回家就行了。

柳月芳知道张慧琴爱吃鱼头，这不奇怪，还有爱吃蚕蛹爱吃鸡屁股的人呢，柳月芳自己的饮食是比较雅致清淡的，她的饮食风格自然也影响了丈夫和儿子，他们一家人都忌讳吃牲畜鱼禽的头部，也不知道为什么，好像觉得吃那些东西有点低贱，有点野蛮，下不了嘴。张慧琴多次怂恿她尝一筷子红烧鱼头，柳月芳能够想象她做的鱼头有多么美味，可就是不敢接过张慧琴递过来的筷子。张慧琴说，你不吃鱼头就别吃，吃里面的雪菜和粉皮。柳月芳不好拂人好意，夹了一筷子粉皮，味道果然是无比鲜美，但人的心理作用是很强大的，柳月芳莫名地觉得那粉皮的美味也来路不正，美味得有点下贱。

据柳月芳后来告诉邻居，那几年她送给张慧琴的鱼头可以装一卡车了，邻居们清楚她说得有点夸张，但基本上是符合事实的。大家都记得鱼的风光岁月也是居林生的风光岁月，而居林生风光，张慧琴作为居家最亲密的邻居跟着沾光，沾的主要是食物的光，除了春节时候的鱼头，平时张慧琴的炒青菜碗里会盖着两三只鸡头、鸭头什么的，别人好奇，张慧琴也不在乎，指着隔壁说，柳月芳送过来的，她家人嘴刁，什么头都不吃，拿过来我们吃——怎么不吃？鱼头、鸡头、鸭头，都很好吃的！

很可惜，张慧琴与柳月芳两家以鱼为媒的友情后来趋于冷淡了，两家的主妇仍然来来往往，但没有了鱼的穿针引线，这友情好像一件贴身的旧衣服，不知道哪里有点松，随时会绽线，谁也不敢穿。如果我们有心以此为例来考察邻里关系在新形势新时代的嬗变，时尚恐怕是个罪魁祸首。对的，首先要归咎于时尚的变迁让大家摸不着头脑，不知从哪年开始，人们送礼不送鱼了，除了甲鱼偶尔可见，过年时候人们送来送去的东西开始与世界接轨，以西洋参、龟鳖丸、螺旋藻、脑白金一类的营养保健品为主，辅之以包装精美携带方便的山珍海味——都是些华而不实的东西，鱼呢，好像被人遗忘在池塘里了。这是鱼的幸运，但却是张慧琴的不幸——此话是背着张慧琴说的，当她面说非挨她骂，不吃饭会饿死，不吃鱼头死不了的。谁都知道张慧琴家的儿女都长大了，挣钱了，有个儿子做个体户，发了财，买多少鱼都买得起。我没有看轻张慧琴的意思，只是要说清楚这其中的变故原因是多方面的。另外一个原因与居林生仕途失意有直接关系。我们香椿树街的人一直以来都对居林生的官运抱有一种盲目的信心，后来却听说他爬不上去了，不仅爬不上去，还因为年龄偏大、没有学历、缺乏政治理论修养和专业领导才能等诸多因素，掉下来了，至于那个谣言，说居林生下台是因为喜欢拧女同事的屁股，拧多了把自己拧下台来，可信度就不高了，从来就没听说过有人因为拧屁股把自己的政治前途拧掉了的事，一定是那些嫉妒居林生的人编派出来的谣言。道听途说不足信，不过邻居们相信居林生确实是掉下来了，他们得出这个结论依据的是自己的观察，每年过年前夕送礼高峰的时候，居林生家门前冷冷清清的，有时候迎着暮色看见一个人拎了东西站在他家门口，细看一下，是居林生自己。

　　好像又换了个人间。居林生一家失意了，张慧琴家的日子却开始红火起来。回顾张慧琴后来的幸福生活的源头，大家一致认为是靠了她的大儿子东风。靠的是东风的什么呢，说起来不那么顺嘴。不是东风有多孝顺，不是东风学历高，也不是东风天生有一颗商人的精明脑袋，是东风有一年捅了人，差点闹出人命，上了"山"去劳改，后来从"山"上下来，没有工作，就干了个体户，结果偏偏靠这名不正言不顺的个体户发了家！东风和几个朋友合伙从海上走私香烟，虽然有一定的风险，风险背后是巨额的利润，东风每次从海上回来，人晒得像一根木炭，一身汗臭和海腥味，但是他怀里揣着一个黑色塑料袋子，里面都是钱。张慧琴提心吊胆地数儿子的钱，数得怕起来，她在丝厂挡车，挡一辈子车不如儿子辛苦一天的钱多，怎么能不怕？她怕儿子再出事，死活不让儿子再到海上去接香烟，一定要他做一件什么安稳的事情，这件事情是什么，一时没想起来，儿子没什么脑子，当然也没主意。有一天夜里张慧琴路过百货商场前的灯光夜市，看见好多人夜里跑出来吃螺蛳吃臭豆腐什么的，夜空中回荡着一片吃的声音，吮螺蛳的声音像一种表达爱情的电子音乐，炸臭豆腐的气味远处闻着是臭，走近了却是香气四溢。那么多人呀，他们在一个国泰民安的夜晚尽情地吃，什么都吃，吃了那么多！张慧琴站在一个卖炒年糕的摊子前，情不自禁地抓住了摊主篮子里的年糕，拿一条年糕去敲另外一条年糕，她眼睛发亮，站在那里敲年糕，摊主不干了，夺下年糕说，你吃什么快说，别敲我的年糕。张慧琴是不愿受人抢白的人，瞟了眼对方摊子上的配料，脸上立刻浮现出了一丝鄙夷之色，你这么炒年糕的？她说，炒年糕不用菠菜能好吃吗？可以这么说，离开了那个炒年糕的摊子后，一个新的张慧琴就诞生了。这个女人虽然没有多少文化，却在无意中发现了一个朴素而永恒的商机，不管时代怎么样变化，人长了一张嘴，总是要吃的呀！有人爱吃，有人爱烹饪，怎么也犯不了法，这不就是天下最安稳的生意嘛。

张慧琴的儿子东风后来就开了那个餐馆，也就是现在我们街上大名鼎鼎的东风鱼头馆。用餐饮业的行话来说，东风的餐馆是特色餐饮，家常风格，主打产品是鱼头。我因为有一点美术功底，被东风拉去为餐馆画了几个鱼头，写了一些美术字，现在大家在鱼头馆看见的玻璃橱窗上的大鱼头，还有菜单第一页上的四行大字，都是我的作品。

　　白汤鱼头

　　红烧鱼头

酸辣鱼头

　　五味鱼头

　　至于东风鱼头馆的厨师是谁，不用我说大家一定已经猜到了，厨师就是东风他妈张慧琴。

　　我一直对我们香椿树街的落后风貌直言不讳，这个现代化进程异常缓慢的街区，至今有人在偷国家的电，有人在水表上做了手脚，一滴一滴地偷国家的水——恕我不在这里点他们的名了。令人费解的是大家捂自己的钱包捂这么紧，却都愿意去捧东风鱼头馆的场，这几年来，鱼头馆做的居然是高难度的街坊生意！冷静地探讨一下，此事也许不那么奇怪，是个健康的人都会嘴馋，更何况张慧琴每天在灶上炖那个白汤鱼头，炖得奇香扑鼻的，大家住在附近，天天从那儿经过，总不能掩着鼻子吧——说句题外话，这对餐饮业的从业人员或许会有所启发，好广告不用花什么钱，不用到电视上去做，不用到报纸上做，就在空气里做，大家听到的是更加具体更加可信的广告词：挡不住的诱惑挡不住的诱惑！

　　大家都挡不住来自东风鱼头馆的诱惑，加上街坊邻居能够享受八折优惠，很多从不上馆子的居民都去鱼头馆品尝了张慧琴拿手的鱼头菜。只有柳月芳一家挡得住，也许是过去鱼吃多了，柳月芳一家从来没去过鱼头馆。邻居知道柳月芳和张慧琴关系好，都纳闷柳月芳为什么不去，有人还自作聪明地分析，是不是张慧琴现在发了，居林生现在无权无势了，张慧琴就那个什么了，柳月芳最不爱听别人提她丈夫的失意，一句话堵住了别人的嘴，她说，你不知道的，我们不吃鱼头，我们一家人，不吃头，什么头都不吃！

　　张慧琴是被冤枉的，其实只有柳月芳知道，张慧琴是多么诚心地邀请他们一家去东风鱼头馆做客,当然说好是一切免费。张慧琴一直在劝说柳月芳去她的鱼头馆,她说,我知道你们不吃鱼头,我做别的给你们吃不行吗?柳月芳还是固执地微笑着,她这人有特点,微笑代表了否定,说,你不用客气的,你们做生意,又不是开慈善会,怎么能白吃?张慧琴说,别人不能白吃,你们一家人来是可以白吃的,我以前吃过你们家多少东西,不也是白吃的嘛。柳月芳还是摆手,以前是以前,现在是现在,不一样,不一样了。这句话让张慧琴听出了一点别的味道,她也是聪明人,能够体谅对方的心境,柳月芳这几年不如意,就像鸡群中的一只鹤,突然变成一只鸡,而她张慧琴,虽不能说从一只鸡变成了鹤,但在别人眼里她现在就是发了,念及这些,张慧琴也就不能动人家的气,她抓住柳月芳的手,用力晃了晃,说,我不管你说什么,反正我这客是请定了,你给面子就自己来,不给面子我让店里的小伙子准备上麻绳,五花大绑的也要把你们一家绑来!

也是张慧琴的一片诚意打动了柳月芳,有一天柳月芳终于带着居林生和儿子居强,还有居强的女朋友去了东风鱼头馆。张慧琴把他们一家请进了刚刚装修好的包厢。一桌子冷菜就可以看出张慧琴对这次宴请的重视程度,不光是丰盛,是张慧琴的有心让柳月芳一下领了情。柳月芳一进去就瞥见了糯米糖藕,那是她最爱吃的,白切猪肝,那是居林生爱吃的,甚至儿子爱吃凉拌豆腐,张慧琴也记得。柳月芳知道女邻居是用一颗真心在还过去的情,人就有点走神,想起过去的那许许多多的鱼,许许多多的鱼头,不由得百感交集起来,她对丈夫和儿子还有他的女朋友说,人家是真心的,吃,来了就不要客气了,吃!

正如张慧琴事先许诺的那样,他们的桌上没有鱼头。他们本来是不会吃鱼头的,可是当张慧琴亲手端上一锅老鸭汤时,居强的女朋友小声地向居强嘀咕,怎么是鸭汤,我以为是鱼头汤呢,这家馆子不是鱼头最有名吗?

大家都听见了那姑娘的疑惑。这疑惑后面显示了她对鱼头的向往,听得出来的。张慧琴抿着嘴笑,还偷偷地看了柳月芳一眼。柳月芳不知是恼还是窘,躲着张慧琴的目光,看看丈夫,又看看儿子,最后就看着砂锅里的老鸭——老鸭的鸭头也让细心的主人拿掉了。对面的居强此时有点尴尬,他用手盖着嘴向女朋友解释着什么,柳月芳猜得出来,一定是说,我们一家人不吃鱼头的。那姑娘却有个性,什么场合都敢于撒娇,学的是电视里的还珠格格,她好像在桌子底下踢了居强一脚,桌子上的碗盏猛地一颤,她抓着居强的耳朵说悄悄话,嗓音却天生的尖厉,柳月芳听得清清楚楚:你前天还吃鱼头的!居强有点急了,慌乱地向父母这里扫了一眼,仍然压低了声音说话,但逃不过柳月芳灵敏的耳朵,儿子说,我是陪你吃的!

张慧琴就是这时候咯咯地笑起来,或许是感谢一对青年维护了鱼头的荣誉,她用疼爱的目光看着柳月芳的儿子和未来的儿媳妇,什么陪你吃陪他吃的,这叛徒当得好!她用手指戳着居强的脑袋说,鱼头最好吃,吃过了你就知道了吧?你不光要陪女朋友吃,还应该陪你父母吃!

宴席的格调突然急转直下,鱼头变成了某种态度的象征,涉及对姑娘的关爱,对张慧琴的尊重,也隐隐涉及当事者对变革的态度。张慧琴把握了时机,眼睛发亮,盯着柳月芳说,怎么样,看清形势了吧?这鱼头不吃不行,我今天非破你这个戒不可。

柳月芳更窘了,她一定是意识到自己的决定不仅关系到鱼头,责任重大,便有点像踢皮球似的,把皮球踢到居林生那里去了,她对张慧琴说,我吃东西哪有这么挑剔?问老居吃不吃,鱼头,他吃不吃?

张慧琴知道这是柳月芳让步了，当然乘胜追击，她说，老居呀，你疼不疼儿子，疼不疼儿媳妇，就看你的表现啦！居林生当时正在剔牙，年龄不饶人，他现在吃一点东西就得剔剔牙，听到要他表态，下意识地扔掉了牙签，人也坐端正了，居林生毕竟是居林生，能够认清形势，也善于表态，他的表态豁达而仁慈。这又不是什么原则问题，他说，上鱼头就上鱼头吧，谁爱吃谁吃，什么事都应该百花齐放百家争鸣嘛，鱼头又不是其他什么头，本来就可以吃的。

后来就给居林生一家上了鱼头。上鱼头不吃也不算张慧琴的什么胜利，让张慧琴感到骄傲的是居林生柳月芳最后终于没能抵挡住红烧鱼头的香味，吃了红烧鱼头，再给他们上一盆鱼头白汤，夫妇俩也没推辞！张慧琴后来绘声绘色地向别人描述那场特别的晚宴，她说，我也不知道怎么回事，着了魔似的，就是要让他们吃我的鱼头，看他们一家吃了鱼头，我就心安了。当然张慧琴这么多年来始终没学会谦虚，她借居林生一家之口赞美自己制作鱼头的厨艺，听听她怎么学人家说话的——

居林生是这么说的，鱼头，味道很不错嘛。

柳月芳是这么说的，好吃的，没想到鱼头这么好吃。

居强的女朋友是那么说的，明天要减肥了，这鱼头汤，不要太好吃哦！

居强近来迷上了文学创作，时常即兴地念出一些诗句让女朋友鉴赏，那天在鱼头馆他偶得小诗一首：

年年有鱼

年年有余

有鱼的世界多么美丽

有鱼的世界多么富裕

　　平心而论，居强那首诗是有感而发，连张慧琴都听出了诗句中饱含着作者的感情和世事沧桑，她在一边为居强拍手，柳月芳没有什么表示，但看得出来她对儿子的才华是很自豪的，居林生听出来儿子的诗韵脚整齐，他说，有一点进步，这首诗还是押韵的。居强那女朋友却很扫兴，她只顾嗞溜嗞溜地喝鱼汤，一边喝一边说，别念了别念了，什么破诗！

香草营

一

　　尽管香草营与医院的住院部仅仅是一墙之隔，梁医生却从来没有走进过那条小巷。除了名字，这巷子实在乏善可陈。巷口有个公共厕所的标示牌，告诉路人前进二十米有公共厕所，有一次梁医生上班途中内急，差点就向香草营深处走了，他只走了五米左右，巷子里杂乱的人流和露天摊档挡住了他匆忙的脚步，路边有两个老妇人突然停止了聊天，其中一个对他露出了突兀的热情的笑容，王医生！是王医生吧？你怎么上这儿来了？梁医生不清楚那老妇人是喊错了名字，还是认错了人，他的生理需要被莫名其妙地干扰了，他朝两个老妇人挥挥手，果断放弃了原计划。梁医生是个思维缜密行事讲求科学的人，他想，与其前进二十米去这么个公共厕所，不如后退，多走几步路去自己的医院，毕竟医院里的厕所环境好一些，而且是天天消毒的。

　　梁医生万万没想到，有一天他会住到香草营来。

　　租房的事情一直由三病区的勤杂工老孙替他张罗，多少带一点秘

124

密的性质。他把这么重要的事情委托给老孙，是不得已，也是必然。一方面老孙是医院附近锣鼓坊的老居民，周围人头熟，信息来源广泛，另一方面也是出于私交，梁医生是三病区最出名的主刀大夫，多年来不知收到了多少病人的礼物，他习惯把一部分廉价的礼物赠送给底层人员，勤杂工老孙是受惠最多的，因此也格外领情，每次到梁医生的办公室去拿东西，老孙总不忘向梁医生表达他的感激之心，梁医生，你有什么事情尽管吩咐，你的事情就是我的事情！

为什么要在医院附近租房？租房派什么用场？不用梁医生多费口舌，老孙替他说了理由，梁医生，你家住得那么远，又不开车，早该在附近租个房啦！你们开刀的医生，不缺钱，就是缺休息，租个房好，什么时候想休息就可以休息啦！至于这件事情为什么需要绝密，梁医生强调他妻子比较小气，又生性多疑，如果知道他花钱在外面租房子，一定疑神疑鬼，家里会吵翻天的。老孙没有追问他妻子会在哪方面疑神疑鬼，只是暧昧一笑，那点租金算什么？你跟我们不一样，老婆乌眼鸡似的，天天盯着你口袋里那几文钱，我可是知道你们医生的口袋深呀！红包奖金夜班费什么的，你夫人怎么知道？梁医生察觉到他的理由没有让老孙信服，他说老孙我跟你说知心话，你怎么不相信我呢？要是让别人知道我在医院附近租房，那我就是搬起石头砸自己脚了！随后梁医生开始抱怨他的病人太多太麻烦，其他科室不管有没有必要都喜欢邀他会诊，而实习医生凡事都要请教他，要是知道他在附近租房，一定会天天找上门来，那他反而得不偿失了。听起来梁医生说的确实是知心话，老孙感受到了某种莫名的压力，他一边思考，一边开始频频点头，脸上的表情显得愈加复杂起来，眼神也深邃了许多，最后他用戴着橡胶手套的手在梁医生肩上重重地拍了一下，梁医生你放心，我只管给你找房子，其他的事，不该说的不说，就是

125

该说的，我也不说！

二

老孙告诉他房子就在香草营，单门独院，一切都符合他的要求，不知为什么，梁医生当时有点意外。老孙以为他嫌远，说，香草营就是医院隔壁的巷子呀！几步路就到了，你还嫌远？梁医生摇头，不，不是嫌远。老孙眼睛一亮，那你嫌太近了？近了也不好？梁医生敏感地瞥了老孙一眼，反问道，近了怎么会不好？我不是嫌远嫌近，是觉得那条巷子有点那个，那个什么。老孙初步理解了梁医生的意思，我知道了，梁医生是嫌香草营环境不好吧？环境是差一点，没法跟你们家花园别墅比，可梁医生你想一想，租那儿的房子不是为了享受，是图方便，环境计较不得呀！你就把它当小旅馆住，人家小马的房子什么都有，比小旅馆干净多了，也方便多了。

梁医生跟着老孙匆匆地去看了一次房子。房子离那个公共厕所不远，是一幢再普通不过的七层楼房，楼体像一块巨大而笨拙的积木竖在香草营深处，所有的窗子和阳台都朝向街道，分别展示着鸟笼、盆花、拖把、棉被、腊肉、雪菜，以及形形色色的湿漉漉的衣物。五个门洞依次开在大楼的背面，每个门洞里都塞满了自行车和杂物，看上去乱糟糟的。老孙其实夸了海口，小马的房子根本不是什么单门独院，就是一个普通的底楼单元房，二室一厅，但这房子的隐蔽性似乎好过了梁医生的预期，位于第一个门洞，进出方便，还带有个临街的院子，院子里高高低低地堆满了木板箱和杂物，乍一看好像是战场上的临时工事，也像是一排天然的保护隐私的屏障。

梁医生对室内的陈设和家用电器并不关心，他最关注卧室的隐秘性，对卧室窗外面的那个小院，他观察得尤其细致。院子里有一棵梧桐树，树枝被房东发挥了衣架的作用，挂满了晾晒的衣物，衣物以及梧桐的树荫遮盖着房子的门窗，室内的光线显得幽暗而神秘。梁医生隔着窗子研究满院子的杂物和木板箱，它们勾勒出了一座棚屋的轮廓，人在窗内，仍然可以听见鸽子低沉的咕咻声，空中偶有鸽哨清脆地掠过，几只鸽子从远处归来，落在白塑料和油毛毡铺成的屋顶上，左顾右盼，姿态安详。很明显，院子里的棚屋是一个鸽房，梁医生并不讨厌鸽子，但那些鸽子让他产生了第一个疑问，鸽子怎么办？我搬进来以后，鸽子怎么办？

老孙说，鸽子哪儿要你管？小马说了，房子归你，院子归他的鸽子，鸽子当然是小马管。

梁医生说，还是有问题，他怎么去管鸽子？房子归了我，他不能从房间里进出了，怎么进那个院子？院子里没看见有边门，除非他天天跳墙头！

跳墙头？对啊，他跳墙头！老孙突然笑起来，小马就是这么说的，暂时他就只好跳墙头，他准备在院子里开个边门，但是开那个门要向街道申请，还要等批准，十天半月开不了。

他们正要离开，房东小马风风火火地赶来了。一个三十多岁的男子，眉眼周正，体形微胖，剃了个板寸头，脖子上用红线挂块玉子，胳膊上夹了个黑色的人造革公文包。乍一看，他的身上穿得衣冠楚楚，但总觉得什么地方不协调，细细观察，梁医生差点笑出来，原来，房东小马的脚上竟然穿了一双塑料拖鞋。

房东小马嗓门很大，寒暄也跟吵架似的，他说，梁医生，你不认识我，我可是认识你的，你是医院的大名人！

梁医生谦虚地说，什么名人不名人的，我就是动刀子动多了，有点小名气罢了。

老孙在旁边补充道，你忘了，梁医生还是市里的政协委员啊！

梁医生摆摆手说，那也没什么了不起的，开开会举举手罢了。

房东小马笑着点了点头，对梁医生的谦逊表示欣赏，随后他话锋一转，梁医生你肯定不知道，我其实也很有名的！不养鸽子的人不认识我，只要他养鸽子，他一定知道香草营小马的名字，我是养鸽爱好者协会的副秘书长啊！

梁医生看见小马在掏名片，掏半天没有掏出来，便客气地制止了对方，不用名片了，我租你的房子，以后打交道的机会多着呢！我看你性格很豪爽，我也一样，说不定我们会成为哥儿们呢！

那天梁医生有手术要做，他向老孙交代了几句，急着赶回医院去。他伸出手去跟房东小马握手，这一握握了起码有两分钟。小马似乎对他的手依依不舍，他兀自摊开梁医生的手掌，察看梁医生的掌纹，嘴里说，梁医生我看看你的手相，看一下，马上就好！小马的手劲道很大，也很执着，出于礼貌，梁医生不好挣脱，任凭对方紧紧地捏着自己的手，老孙的脑袋也凑了上来，一边调侃小马道，你既然会看手相，先把自己的命好好算算嘛！人家梁医生的命，你的道行是看不出来的。梁医生无奈地看着两颗男人的脑袋在他的手掌上方浮动，小马的头发油腻腻的，沾着白色的头皮屑，老孙则未老先衰，满鬓白发，头顶上散发出一股难闻的热乎乎的酸臭味。然后梁医生听见了小马对自己命运的宣判：看见没有？到底是大名人，手长得也跟我们不一样，生命线、财富线、爱情线，样样都是畅通的！

三

　　梁医生和女药剂师的私情发端于一年以前在海南岛的集体旅游，阳光沙滩和海浪并不一定能催生性欲，但在那样的环境里，匆忙的野合也容易给人浪漫的自我感觉。他们的私情就像海南森林里的亚热带植物，生长速度接近疯狂，一年以后就枝繁叶茂了，而且难以修剪。他们是一枚钱币的正反两面，肉体紧紧地纠葛在一起，心却是朝着不同的方向。他们都还深爱着自己的家庭，双方一直小心地逃避着某些严峻的话题，不谈家庭，不谈离婚，更不探讨将来。都是中年人了，或许他们清楚，偷欢是他们唯一正确的出路。他们巧妙地把幽会与工作结合起来。这一年间他们在医院各个掩人耳目的角落里做爱，仓促，紧张，有点刺激，但非常危险。他们互相思念对方的肉体，然后以快速的方法解决问题。当然，男女有别，对于梁医生来说，浇灭欲望之火是容易的，就像饥肠辘辘的时候吃一碗快餐面，谈不上美味，但可以果腹，而女药剂师总是要受点委屈。梁医生有点歉疚，毕竟都是从事医务工作的，有狂热的时候，必定会有冷静的时候，在医院附近租房幽会，是男方提议女方默许的结果。

　　他们去香草营的房子，大多是趁午休的时候，这个时间离开医院，可以有一个冠冕堂皇的理由，没有人会特别在意。通常是梁医生先到，五六分钟后女药剂师就闪身进来了。有时候女药剂师在外面转一圈再来，那是因为有邻居在门洞前晒衣物或者给自行车轮胎打气，他们是很谨慎的，尽量不与别人打照面，毕竟是医生嘛！你不认识别人，不代表别人不认识你。

　　防盗门关起来，窗帘拉起来，室内就是一个安乐窝了。他们最初的几次幽会非常热烈，甚至有点狂暴，一切都很顺利，只是有一次客厅里的电话突然响了，他们不得不中断了好事，面面相觑之间，都从各自的眼神里发现了恐慌之色，梁医生说，是找小马的，我忘了，该把电话线拔掉的。女药剂师抬起头环顾着房间的四周，说，我怎么也忘了，这是别人的房子啊！梁医生拔掉了电话线，然而双方的激情自此打了折扣，都有点心神不定的。女药剂师说，你听，外面什么声音？我老觉得外面有人走动。梁医生劝她放宽心，说，不是人，是鸽子，外面有个鸽房，小马在院子里养了好多鸽子。

　　他们掀开窗帘一角，朝窗外的院子观望。午后的阳光照耀着小马的院子，院子显得愈加凌乱不堪，几只灰鸽站在鸽棚的屋顶上，正面看鸽子，它们似乎正在监视窗内的人，侧面望过去，鸽子却像是在守护他们的窗子了。女药剂师说，这些鸽子是信鸽还是肉鸽？梁医生说，不知道，不管是信鸽还是肉鸽，都好吃，听说信鸽的肉更鲜嫩。女药剂师指着院子角落里的一包饲料说，鸽子吃小米，小米很贵呀！这房东自己那么穷酸，还养这么多鸽子！梁医生说，穷人有穷人的乐趣，那小马还是什么养鸽爱好者协会的头头呢！女药剂师环顾着卧室的四周，脸上露出一种恍惚的神色，好奇怪，我老觉得这屋子里有堆人影子在晃，是一家三口人的影子，女的影子在厨房里晃，男的影子到处走，还有一个小男孩扒着房门朝我们张望。梁医生不以为然地笑起来，你是恐怖电影看多了！女药剂师沉默了一会儿，又问，那小马的老婆孩子，你见过吗？梁医生说，没见过，见他们干什么？小马离婚好几年了，老婆带着孩子又嫁人了。女药剂师说，我倒是想看看那一家子的照片，可惜他把屋子收拾得干干净净的，一张照片都没留下。他们这么说着话，两个身体渐渐地冷了，两双手却握在了一起，女药剂师突然吸着鼻子说，你能闻到这屋子里的气味吗？我能闻出来，这房子里有一股又酸又苦的味道。梁医生也吸紧鼻子，试图闻出房子的气味，但除了女药剂师身体的体味和床下电蚊香片的香味，他什么也闻不出来，然后他听见女药剂师问，你换过门锁吗？他说，门锁换了，小马当着我面换的，你放心，他保证不会进来的，三把钥匙都在我们手上了，这房子现在不是他的，是我们两个人的。

房子是他们的了，但利用率并不高。除了卧室和卫生间，他们什么也不需要。通往小院的卧室门反锁了，还额外加了一把挂锁。他们与一群鸽子为邻，鸽子是无害的，尽管一只鸽子曾经飞到卧室的窗台上，轻轻啄击窗子的玻璃，打扰了窗子那一侧的好事，但鸽子毕竟是鸽子，它的羽毛和眼睛都显示出罕见的纯洁性，室内的男女并不怪罪鸽子。他们受到的惊吓还是来自人，来自房东小马。

那天上午医院开会，他们开会的时候四目相对，临时起意，两个人先后溜出了会议室。这次他们去香草营去早了，巷子里人多眼杂，不知什么人在公厕那里吵架，厕所外面围了一群人，最初是一个女人和一个男人吵，后来是一群女人和一个男人吵，再后来就是一片噪音了，只有一个声音依稀可辨，流氓，流氓，流氓。梁医生莫名地有点烦躁，他等了很久，才等到了女药剂师。女药剂师一进门就显出了懊恼之意，以后上午来不得了，这破巷子怎么那么多人？出什么事了？人都站在街上聊天，聊天就聊天吧，还都抽空瞪你一眼，不会有人认得我吧？梁医生宽慰她说，公厕那边有人吵架，你别疑神疑鬼，他们最多认得我，不会认得你的，你既不门诊又不发药，这里的居民怎么会知道你是谁呢？

他们在宽衣解带的时候听见了院子里的动静，先是墙角处响起一阵均匀急促的水流声，似乎有人正对着院墙撒尿，然后那个人开始走动，很大声地刷牙，一边刷牙一边清理喉咙。室内的两个人脱了一半，又都慌忙地穿上了。透过窗帘的缝隙，他们看见了刷牙的房东小马，头发凌乱，睡眼惺忪，上身穿了一件西装，下身则套着一条紧绷绷的旧棉毛裤，嘴角上沾满了白色的牙膏沫，看那样子，小马一定是刚刚起床的，这令人起疑，他的床在哪里呢？室内两个人的目光不约而同地落在那个狭窄破陋的鸽棚上，鸽棚的网窗里隐隐可见一条悬空的绳子，绳子上晾着一条毛巾，三只衣架分别挂着一件西装、一件衬衫、一条藏青色的裤子，梁医生从女药剂师的身体语言中感觉到她有惊叫的预兆，赶紧捂住了她的嘴。

他们完全没有料到，小马住在鸽棚里，他和鸽子住在一起！

室内的两个人面面相觑，对于这个意外的发现，他们都没有心理准备，一时也无法做出理性的分析。女药剂师的眼神被一片惶恐的乌云笼罩着，似乎发现了一场阴谋，她不仅有一种被算计的感觉，还有上当受骗的错觉，她涨红了面孔质问梁医生，你们这唱的是哪一出戏？怪不得我老是闻到院子里有尿臊味，那房东一直住在鸽棚里呀！他没别的地方住，为什么要把房子租给你？天底下哪儿有这样的房东？你和他到底是什么关系？梁医生发现他突然陷入了一个荒唐的困境之中，不由得苦笑起来，指天发誓道，冤死我了，我和他什么关系都没有！是老孙介绍的，我什么都不知道，早知道是这个情况，再方便再便宜我也不租这房子。

女药剂师不知什么时候爬到了床角，人倚着墙，两只手把脸蒙住了。梁医生过去要摸她的脸，摸到的是她的手，很奇怪，他从她的手指上感受到了她紊乱的心跳。梁医生说，真不知道这人怎么混的？还吹牛呢！什么养鸽爱好者协会，什么副秘书长！父母家，兄弟姐妹家，朋友家，都可以想办法的，为什么偏要住鸽棚呢？女药剂师的眼睛透过指缝注视着梁医生，目光里有一种明显的怨恨，我们也可以想别的办法的，你为什么非要租他的房子呢？我们这种事本来没什么，这会儿，我怎么觉得自己那么脏呢？她瞥了一眼梁医生被三角裤包裹的突出部位，又补充道，你也一样，你也脏，像一个臭流氓。梁医生试探着去搂她，被果断地推开了。女药剂师侧过脸，看着窗帘说，谁还有那个心情？这地方，以后来不得了。梁医生知道她的意思，人颓唐地躺下来，顺手捏着女药剂师的脚趾，一颗一颗地捏过去，忽然觉得自己很冤屈，愤愤地说，谁让他穷呢！是他穷疯了！我们出钱租房天经地义，只要不犯法，干什么都行，我们有什么错呢？女药剂师没说什么，但她的脚趾从梁医生的手里逃逸了，他要抓没抓住，就拍了拍床铺说，咳，你不必那么高尚的，其实也不关我们的事，没准他喜欢和鸽子住一起呢！

四

他们的罗曼史就像在高速公路上行驶的汽车，突然遭遇了一场交通事故，不得不停下来，再启程，发现这辆汽车的引擎发动机也出故障了。房东小马无疑是那个肇事者，肇事过程如此奇特，梁医生没办法让他做出任何赔偿。

梁医生和女药剂师还是经常在医院的走廊上或者食堂里相遇，每次梁医生用眼神询问她是否可以幽会的时候，那女药剂师总是按一下她的鼻子，那是代表她不方便。梁医生起初以为她是不愿意去香草营，他悄悄地告诉她，还有别的地方可以去，女药剂师还是按她的鼻子，说她是真的不方便，又说她丈夫最近对她很好。梁医生心里清楚了，不是她不方便，是她不需要他了。他们炽热的私情已经被一阵风吹冷了，房东小马就是那阵冷风。梁医生是个理性的人，处理自己的私生活也一样理性，他不会对一个秘密情人死缠烂打，但心里多少有点失落，失落过后就有点迁怒于房东小马。他当着老孙的面发泄对小马的怨气，我见过不把自己当人的，没见过这么自轻自贱的，我见过穷人怎么挣钱，没见过这么挣钱的，他还人模狗样的，天天穿西装打领带呢！老孙替小马打圆场，说小马还有一套房子，是毛坯房，没来得及装修。梁医生思维敏捷，当场驳斥了老孙，你听他吹牛，他就会吹牛！住毛坯房也比住鸽棚强一百倍，他要真有毛坯房，还用得着跟鸽子一起住？我看他穷得只剩下那套西装了！

　　香草营的房子，梁医生再也不愿意去了。他每天上班经过香草营巷口，下意识地会偏转脑袋，不敢朝巷子里张望，唯恐不小心撞见了房东小马。他自己都觉得很奇怪，一个故事匆匆开始，又草草收场，他留下了一些记忆，扫除了一些痕迹，香草营，这条巷子，现在跟他又没有关系了。

　　好在梁医生只预付了三个月的房租。租期未到，他就把钥匙交给了老孙。老孙拿着钥匙很诧异，说，你不是说要租一年的吗？梁医生说，还一年呢！住这样的房子，摊上这么个房东，迟早要惹上一大堆麻烦！

　　老孙还钥匙的时候一定与小马发生过什么插曲，回来后一直躲着梁医生，一千元的押金也没了下文，估计拿不回来了。有人说老孙跟人打架了，脸颊上新添了一块淤青。梁医生觉得蹊跷，去找老孙，一眼看见老孙的脸上果然有伤。是小马打的？梁医生问，他为什么打你？就因为我没住满一年？老孙吞吞吐吐的，自己要面子，还替小马要面子，什么要害都不肯说，只说没事没事，说小马的脾气来得快去得也快，这房子的事他负责到底了，有什么事都有他老孙挡着。

　　梁医生没想到房东小马会闯到他办公室来。那天小马仍然穿得西装革履，胳膊下夹了一只公文包，他径直走过来和梁医生握手，一边

134

握手一边说，梁医生你不把我当朋友啊！租不租房没关系，一年三个月也没关系，你至少要跟我打个照面道个别吧？

梁医生说他忙。

忙？小马笑了一声，说，我知道你忙，你忙什么我也知道。

我忙什么？梁医生镇定地注视着小马的眼睛，我忙什么你说说看。

我不说。你忙那些事，跟我没关系，以前我生意好的时候，我也忙那些事。小马向梁医生挤眉弄眼，看对方脸色不好，自己拉了一把椅子坐下来，他从包里拿出一页纸，举起来给梁医生看，看看我在忙什么吧！梁医生，我忙什么跟你有关系的。我忙了一个多月，总算把院子开门的手续跑下来了，我刚刚找人把院墙砸开了，你却把钥匙送回来了。

这跟我没关系啊！房子以后租给别人，你又要养鸽子，那院子总要开个门的。

谁说我的房子还要租给别人的？我的房子，不是随便什么人都可以租的。是你梁医生梁委员面子大，我才租房给你的。

梁医生不置可否，耸了耸肩膀。

你不相信？小马说，你以为我是穷人？要靠房租吃饭过日子？

没有，我没那么说。

你没那么说，可你是那么想的。小马仍然目光炯炯地注视着梁医生，过了好一会儿，他突然叹了口气，我为你跳院墙跳了一个月，梁医生你不够朋友啊！你也够粗心的，你有没有注意到床底下的席梦思是新的？你有没有发现卫生间的热水器也是新的？

梁医生茫然地摇了摇头，席梦思？热水器？真的没注意。

我知道你们医生爱干净，我把旧的热水器拆了扔了，给你新装了一台，是阿里斯顿啊！进口的！席梦思也是名牌，你拿钥匙的前一天才放到床上的，还有沙发、台灯，都是新的！

那你的意思是？

没别的意思！你是名人，是知识分子，是政协委员，租我房子是我的荣幸，我不能怠慢你，你给我的三个月房租，我都花在房子里了，没赚你一分钱！你说要租一年，我相信你，我有计划的，可是你一点都不讲信用，才两个月多一点，你就拍屁股走人了。

你到底有什么计划？梁医生突然从小马的话里听出了悬念，他警觉地追问，你的计划跟我有关系吗？

有。小马点点头，直视着梁医生，忽然笑了笑，不过计划赶不上变化，你也不用打听了，现在我的计划要保密了。

梁医生的身体突然打了个冷战，他站起来，用一种强硬的口气说，我有手术要做，没时间陪你说话了，你就打开天窗说亮话吧！今天来你到底想要干什么？

不干什么。小马说，我就是来告诉你，我把手续跑下来了，我把院墙都砸了，你却把钥匙还给了我，我就是来告诉你，你耍了我。

那要不要我赔偿你的经济损失？

我不稀罕钱，你那一千元押金，我也还给你。小马从公文包里拿出一沓钱，啪地砸在桌上。这一千块钱，我本来想请你去顺风楼吃饭的，他说，现在我明白了，你瞧不起我，不会给我这个面子的。

梁医生突然觉得过意不去，押金应该是归小马的，他拿起那沓钱要往小马的公文包里塞，但小马敏捷地闪开了，表情看上去不屑一顾。小马夹着公文包走出办公室，带上门，又反身推开，从门缝里露出半张脸，对着梁医生挤眼睛，他的神情看上去有点诡谲，又有点轻薄，他说，梁医生啊！你那个女朋友，看上去很面熟嘛！

五

梁医生有了心病，尽管他不能确定小马的所谓计划是什么，但是按照常规的思维，他一直提防着来自香草营的敲诈勒索。

他与女药剂师的关系，一点一点地降温，他的理性能够果断地放下这段感情，但是欲望一时是放不下的，他每次看见女药剂师丰满性感的身影时，总是要制服自己的欲望。他制服欲望的媒介就是房东小马，有时候他会想象那场敲诈勒索的细节，涉及多少相关人士，涉及多少金钱，有时候他会想象小马敲诈勒索的手段，是写匿名信？给他和她写，还是给他们的妻子和丈夫写，或者写给医院？他会不会直接闯到医院来摊牌？梁医生的想象往往会产生奇妙的效果，有一次女药剂师从他面前经过，他耳朵里忽然灌满鸽子扑扇翅膀的声音，然后他眼前出现了那个荒诞的幻觉，他看见女药剂师的两个肩膀上站了两只鸽子，一灰一白，两只鸽子！

夏天风平浪静地过去了，什么事也没发生。梁医生对小马的戒备渐渐地放松了。八月的一天，老孙突然来梁医生的办公室，有事要说的样子。梁医生很敏感，跟着老孙到了走廊上，果然，老孙劈头第一句话就是小马来了，小马来了！梁医生的心悬了起来，他向走廊两边张望着，故作镇定地问，在哪儿？来干什么？老孙说，在四病区，他胃癌，晚期了。结果令人意外，梁医生愣了好一会儿，一时竟然不知道该说什么。老孙观察着梁医生的表情说，小马的意思要麻烦梁医生去四病区打个招呼，他到处跟别人说，说他和梁医生是好朋友，别人不相信他，他说你去打了招呼就好了。梁医生点了点头，抬腿就往楼梯口走，走了几步又站住了，回头问老孙，这人怎么回事？晚期了才进医院？这胃癌很疼的，他以前不知道自己得病了吗？老孙说，他以为自己是胃溃疡，一直乱吃药撑着，到现在都不相信自己得这个病。

他们再次相遇是在梁医生的地盘上，几个月不见，梁医生胖了一点，小马则消瘦了许多。梁医生忘不了他走进病房的时候小马向他伸出的那只手，那只干瘦的手上布满了输液针孔的痕迹，剧烈地颤抖着，他的眼神在梁医生和病友之间游移不定，落在梁医生脸上时，那眼神是感激的，因为感激过度而显得有一点卑琐，落在病房里的其他人身上时，则带着明显的炫耀和得意，他握住梁医生的手不放，一边对病房里的一个护士说，我告诉你我和梁医生是老朋友，这回你信了吧？

梁医生不管辖胃癌病人，但小马的病他确实没少过问。他向四病区的同事打了招呼，也仔细看了小马的病历。依照医生的职业判断，他知道小马的性命凶多吉少，这使他对小马没有了任何戒备，多的是一种深深的怜悯。他以老朋友的姿态出现在小马面前，两个人的亲近不是那么自然，却来得正是时候。有一次病房里没有旁人，他突然想起小马的那个神秘的计划，干脆就开口问了，小马，你那个计划到底是怎么回事？你是想修理我，还是讹诈我？小马的反应出乎他的预料，他的脸涨红了，眼睛里几乎渗出了委屈的泪水，梁医生你把我当什么人了？冤枉死我啦！小马指天发誓，否认了任何恶意，他说，我的计划其实也不叫计划，就是想趁你租我房子的机会，和你交个朋友！梁医生觉得他的解释不够令人信服，反问道，为什么要花那么大的成本和我交朋友？我对你有什么用，就是看个病方便一点罢了。小马这时候又露出了他诡谲的微笑，他竖起一根手指摇着，梁医生你错了，我这大半辈子为什么失败？就是缺少你这样的朋友，路越走越窄，你是名医，又是政协委员，政界商界，什么头面人物你不认识？你神通广大路路通，我要是和你交上了朋友，没有大路还有小路呢！

升官我不想，发点小财总是有机会的。我是没想到你走得那么快，联络感情的机会都没有，竹篮打水一场空呀！梁医生看他说得有点动容，赶紧安慰他说，我们这不交上朋友了吗？小马沉默了一会儿，苦笑着说，是啊，算是交上朋友了，可惜人算不如天算，最后身体不争气，就落了个看病有照应啦！

　　他们都是中年人了，互相知道信任的意义，百分百的信任是不存在的。梁医生多年行医阅人无数，他始终觉得小马的真诚与浮夸是一体的，小市民特有的狡黠和谋略，有时候会以一张率真的面孔出现。梁医生隐隐觉得小马还会有求于他，很快这预感被印证了。小马有一天以非常直露的语言，要求梁医生去区里帮他疏通关系，他想当养鸽爱好者协会的秘书长，而不是副秘书长。梁医生又好气又好笑，他无法理解这个狗屁职务对一个胃癌病人的意义，又不便当面奚落他，就含糊地表了个态，你先养好病，养好了病才能当秘书长！小马听得出梁医生的推诿，一下发急了，他说，万一这病养不好呢？万一我翘辫子了呢？我要是在养鸽爱好者协会都扶不了正，这一生不是太失败了吗？梁医生你替我想想，死了连悼词都不好写呀！梁医生想笑又不敢笑，他意识到这件荒唐的事情对于小马是一个最真切的梦想，他既不忍心伤害他，也不愿意鼓励他，就随口说，好吧！什么时候遇见刘区长，我试试看。

　　梁医生其实没有把这件事情放在心上，他凭着常识认定这养鸽爱好者协会的职位，不值得他出马走关系。小马进手术室的前一天，他去看望小马，小马的床竟然是空的，原来他溜回香草营侍候鸽子去了。梁医生知道他对自己的病情盲目乐观，也许这是好事，也许并不一定是好事。傍晚时分他准备离开医院回家，发现小马穿着病号服在楼梯口等他，他刚要批评他擅自离开医院，小马先急迫地开了口，梁医生，你见到刘区长了吗？那事再不办，我的黄花菜都凉了！梁医生一下恼了，虎着脸从他面前径直下了楼梯，一边走一边说，什么刘区长刘主任的，我没兴趣，你还是给我准备一下明天的手术吧！

覆水难收，后来梁医生一直懊悔他那天对小马粗暴的态度。小马的手术结果很坏，主刀医生打开他的腹腔后又缝上了，因为癌细胞已经完全扩散，没有了做手术的必要。梁医生是第一时间知道这个结果的，很奇怪，他当时第一个想到的是香草营鸽棚里的那些鸽子，然后他眼前依稀出现了女药剂师丰满性感的身影，她从走廊上一闪而过，肩膀上驮着两块灰色的生动的影子，那应该是两只鸽子。

手术过后小马在四病区又住了一个多月。纸包不住火，小马最终知道自己是个没有未来的人了。梁医生去看望他的时候，发现他变得很沉默，他不再提养鸽爱好者协会的职务问题了，也不爱说话，他的眼神是冷的，怀着一丝敌意，还有讥讽，梁医生察觉到小马的心里涌动着仇恨，不公平的命运容易让病人情绪失衡，这一点梁医生能够理解，但他万万没想到，小马的仇恨最后是向他发泄出来的。有一天他收到病人送的一篮水果，一转身就提到四病区给小马了，小马没有接那篮水果，他在床上翻了个身，用屁股对着梁医生，然后他就听见了小马一串愠怒的叫声，少来这一套，谁要吃你的水果！你算什么名医？什么成功人士？什么政协委员？都他妈是骗人的，别人不知道你，我可知道你的底细，你是自私鬼、伪君子、大骗子，你还是一个大流氓！

梁医生是个自尊的人，各种各样的病人也见多了，他扪心自问，除了一次小小的食言，自己并不亏欠小马什么，实在没有理由遭受小马的侮辱，他不动声色地吩咐护士给小马服用镇定剂，走出了病房，从此以后再也没有去四病区看过小马。

小马出院的那天，老孙跑来告诉梁医生，说小马想跟他见个面，有话要跟他说。梁医生犹豫了一下，还是借故推托了，我要准备手术，他要说什么话尽管跟你说，你转告我就行了。老孙说，这话不好转告，他大概是要当面跟你道歉呢！梁医生假装糊涂，道什么歉？没什么可道歉的，他不欠我什么，我也不欠他什么呀！梁医生看了一会儿报纸，什么也看不进去，就走到窗边朝楼外面张望，正好看见四病区那里出来几个人，小马西装革履地坐在一辆自行车后座上，垂着脑袋，他的背影看上去像一个孩子，有个肥胖的穿红衣服的中年女人推着自行车，自行车后面跟着一个腰背佝偻的老妇人，手里提着大包小包，一路小跑着，梁医生知道他们是小马最后的亲人，推车的是他轻度智障的姐姐，另一个是他年迈的母亲。

　　梁医生与香草营小马的故事风起云涌，最后却是一个不太愉快的记忆，既然不愉快，干脆就忘了。他的职业容易忽略一些旧的故事，因为每天都有新的故事开始。这年秋天梁医生买了一辆小汽车，天天开车来医院，不从香草营走了。他与香草营小马的相识缘于一段隐秘的私生活，当私生活无疾而终，小马也淡出了梁医生的记忆。直到十一月的一天，梁医生从手术室回到办公室，发现外面的秋风已经带着深深的寒意，桌子上躺着几片干枯的梧桐叶，办公室里很冷，他去关窗，忽然看见两只灰鸽子一左一右，静静地站立在窗台上。鸽子不怕他，他也不撵鸽子，他和两只鸽子隔窗对峙，发现两只鸽子的脚上都拴着一条黑布，鸽子灰色的羽毛看上去很湿润，像是被雨水淋湿了，一股悲伤的酸楚的气息扑面而来。

　　香草营离医院这么近，那边在下雨吗？不，不是下雨。梁医生敏感地掰了掰指头，一个月，两个月，三个月，三个月了。梁医生的心抽搐了一下，作为医学专家，他能够估算小马这类病人的寿限，他猜，香草营那边一定是有丧事了。

　　但梁医生不知道小马的鸽子为什么飞到他这里来。鸽子不应该喜欢医院的窗台，也许它们只是来替主人捎话的，鸽子捎来的是什么话，梁医生一时半会儿还猜不透，他不知道鸽子是来替主人道歉的，还是来替主人索债的。

她的名字

一

她家隔壁有个胖女孩，与她同龄，名叫顾莎莎。顾莎莎的上身像一只砀山梨，双腿像一对洗衣槌，她的身材不知要比顾莎莎苗条多少倍，但是顾莎莎不叫福妹，是她叫福妹。她家的斜对面还有个少女，名叫凌紫。凌紫是她的好朋友，除了脸上有几颗青春痘，长得算是俏丽的，她自知容貌普通，不及凌紫，幸运的是，她的皮肤好，她的皮肤不知要比凌紫白皙多少倍，这一点，连凌紫也羡慕不已。但是，世上就有如此不公的事，人们亲昵地称胖女孩为莎莎，喊她的好朋友阿紫，她却被唤作福妹。有什么办法呢？要怪就怪祖母赐予她的名字。她的名字就叫段福妹。

长大之后，福妹一直嫌弃自己的名字。

嫌弃到最后，几乎是痛恨了。她认为这个俗气而卑下的名字，令她无端蒙羞，它像一个羞耻的记号，刻在她的身上，提前毁坏了她的生活。她质问过父亲，为什么哥哥叫段明，弟弟叫段勇，我要叫福妹？哪怕叫段红也行，凭什么让我叫福妹？段师傅认为女儿无理取闹，他说，叫什么还不一样？你的名字是奶奶取的，她心疼你，指望你以后有福气，你怎么就不知好歹？她继续责问父亲，为什么哥哥弟弟的名字是你取，我的名字就要让奶奶取？父亲说，你妈妈生你的时候，奶奶从乡下来伺候月子，赶巧了。她沉默了一会儿，突然跺脚道，谁要她来的？这个乡下老太婆，害死我了！她对祖母的不敬引起了父亲的愤怒，为了这次泄愤，她挨过父亲一记响亮的耳光。

二

　　她一心要更名，与自己的名字一刀两断。

　　摆脱祖母愚昧的祝福，从侧面报复父亲对她这个生命的轻慢，这让她感到一丝反叛的喜悦。她在纸上草拟了好多新的名字，拿给阿紫看。阿紫毫不掩饰对那堆名字的鄙夷，什么姗姗？什么小洁？什么美娜？笑死我了，你挖空心思，就琢磨出这些好名字？都烂大街啦！她委屈地叫起来，美娜都不好？段美娜，多洋气啊！阿紫撇嘴说，还洋气呢，收购站那个胖阿姨就叫陈美娜，你要跟她同名？你崇拜她？她无趣了，赌气撕掉那张纸，说，反正哪个都比福妹强，我叫什么都行，就是不叫福妹了，我一写自己的名字，就觉得那两个字张着嘴，笑话我！

　　阿紫应允她，三天之内为她选择一个好名字。福妹相信阿紫的品位，天天去催阿紫，但她等来的，不过是段嫣这个名字，虽然摆脱了土气，看起来还是普通。福妹不解其意，问，段嫣有什么好？这个嫣字，还那么多笔画，写起来烦死人。阿紫指着自己的鼻子，我叫什么？我叫凌紫，你叫段嫣，我们两个配在一起，就是姹紫嫣红，绝配啊。福妹念叨了几遍段嫣这个名字，还是失望，说，你那个紫很雅致，我这个嫣，很一般嘛。阿紫说，你懂什么？凌紫段嫣，你要连起来念，连起来，很好听的！她听从阿紫的命令，把两个名字连起来念，也许她太崇拜阿紫了，也许是暗示的力量，福妹的口腔里发生了奇迹，那四个字的音节如同花草缠绕攀缘，她依稀看见了一片姹紫嫣红的新世界，两朵花，她与阿紫紧紧依偎，真的像两朵花，呈现出公平的美丽。她爱上了这个名字，它不仅妖媚，还因为与阿紫的名字配了套，结了盟，显示出一种强大的不可轻侮的力量。

三

她心里清楚，在更名的问题上，父亲的障碍无法清除，无论改一个什么样的名字，他都不会同意，唯一可行的是先斩后奏。她偷偷从家里拿了户口簿，约上阿紫，一起去了派出所。

值班民警刚刚处理完两个家庭的斗殴事件，白制服的胸口留下了一摊暗红色的血迹，非常刺眼。对于两个少女的来访，他很不耐烦，捣什么乱？名字能随便改吗？未成年人，不得擅自改名，要改名需要家长申请，还要所长批准！福妹不懂得如何与人交涉，更不擅长求人，自然是阿紫替她出头。阿紫伏在窗口，叔叔长叔叔短地央求了半天，未见分晓，后面的福妹呜呜地哭起来了，嘴里埋怨道，官僚主义，官僚主义！民警说，我这算官僚主义？好，我这个官僚主义，专门对付你的自由主义。又发牢骚说，现在的小姑娘，都让父母惯坏了，为个名字，有什么好哭的？叫福妹有什么不好？不是很喜庆的吗？她反唇相讥道，既然福妹这个名字好，你为什么不叫福妹？那民警被她的锐利惹笑了，亮出他的证件说，你让我叫福妹？那你要不要叫大刚，干脆我们俩换个名字？

她们终究知道派出所是个冷酷的地方，再缠下去也是徒劳，阿紫拉着福妹跑出派出所，低声说，现在什么事都要走后门的，你要去找李黎明，李黎明他爸爸，是这里的所长。福妹脑子里浮现出一个瘦高挑少年的身影，穿一身运动服，膝盖上毫无必要地绑了两个蓝色护膝，他不是在刀具厂门口的小广场踢足球，就是和几个男孩坐在善人桥上，看来来往往的路人，傻笑，或者无端起哄。她从来不与陌生男孩打交道，有点畏难，她对阿紫说，他们男孩不喜欢我的，你帮我去说说看，你那么漂亮，李黎明肯定会给你面子。她的奉承取悦了阿紫，但阿紫面有难色，说，听说那个李黎明是花花肠子，他喜欢跟女孩子接吻的。福妹哎呀叫了一声，脸色已经绯红，嘴里说，什么接吻？说那么肉麻，就是让他亲一下吧？阿紫朝她翻了个白眼，你是装傻还是真傻？亲一下是亲一下，接吻是接吻，两回事！又皱起眉头说，听说李黎明有个笔记本，专门记录女孩的名字，吻一个记一个，说是要记一万个名字，以后去申请吉尼斯世界纪录！福妹听得愣怔，醒过神来，轻蔑地说，吻一万个？他神经病啊？别人又不是傻子！

要不要去找李黎明，她们谁也不敢拿主意。两个人尽量避免直视对方，双方的目光因此显得鬼鬼祟祟的。路过善人桥边的水果店，她们闻到了一股水果散发的甜酸味，阿紫说，进去看看，肯定有处理水果卖。架子上果然有一堆桃子，标价是五角钱。阿紫说她要吃桃子，掏掏口袋，又说忘了带钱，福妹便知趣地掏出她仅有的五毛钱，买了四个桃子。

她们往善人桥的桥堍下走，去石埠上洗桃子。桥洞里似有人声，她们知道善人桥特有的地形，从石埠上稍微花点力气，便可爬到圆拱形的桥洞里，遇到大热天，经常有男孩子聚集在那里打牌消暑的。但这一次，她们的脚步声惊动了一个穿绿色连衣裙的女孩，她突然从桥洞里跳了出来，用一块手帕蒙着半张脸，慌慌张张地奔上石埠，像一支箭，从她们的身边掠过去了。她们吓了一跳，回头瞪着那个绿色的背影，福妹问，是谁？你看清楚了吗？阿紫说，可能是桃花弄的乔莉，她的眼睛像猫眼睛，有点发绿的。又压低声音，吞吞吐吐地告诉福妹，她，那个作风，很那个什么的。

她们蹑手蹑脚地下到水边，蹲在石阶上洗桃子，洗得并不专心，两个脑袋都小心翼翼地转向桥洞。桥洞里的另外那个人，恰巧是李黎明。李黎明若无其事地站在桥洞里，不仅不躲闪，反而有点炫耀，他的后背倚靠在桥洞壁上，觑了一只眼睛，叼着香烟，膝盖上的两个蓝色护膝在暗处闪闪发亮。福妹和阿紫对视了一眼，用四只桃子在水里展开对话。阿紫的桃子撞了一下福妹的桃子，表达的几乎是惊喜：看看，看看，我没骗你吧？他在这里吻乔莉！而福妹的桃子反撞阿紫的桃子，传递的是紧张与慌乱：怎么办？我们怎么办？她用桃子向阿紫讨教主意，阿紫是知道的。阿紫站起来，用牙齿慢慢地清理桃子的皮，嘴里评论的是桃子，她说，处理无好货，这桃子一点也不甜。

是李黎明先跟她们搭讪的，准确地说，李黎明是在跟阿紫搭讪。他向阿紫挥挥手说，不甜给我吃！阿紫，给我吃个桃子！

阿紫没有给他好脸色，她说，给你吃个屁。我们买的桃子，凭什么给你吃？福妹急了，她担心阿紫的态度会破坏这个难得的机会，举起手里的桃子向桥洞示意，我的给你吃，已经洗干净了。她把桃子扔给李黎明，回头看着阿紫，阿紫似乎反感福妹的急功近利，又不便批评她，就对着桥洞照本宣科，我告诉你，福妹的桃子不能白吃的，你要帮她一个忙，到你爸爸那儿走个后门，明天就把她名字改了，她不愿叫段福妹，要叫段嫣了！

李黎明没有表态。他眨巴着眼睛，似乎在思索这笔交易是否值得一试。他三口两口便吃完了桃子，用桃核在河面上打出了一串漂亮的水花，然后表态了。他说，想得美，一个桃子就来走我的后门？你们的面子比地球还大吗？

福妹失望地看着阿紫，阿紫的表情有点诡秘，福妹又看一眼手里的另一个桃子，对着桥洞喊，那我再给你一个？她想扔第二个桃子，被阿紫拦住了。他这种人，喂多少桃子也没用的。阿紫跟福妹耳语道，他要什么，我不是告诉你了吗？福妹未及反应，听见阿紫用一种老练的谈判者的腔调说，李黎明你听着，你的要求我知道，没什么大不了的，不过我告诉你，福妹可不是乔莉，要是让你那个了，你要保证，不能往本子上记她名字。

福妹要捂阿紫的嘴，来不及了。她听见李黎明说，你瞎操什么心，我的花名册哪能随便给人看？只有吉尼斯世界纪录组委会有权利看。阿紫说，还有一个条件，不能超过一秒钟，我在旁边数，嘀嗒一下，必须停止。福妹这时已经羞红了脸，举起拳头在阿紫肩上捶了一下，阿紫，你神经病，你去跟他嘀嗒一下好了！

福妹仓皇地往上跑，听见阿紫在后面骂，没出息的东西，你只配叫福妹，就一个嘀嗒，有什么大不了的？福妹已经快跑到大街上了，忽然觉得自己在错失良机，嘀嗒，她在心里数了一下，嘀嗒，其实是很快的，嘀嗒一下，她就可以不再叫福妹了。她站住，回头朝阿紫看，眼睛里有了明显的悔意。阿紫气咻咻的，叉着腰在台阶上走，嘴里说，气死我了，段福妹同志，我再也不管你的闲事了。福妹咬着手指思考了两秒钟，冲下去挽住了阿紫，不会上他当吧？要是他过河拆桥呢，我们怎么办？阿紫气还没消，目光凶狠地徘徊在福妹的面孔与桥洞之间，突然大声地说，李黎明你听着，人家问你呢，要是你过河拆桥怎么惩处？李黎明在桥洞里探出脑袋，说，那要看你阿紫够不够义气了，你要是也让我吻一下，我保证，明天她就可以改名，我要是骗你们，罚款一百元，够不够？

　　李黎明的要求，对于阿紫是无理的，对于福妹，不啻一个好消息。福妹捏了捏阿紫的手，用眼神哀求她，用手势鼓励她。阿紫怨恨地拍开福妹的手，嘴里说，烦死了，陪你走这么多路，陪你磨破了嘴皮子，还要赔上初吻？这是我的初吻呀，你懂不懂？福妹被她说得害怕，一下乱了方寸，嗫嚅道，那就算了，我们回家吧。但是，这次是阿紫拽紧了福妹的胳膊，把她拉到桥垛背光的一侧，阿紫谨慎地观察善人桥桥头的动静，桥上无人经过，阿紫忽然下了决心，说，走！我豁出去了，帮你帮到底吧！

　　福妹不记得自己是怎么来到李黎明面前的，只记得他温热柔软的嘴唇上有一股烟丝味，与父亲骂人时口腔里喷发的烟臭不同，李黎明的烟丝味有点香甜。她分不清他脸上的笑意是调皮还是讥嘲，他的目光游移不定，更多的投向了阿紫那一侧。她听见阿紫用夸张的声音数时间，嘀嗒，嘀的一声，烟味来了，嗒的一声，烟味远了，那个吻就草草结束了。她的头脑一下变得晕乎乎的，嘴唇上有点潮，她捂住嘴唇，依稀听见阿紫说，福妹，你来替我数。她看见那两个人站到了一起，像两名格斗士一样，面对面地探寻着什么，李黎明的脸孔向阿紫迫近，嘴唇启开，李黎明的眼睛里有一簇炽烈的光焰，它在炙烤阿紫的面孔，福妹觉得他对阿紫的吻很投入，与自己的并不一样。福妹准备好了数嘀嗒，但是阿紫没有准备好，阿紫突然捂住了嘴咯咯地笑，阿紫一边笑一边叫，太滑稽了，哎呀，笑死我了！然后，阿紫临阵脱逃，转过身，一猫腰，从桥洞里跳出去了。

四

为了新名字，她转了学，从此上学要多走一千米路。

在陌生的铁路子弟学校，有一个初中女生叫王福妹，还有一个高中女生叫高福梅，铁路司机的女儿，就在她一个班上。她对高福梅这样的名字有着本能的怀疑，悄悄地问其他女生，那个高福梅，原来是不是叫高福妹呀？她的怀疑果然被印证，别人夸她赛神仙，她不敢得意，反而有点心虚，说，我瞎猜呢。她努力地在新环境里塑造段嫣的形象，广交朋友，但对待高福梅是例外，她看见高福梅，就像看见自己的一条不洁的尾巴，总是绕着走。

无论如何，她不再是段福妹，她是段嫣了。新生的段嫣。名正言顺的段嫣。唯一的隐患是王德基的小女儿秋红，她不知怎么也舍近求远，在铁路子弟学校上学，有一次秋红跟着她进了厕所，问，你不是段福妹吗？怎么成了段嫣了？她没好气，朝秋红翻了个白眼，你是谁？我不认识你，别来跟我说话！

父亲大骂了她一通，之后不得不默认女儿改名的事实，这对于她来说算是极大的仁慈了。父亲依然叫她福妹，她不奢望父亲会改口，只要求哥哥弟弟改口叫她段嫣。哥哥段明试着叫了几次，很快不耐烦了，说，什么段嫣？太别扭了，好像是在喊外人的名字，你要是不让喊你福妹，我以后就叫你喂，好不好？她弟弟段勇则狡诈，只在有求于她的时候叫段嫣，平时，还是口口声声叫福妹，她不答应，段勇会故意尖叫，福妹福妹福妹！你耳朵聋了？

桑园里的那些邻居知道她改了名，有人是愿意成全她的，喊她福妹不答应，便及时地改口，只是他们大多昏庸无知，总是记错她的新名字，有人记成了段燕，有人记成了段英，阿紫的奶奶最荒唐，她不知怎么把福妹的新旧名字综合了一下，喊她燕妹。段嫣很沮丧，向阿紫诉苦说，你听见了吗？你奶奶总叫我燕妹！告诉她三遍了，就是记不住。阿紫说，你急什么？燕妹不比福妹好一点？慢慢来，现在他们不习惯，以后就习惯了。

所幸有阿紫，也只有阿紫，她总是能够在朋友的窗前，以响亮的声音，自然地喊出那个新名字，段嫣，段嫣，你出来一趟！在很长一段时间里，是阿紫的声音证明了段嫣的存在。所以，段嫣对阿紫的依赖，不仅出于友情，还包含着一颗感恩之心。

五

她和阿紫。

她们是姹紫嫣红的组合。

可惜时光无情。时光无情地摧残了世界上的许多友谊之花，也包括段嫣和阿紫的这一朵。我们大家都知道，姹紫嫣红最终成了残花败柳，后来的段嫣和阿紫，几乎是一对冤家。段嫣后来的好朋友是胖姑娘顾莎莎，而阿紫后来再也没有影子般的女友了，围绕着阿紫的，都是男孩，其中包括那个李黎明。

友情的破裂大凡是因为背叛，被背叛者往往有很多故事向他人倾诉。段嫣后来告诉过顾莎莎，她之所以与阿紫决裂，是因为阿紫泄露了她最大的隐私，否则，桑园里的街坊邻居怎么会谈论李黎明的吉尼斯世界纪录本子呢，她父亲又怎么会知道她的名字出现在那个本子上呢？她更不能原谅的是阿紫的自私。那天她父亲大发雷霆，拉着她去阿紫家里求证女儿的清白，阿紫没有帮她。阿紫不肯为她作证，她根本没有与李黎明接吻，只不过是让他亲了一下，嘀嗒一秒钟，亲一下而已。阿紫只是一味地撇清自己，向自己的父母和祖母赌咒发誓，我不知道她的事情，反正我没有让他吻过，反正我凌紫的名字，不在他的本子上，我要骗你们，出门就掉河里，淹死！

她开始冷落阿紫，与顾莎莎形影不离了。阿紫争取过这份友情，好几次跑到段嬷的窗前，段嬷，段嬷你出来，我们去看电影！这么喊了几次，她不予理睬，阿紫意识到那是一种绝交的信号，气坏了，在外面大喊大叫，段福妹，我算是认识你了，你才是过河拆桥的白眼狼，没良心！你不配叫段嬷，只配叫段福妹，你就天天跟顾莎莎在一起吧，你们两个大胖子，去合肥吧！

她也不想看见李黎明，看见他的嘴唇，她会想起初吻这个字眼，心里莫名地慌乱，然后嘴唇便有点微微的酥痒，那讨厌的酥痒感令她感到羞耻。但她很想看见他那个本子，上面记录的她的名字，是段福妹，还是段嬷？如果是段福妹，如果是那个已经抛弃的名字，她的感受会稍稍好一些。

她没有勇气去询问李黎明，隆重地委托顾莎莎去打听。顾莎莎自己不敢去，又委托她表哥三霸去问。这倒是个聪明的办法，三霸在香椿树街上威风八面，所有人都惧他三分，他找到李黎明，李黎明老老实实地拿出了他珍贵的本子。三霸告诉顾莎莎，他看清楚了，那本子上不过记录了十来个女孩子的名字，没有段福妹，只有段嬷，位列最后一位。

段嬷得知这个消息，一下就哭了，跺脚道，该死，该死，刚改的名字，就给弄脏了！顾莎莎不知道怎么安慰她，陪她声讨了李黎明，顺带着抨击了阿紫，忽然灵机一动，说，你别叫段嬷了，去跟那种人配什么套？干脆再改一次名字，跟我配个套吧，你叫段菲菲算了！她抹干眼泪，说，你说得轻巧，好不容易改了名字，派出所怎么会让我再改一次？除非等到十八岁，法律规定，满了十八岁，你爱叫什么名字就叫什么名字。顾莎莎叫起来，等到十八岁？还有两年呢，万一李黎明的本子公开了怎么办？万一他真破了吉尼斯世界纪录，全世界都看得到段嫣这个名字，你不是臭名昭著吗？她被顾莎莎说得面色如土，发狠道，真要有那么一天，我跳河自杀！顾莎莎观察她的表情，看不出来那是真话还是假话，顾莎莎说，要不，让我爸爸去找谢叔叔？他们是老朋友，谢叔叔是市局的，管李黎明他爸爸。看段嫣开心起来，顾莎莎又适时地强调说，不过有个条件，不准反悔，我们先说好，你得叫段菲菲，跟我配套！

她把家里的户口簿悄悄交给了顾莎莎，也把第二次更名的重任交给了顾莎莎。但等了两天，顾莎莎那边毫无动静，她担心父亲发现，去催顾莎莎。未料顾莎莎的口径改了，说她爸爸与谢叔叔现在没那么热络了，找他办事要送礼的。又吞吞吐吐地说，谢叔叔是个烟鬼，最喜欢抽中华牌香烟。她听出顾莎莎的意思，问，送一包？顾莎莎撇嘴道，一包香烟，那叫什么送礼？她当即大叫，一条？中华牌香烟那么贵，我怎么送得起？你爸爸不是敲竹杠吗？顾莎莎有点不悦，你怎么冤枉我爸爸呢？他又不抽烟的。她自知失言，吐了舌头说，不就是改个名字嘛，有那么贵吗？顾莎莎说，我爸爸说了，改一次名字好办，改了又改才难办的，我也没办法，要不你把户口簿拿回去，你还是叫段嫣，等到十八岁再改吧。她僵立在顾莎莎的小房间里，不肯去接户口簿，也不甘心放弃，脑子里盘算着自己攒的私房钱，突然抬头看看顾莎莎，问，你能不能借我一点钱？顾莎莎思考了一下，表态道，我只有十多块钱，都借给你好了。她冷笑一声，你们家那么富，你只有十多块钱？鬼才信，我就知道你是小气鬼。顾莎莎为了证明自己的清白，打开了她的小钱包，段嫣不愿意检查那个空瘪的纸钱包，赌气道，算了，我还是叫段嬷吧，我就准备以后跳河自杀吧。她拿过户口簿准备走了，听见顾莎莎突然叫道，你们家不是有只紫铜脚炉吗？我爸爸说了，旧货市场有人收紫铜脚炉，一百块一个！她一愣，站在门口犹豫了半天，说，那是我妈妈的遗物，拿脚炉去卖钱，我妈妈的阴魂会不会来找我算账呢？

六

那只紫铜脚炉，为她获得段菲菲这个名字，立下了汗马功劳。

但顾莎莎的功劳另当别论，因为逼迫她花了那么多钱，她心里对顾莎莎始终有怨气，说不出口，积在心里，形成了偏见。她觉得顾莎莎俗气，比不上阿紫，但是，重新选择是不可能了，阿紫已经不再理睬她，而她与顾莎莎的友谊之间，弥漫着一只紫铜脚炉笨重硕大的阴影，不知怎么就显得别别扭扭的了。

她担惊受怕了一段时间。还算幸运，卖掉的是一件过时的器物，家里没有人需要紫铜脚炉取暖，也没有人发现它已经从家里彻底消失。只是在很多年之后，段菲菲在自己的婚礼上，听姨妈问起那只紫铜脚炉。姨妈说那是母亲当年的陪嫁，她们姐妹四人出嫁，每人都有一只紫铜脚炉做陪嫁，因为她们有一个共同的气虚的毛病，一到冬天双脚就冰冷冰冷的，穿多少袜子也没用，烤了脚炉就好多了。也许是心虚，她说她不记得那只脚炉了，而且刻意贬低了脚炉的功用，她说，现在谁还用那种老古董？还要烧炭，多麻烦，再说我的脚从来不冷。姨妈说，你可别那么说，你跟你妈妈活脱脱一个模子刻出来的，身体随她，气虚，会脚冷的，现在你年轻，等以后生了孩子，老了，你就知道了，脚炉是个好东西。

她嫁给了鬃毛小莫。是那种偶发的爱情，带来一个差强人意的婚姻。她在著名的红玫瑰理发店做理发师，鬃毛小莫常来店里推销洗发水，渐渐就混熟了。小莫看她的眼神，有火苗隐隐地燃烧，她早发现了，但那火苗不能打动她，因此视而不见。直到有一次小莫来店里，径直坐到椅子上，点名要她理发，她知道他要表白了，她都想好了如何拒绝他的表白，但小莫什么都没说，在她为他刮鬃角的时候，他突然抓住她的手，额头顶着刮胡刀的寒光，吻了她的手背。她保持了足够的冷静，从镜子里审视他的嘴唇，爱情从那两片嘴唇上喷薄欲出，然后她检查自己的手背，手背上有隐隐的一小片亮光，似乎来自一个遥远的时空。她想起了善人桥下的初吻，想起了李黎明的嘴唇，她的眼睛不知为什么就湿润了。

婚后第二年，她有了个女儿。姨妈的预言渐渐应验，她的身体在产后发生了奇怪的变化，特别怕冷，尤其是脚，一到冬天，她就觉得脚冷，而且，她开始厌恶小莫的鬃毛，觉得那狮子般的脑袋天天钻在她胸前，忙那件事情，一切都很脏。小莫为她留了平头，也不在意她脚冷，但她的性冷淡成了他的烦恼。不知从哪儿听说的偏方，他从自己的父母家里找出了一只紫铜脚炉，买了一袋子木炭回家，对她说，我天天给你烤烤脚，把脚烤热了，你对我就不会是那个态度了。有一个冬天的夜晚，小莫没有回家，她抱着女儿，一边烤着脚炉，一边看电视连续剧，突然接到小叔子火急火燎的电话，问她家里有没有三千元钱。她觉得蹊跷，盘问再三，小叔子挂掉了电话。她是聪明人，预感到那是风月场上的治安罚款。他去捞谁？还能是谁呢？她有了不祥的预感。当场就拨小莫的手机，拨了好几遍之后，她终于听见了小莫疲惫的声音，说他人已经在广州，要谈一笔生意，过几天才能回来。她当即恸哭起来，你在广州？你还能回来？我知道你干了什么事！你永远也别回来了，永远别进我家门，算我当初瞎了眼睛！

丈夫的背叛，她是不能容忍的，更何况这门婚姻，她本来就是屈就。她与小莫的离婚之战，打了三年之久，起初并没有那么决绝，一方面是孩子妨碍了她的决心，还有一个隐秘的原因不宜启齿，那段时间小莫的生意波澜起伏，她守着看结果，不仅是给小莫一个机会，也给自己一个机会，可惜小莫内债未清，外债越欠越多，开始有人跑到红玫瑰理发店来，拿了欠条出来找她要债。她彻底死了心，再也不愿意等下去了。

有一天她抱着孩子回香椿树街的娘家，路过善人桥的桥堍，正好看见阿紫和李黎明从一辆宝马轿车里出来。她很久没见过阿紫和李黎明了，听说他们在海南做汽车生意，做发达了，她总是不相信，认为是阿紫家放出的虚荣的风声，没想到他们真的衣锦还乡了。她注意到阿紫容光焕发，好像是换了一层皮肤，看起来比从前要漂亮许多，那一身时髦的装扮不是由廉价衣物堆砌的，是货真价实的名牌，阿紫项链上那颗钻石的光芒，几乎刺伤她的眼睛，她情感上倾向于是假货，但理性告诉她，那也许是真的。她以前总是不敢看李黎明，现在无所谓了，她斜着眼睛看李黎明。李黎明戴着墨镜，穿白色西服，他的嘴唇被香烟熏得厉害，不再那么红润了，但那两片嘴唇之间，飘浮着某些往事，像烟一样，若有若无的。她记得李黎明少年时代的妄念，那个什么吉尼斯世界纪录，此后再也没听说过下文，她心里并没有多少庆幸，反而戚戚然的，暗自猜测，海南岛不是到处见海吗，那本子，一定是被阿紫扔到大海里去了吧？

七

离婚之后，多少有点寂寞，她首先修复了与顾莎莎的友谊，两个人又成了朋友。

顾莎莎还是胖，永远处于减肥的各个疗程之中。她经常到红玫瑰来，有时候来做头发，有时候是为了等她，一起去附近的健身中心做热瑜伽。她不算胖，只是害怕发胖，顾莎莎站在她身边，像是一面反射镜，反射了她残存的风韵，但是，也就是这点安慰了。她承认顾莎莎命比她好，嫁得比她好，顾莎莎和她丈夫名下有好多套房子，光是收租金，就衣食无忧了。她与顾莎莎一起出行，吃饭、打车，甚至旅游，总是等着顾莎莎掏钱埋单，嘴上不忘感谢，心里是不以为然的，她觉得自己的命运遭受如此的不公，总是要有人偿还，顾莎莎，不过碰巧是一个偿还者罢了。

她一直在默默地等待第二次婚姻，试着与几个男人见过面，但所见总是不如所闻，臆想中的那个男人，始终没有出现。她扪心自问，认定自己不是一个坏女人，于是确信自己运道不好，一定是在哪里不小心犯了什么忌讳。哪里需要纠正？如何纠正？她自己不知道，要去问别人了。听说扫帚巷里有个算命大师，她拉着顾莎莎一起去求教。那大师相了她的面，问了她的生辰八字，说她本该是享福的命，只是取了菲菲这个名字，大错特错，她命里缺水，要忌草木的，怎么能菲菲呢？她一拍大腿，几乎尖叫起来，怪不得！然后她问大师，要是我叫段嫣，是不是命会好一点？大师在纸上涂涂画画，点头承认，用这个嫣字，会好一点。她用谴责的目光看着旁边的顾莎莎，似乎提醒她，你听听，听听吧，我一生的不幸，都是因为我的名字跟你配了套，你那么幸运，我这么不幸，都是我的名字为你牺牲，成全了你！

顾莎莎很窘，过后慷慨地采取了补救措施，掏出钱包，让大师给女友再起一个好名字。于是，段瑞漪这个名字被大师隆重地写在一张红纸上，熏香片刻之后，她几乎是颤抖着把那张红纸装进了包里。

她第三次更名，赶上了末班车。派出所的人看着她的户口簿，说你这个人有意思，改名字像换衣服一样的，算你来巧了，最后一个机会，晚来一个月，就不让你改了，我们已经拿到了文件，下个月开始，严禁公民随便改名！

八

她作为段瑞漪的生活，开始得有点晚了。

名字被矫正以后，命运依稀也被矫正，她真的感谢扫帚巷的算命大师，段瑞漪这个名字带给了她幸福，遗憾的是，幸福显得很短促。那年秋天她遇上了马教授，一个丧妻的知识分子，年纪稍大，研究光缆的，除了懂得深奥的光缆技术，还懂得疼爱女人。她陷入了与马教授的恋情之中。因为自己无知，她特别崇拜马教授的知识，总觉得他干瘦的身体隐藏着无限的能量，这些能量会给她一个美好的未来。很奇怪，与马教授在一起，她从来不觉得脚冷。她慷慨地向他付出了自己封存已久的身体。马教授对她的乳房很迷恋，但是他不无担心地指出，她乳房里的那个硬结有点问题，应该去医院看看。她解释说是乳腺增生，好多女人都有，你一个大男人，怎么在意这个？马教授忧伤地说，不是我在意，是你自己应该在意。又坦白地告诉她，他的前妻就是得乳腺癌去世的。她一下愣住，想起自己的母亲也是乳腺癌，三十多岁就离世了。她又惊又怕，说，这毛病不可能遗传吧？老天爷凭什么专门欺负我？我要是再得这个病，世上还有什么天理？

果然就是遗传，她的乳腺癌已经悄悄地发展到中晚期了，事实证明，老天爷对她似乎是有成见的。她在医院里哭了半天，与顾莎莎商量要不要听医嘱，立即做乳房切除手术。顾莎莎说当然要听，怎么能不切？保命要紧啊。她沉思良久，苦笑道，保了命，马教授就保不住了，他最喜欢我这里了。

　　她舍不得放弃与马教授约定的香港之行，把手术通知单塞到包里，陪马教授一起去了香港。白天，马教授要参加一个学术会议，她一个人去逛街，在几家有名的金铺之间来来往往，想给自己买一条白金项链，等到项链挂到脖子上，凉凉地垂到锁骨以下，她忽然觉得这是个错误，一个即将失去乳房的女人，还有什么必要装饰她的胸部呢？这样，项链没买成，她临时改主意，挑了一条手链。

　　那些香港的夜晚嘈杂而潮湿，她与马教授同床共枕，脑袋贴得很近，她向马教授传授她的逛街心得，他听得很耐心，然后她开始控诉邪恶的命运，他小心地附和，终究敌不过睡意，打起了呼噜。他们依然亲密，但彼此的身体，其实失去了联系。她在黑暗中凝视马教授摊开的手掌，似乎看见那手掌里握着一根银色的长度无限的光缆，它穿过旅馆的窗子和窗外的街道，穿过不远处灯火通明的维多利亚湾，抵达彼岸，抵达全世界。全世界的声音和图像都浓缩在马教授的手里。她崇拜他的手。之后她开始凝视自己的乳房，它们仍然丰硕而结实，看起来很性感，但是，那已经是一首挽歌了。她轻轻地抓住马教授的手，放在自己的乳房上，马教授沉在睡梦中，手先醒了，热情地揉摸一番，忽然惊醒，翻身坐起来，惊恐地瞪着她的乳房，说，对不起，瑞漪，对不起，我忘了。

　　她用枕头捂住自己的胸部，先是笑了两声，然后就哭起来了。

九

世界上只有马教授一个人，叫过她瑞漪。

她喜欢他用浑厚的男中音，叫她瑞漪，那声音传递出一些赞美、一些祝福，还有一丝温暖的爱意。但可惜，马教授后来改口称她为小段了。她质问他，你为什么不叫我瑞漪了？马教授的解释听起来很真诚，叫你瑞漪，嘴巴总是张不大，舌头很紧张，有点累啊。她知道那只是事实的一半，事实的另一半是合理的退却，是礼貌的躲避。那是他的权利。她清醒地认识到，段瑞漪这个名字带给她的不是幸福，只是一堆篝火，或者是另一只紫铜脚炉而已，仅供御寒之用，而所有的火，迟早是要熄灭的。

她不舍得浇灭马教授剩余的火苗。有一次她从医院跑出去，带上嫂子给她炖的红枣莲子汤，拦了辆出租车，直抵马教授的家。辛辛苦苦地爬到五楼，敲门无人应，她快快地转到南面，仰头观察马教授的阳台，一眼看见晾衣竿上有一只黑色胸罩，像一只巨大的黑蝴蝶，迎风飞舞。她愣怔了几秒钟，打开保温壶，对准花圃里的一棵月季花，把红枣莲子汤一点点地倒了个干净。壶空了，她又仔细看了眼五楼阳台上的那只胸罩。大号吧？她鼻孔里冷笑一声，自言自语道，我就知道，肯定是大号。

与马教授分手，是与幸福的假象分手，也是与段瑞漪这个名字分手，她很心痛。住院化疗的那段时间，护士叫段瑞漪的名字，她无端地觉得那声音缺乏善意，总是慢半拍才答应，不仅是抵触，她心里有一丝深切的恨意，不知是针对护士的，还是针对自己的名字。她对护士说，别叫我段瑞漪了，你能不能喊我段菲菲？要不叫段嫣也行，我原来叫段菲菲的，以前还叫过段嫣，姹紫嫣红的嫣。护士埋怨她说，你那么多名字，我怎么记得住？菲菲不是很好吗？又好记又上口，谁让你乱改名的？你这个潋字我不知道怎么念，还去查了字典！她半晌无语，低头看着自己的胸部，说，是啊，这个潋字有什么好的？害你去查字典，害我丢了乳房。

她幻想以乳房换生命，但一切都晚了。再完美的乳房，切了就无用，什么都换不回来的。后来我们听顾莎莎说，她比医生估计的多活了半年，比自己期望的，则至少少活了半个世纪。

那年冬天遭遇罕见严冬，她的弥留之际，恰遇一场暴雪，亲人们都被困在路上，病房里只有她老父亲一个人陪护。她看着窗外的鹅毛大雪，认为是茫茫大水，说，这么大的水啊，都漫到三楼了。段师傅说，不是水，是雪，外面在下大雪。她说，不是雪，是水，我命里缺水，临死来了这么大的水，还有什么用呢。过后她看见有人蹚水来到了窗前，她对父亲说，她来了。段师傅以为她牵挂自己的孩子，说，你放心，小铃铛马上就来了，你哥哥去学校接她了。她摇头，说，不是小铃铛，是她来了，我看见她了。段师傅猜她看见了亡母的幽魂，你看见你妈妈了？妈妈跟你说什么了？她还是摇头，说，不是妈妈，妈妈不敢来，怕我埋怨她。是乡下奶奶来了，她蹚这么大的水来骂我，骂我活该，她问我呢，给我取了那么好的名字，我为什么鬼迷心窍，非要给改了？

段师傅以为那是糊涂话，他记得女儿只是在襁褓里见过祖母，怎么会认得祖母呢？所以他问，真是你奶奶？她什么样子？她说，干干瘦瘦的，黑裤子，打赤脚，右边眉毛上有一颗痦子。段师傅很惊讶，那确实是他乡下母亲的基本模样。然后他听见女儿叹了口气，说，算了，还是听奶奶的话好，我以后还叫福妹吧。

十

　　我们香椿树街居民后来送到殡仪馆的花圈，名字都写错了。即使是马教授和顾莎莎的花圈，名字改成了段瑞漪，其实也是错的。遗嘱需要尊重，一切以家人提供的信息为准，被哀悼的死者不是段瑞漪，也不是段菲菲，更不是段嫣，她的名字叫段福妹。

　　段福妹。

　　听起来，那是一个很遥远的名字了。如果不是去参加这场追悼会，谁还记得她有过这个土气而吉祥的名字呢？

万用表

一

　　大鬼第一次看见小康，是在红旗瓷厂的宿舍里。

　　小康当时正站在窗边。大鬼推门的动作很野蛮，吓到了小康，他的身体颤了一下，脑袋向后转，转一半，又坚定地拧回去，对准窗外了。看小康的身形，还是个少年。一头乱发灰扑扑油腻腻的，脖子细长，背部稍显佝偻，他穿着肥大的深蓝色西装，衣袖是挽起来的，手在西装的口袋里掏，掏出了一个东西，是小孩子吃的那种彩色果冻。大鬼看着小康用牙齿咬开塑料封纸，吐掉，然后是哧溜一声的吸食，那一小团橙色立刻消失了，剩下一个空瘪的果冻壳，被他随手扔在地上。大鬼叫起来，往哪儿扔？小康僵住，慢慢蹲下来，捡起果冻壳放在墙角的字纸篓里。大鬼哧地一笑，说，你是小弟弟还是小妹妹，喜欢吃果冻的？

　　等不到小康的回应。大鬼坐下来换鞋，瞥见对面的床铺已经铺好，花布被子和花布枕头，都是用旧了的色泽，看起来脏兮兮的，枕

163

边放了一只铝皮手电筒。床底下已经塞满，两双旅游鞋，一双黑色的在地上，里面窝着袜子，一双白色的应该是新鞋，隆重地放在纸箱上。有一只鼓鼓囊囊的红白条蛇皮袋很抢眼，袋子中央用墨汁写了个大大的"康"字。大鬼咳嗽了一声，说，你就是老康的儿子？到窑上做加料工？好，你前途无量嘛。小康在吃另一个绿色的果冻了，又是哧溜一声，他似乎在犹豫是否要回应这次搭讪，大鬼已经失去了耐心，拍一下桌子：你是哑巴还是聋子？你他妈的只会吃果冻，不会说话的？

小康终于回过头来，目光像一只惊鸟撞过来，撞在大鬼的脸上，稍作停留，又匆匆飞走了。大鬼听见了小康的嘟囔声，说什么？我不说话的。

并不像他父亲。小康的面孔算得上白净，清秀，唇上一圈又黑又密的胡须，不知道是刻意蓄留的，还是因为懒得修剪，看起来那是男性荷尔蒙张贴的告示。他的无礼，甚至是那圈胡须，都冒犯了大鬼，但那张脸上的少年稚气无可隐藏，它提示大鬼，对方几乎还是个孩子，不必过于计较。

说几句话会把你累死？大鬼脱下袜子，在空中啪啪地摔打，他说，老康是你爸爸不是？老康那么懂礼貌，见人三分笑，怎么会教育出你这么个儿子？你是扮哑巴还是学高仓健？你到底是不是老康生的？

这次，小康说话了，小康对着窗外说，驴日的二屄货。

大鬼确定小康是在用方言骂人，只是不太相信自己的耳朵。他走到窗边朝外面瞟一眼，窗外并没有人迹，大鬼搭住了小康的肩膀，问，你刚才在骂我？二屄货，是你们那边的骂人话吧？

小康要扒开大鬼的手，没有成功。手放开。小康说，我没骂你，我没跟你说话。

你没跟我说话，那你在跟树说话？你没骂我，那你在骂树？树是驴日的二屎货？我请教你，什么驴能日出一棵树来？

小康转过脸，避开大鬼的眼睛。我没跟树说话，他说，我也没跟你说话。

窗台上放着一只搪瓷碗，面条早被大鬼吃光了，汤和葱花还在碗里，大鬼端起来闻了闻，怪笑一声，我们食堂的面条汤，很香吧？猝不及防地，大鬼将搪瓷碗扣在了小康的脸上。面汤四溅之际，小康愣在窗边，大鬼甚至有时间欣赏酱色的面汤在小康脸上流淌的辙痕。大鬼说，怎么样，香不香？小康的嘴边有一撮葱花，他对着地上啐了一口，忽然跳起来，像一头疯牛朝大鬼俯冲而来。小康的脸像一块石头，尖锐而沉重地撞在大鬼的手臂上。

而且，小康咬了大鬼一口。

咬得很深，也很精确。小康的牙齿似乎长了眼睛，恰好咬在大鬼的刺青部位上。事情顿时就严重了。大鬼的刺青在瓷厂是著名的，它是上下结构，内容互相冲突。上方一只虎头，下方一个文字：忍。它们代表虚无的荣耀，也是最通俗的座右铭。现在，一排牙痕镶嵌其中，虎头开始刺痛，荣耀在破碎，"忍"字开始刺痛，座右铭在摇晃。大鬼把小康推到了门边，轻易地掐住了小康的脖子。从小康脆弱的喉结上，大鬼感受到了自己非凡的腕力。小康挣扎了几下便不再抵抗，他在窒息中流出了眼泪，目光绝望地瞪着大鬼的手臂。大鬼不清楚小康是在欣赏自己的牙痕，还是在品味刺青的意味。虎头。忍。大鬼说，现在，你还能不能好好说话了？小康的喉结在大鬼手里蠕动，大鬼听见他艰难的声音，我，忍。大鬼说，不是你忍，是我在忍。我问你，你到底为什么不跟我说话？大鬼看见小康闭起了眼睛。

再睁开，那双眼睛里的泪水已经干涸，小康的怒吼冲出了大鬼五指的封锁，我偏不说话，驴日的二屎货！

二

大鬼在瓷厂当电工，已经很多年了。

他的家在城北桑园里，离瓷厂不算很远，照理说没有资格住集体宿舍，但他自称家庭关系不睦，看见父亲就想骂，看见弟弟就想打，家里不宜久留，总是赖在厂里。他原本带了条毯子在各个宿舍打游击，东睡西卧，是模具工老秦给了他机会。老秦患了白血病，常年住在医院里，大鬼趁机占了他的床铺。那间宿舍还住了杨会计，人很文静，又要求上进，平素醉心于各种自学考试。他不敢驱逐大鬼，只能向有关领导诉苦，说跟大鬼住一起，他度日如年，已经连续两门自学考试没有通过了，再这样下去肯定影响工作，瓷厂的账目若是出了差错，怪不得他。厂里的领导对大鬼都有所忌惮，不想惹他，又格外器重杨会计，便专门在阅览室里为他隔出一个小房间，供他学习。杨会计起初是回宿舍睡觉的，回宿舍便会受到大鬼的骚扰。有时候骚扰以谈论国家大事为名，有时候是黄色笑话，有时候是半夜咕咚咕咚喝啤酒的声音。最离谱的一次遭遇，缘于杨会计不屑于回答大鬼的一个问题，大鬼问他，你怎么不交女朋友？问了三遍不回答，当天夜里大鬼便动手，扒了杨会计的内裤检查，说，你问题不大，就是包皮过长，割了就可以了。杨会计忍无可忍，第二天就把床铺被褥也搬去了阅览室。过了很多天，杨会计没有回来，也没有其他人愿意做大鬼的室友，大鬼便用红色墨水在宿舍门上写了两个大字：鬼屋。既是宣示产权，又威胁了别人。久而久之，别人的集体宿舍，便被大鬼独占了。

小康搬进来之前，后勤科来过人，带来一瓶油漆，刻意用白色油漆刷了宿舍的门。"鬼屋"两个大字被盖住了，门板上隐隐泛出些红色，像是两朵被埋葬的大红花。大鬼没有追究此事，他心里清楚，这个小康无处可去，从此以后，他必须与小康朝夕相处了。

他们之间的敌意是一场暴风雨，来得猛，去得也快。应该说，这是大鬼的功劳，他觉得与小康这种山里人较量，总归是杀鸡用牛刀，还落个欺负人的名声，没意思。大鬼当时正与东方电影院的一位女售票员恋爱，那姑娘有个美妙的绰号，叫东方梦露。每逢周末他都要去与东方梦露约会。这样的早晨，他的心情总是很好，盥洗完毕便来到小康的床边，用牙刷刷小康的唇须，嘴里还用英文喊早安，古德毛宁！古德毛宁！那把牙刷被小康打飞了好几次，直到有一次，小康不再还手，只是在枕头上转过脸来，打量着大鬼脚上锃亮的尖头皮鞋以及身上时髦的丝光T恤衫，突然问，你女朋友，见过你的刺青吗？大鬼一愣，说，你难得说句话，我怎么听不懂？小康转过脸去说，要是在我们那儿，正经姑娘不敢跟你的。大鬼明白过来，咯咯笑起来，真是乡下人。刺青算什么？人家是东方梦露，该见的不该见的，都见过啦！

大鬼对小康的热络，多少显得鲁莽。这一点，大鬼自己也是清楚的。他的与人相处之道一向怪诞，若是作恶，一切便自然而然，若是善意或友爱，偏偏就表达不当，弄不好就令人生厌，成为别人的负担。对于小康来说，这负担便是骚扰式的交谈。小康终究不是哑巴，渐渐愿意跟大鬼说话了，只是谈话不对等，通常大鬼说了半天，只能等到小康的只言片语，不是否定，便是拒绝。大鬼最擅长的黄色笑话，有一半小康听不懂，再三提示解释之后，才能勉强博他一笑。大鬼觉得无趣，邀请小康一起到别的宿舍打扑克，小康说，不打。大鬼说，你不会打扑克？小康说，你们赌钱，我不赌。又邀请他一起去外面的卡拉 OK 唱歌，小康摇头说，我不会唱歌。大鬼说，你不是陕西的吗，陕西人不会唱歌？山丹丹开花红艳艳不会？小康茫然，谁说陕西人都会唱歌？我就从来不唱歌。我们那里，男人不唱歌。大鬼同情地看着小康，问，那你会什么？看电影总会的吧，我陪你去东方电影院？美片港片，枪战片警匪片武侠片什么都有，不花你一分钱。小康想了想，似乎有兴趣，最终却还是摇头，反正都是瞎编的，算了。小康说，我明天还要上班。

遇到发薪水的日子，大鬼都要出去与东方梦露约会，有一次不知为何留在了宿舍里。他邀请小康一起去瓷厂后面的新丰村走一趟。小康说，去那儿干什么？大鬼对他挤眼睛，那儿有个洗头房，叫夜巴黎，对面还有一个维纳斯，洗脚的，你不知道啊？小康说，花钱去洗头？花钱去洗脚？不去。大鬼怪笑起来，你是真纯洁还是装糊涂，你不知道夜巴黎维纳斯有小姐？小康眼睛一亮，闪避着大鬼的目光，你去过了？犹豫了一下，又问，你跟你女朋友，吹了？大鬼挥挥手说，小姐归小姐，女朋友归女朋友，你别管我，我看你憋了一脸青春痘，为你考虑呢。看小康僵在窗边，大鬼先发制人地说，别再跟我说不会不会，打炮你总会吧？这件事情，你总会的吧？小康对着窗子说，不打，我的钱不往那儿扔。大鬼说，我就知道你不舍得钱，我请客，你出炮我出钱，这样总行了吧？小康拿起窗台上的水杯，咕咚咕咚喝了一大杯水，忽然正色道，请客也不行，犯法的，我不做那种事。

大鬼很失望。无论是作为他的马仔，还是作为他的哥们儿，小康都没有培养前途。毕竟不是一路人。大鬼对小康有一种恨铁不成钢的遗憾。有时候他尝试与小康认真地说说话，谈谈瓷厂的前景，谈谈各自的前途，谈谈爱情的困扰，甚至严肃地谈谈女人的肉体，一看见小康多疑而警惕的目光，他就泄气了。他知道自己在小康的眼里，已经丧失了严肃与认真的资格。

三

窑上有人告诉大鬼，说小康已经结了婚，老婆在老家的山村里，是个民办教师。还说看到过他们的结婚合影，小康的老婆虽然土气，但有一双乌溜溜的大眼睛。

这个消息让大鬼很惊讶，在他的眼里小康还是个少年，怎么也没想到，小康竟然已经结了婚。大鬼多少有点怏怏然，想想别人居然能够看到小康的结婚照，他跟小康朝夕相处，他待小康那么友好，却享受不到任何信任。小康那天下班回宿舍，顺手从桌子上拿他的香烟抽，大鬼拍了下桌子，那是谁的烟？要抽烟自己买去！小康不知所措，看看他的脸色，又把那支烟塞回香烟盒里去了。大鬼冷眼注视着小康，这样过了几秒钟，他的表情缓和了一些，但也显出一丝异样的严峻，他说，小康，我要和你好好谈谈。小康眨巴着眼睛打量大鬼，眼神里渐渐有了一种惧色，他下意识地转过身，嘴里嘟囔道，谈什么？你能跟我谈什么？大鬼怪笑一声，谈你，谈你的事。大鬼走过去，一只手重重地搭上小康的肩膀，小康慌张地甩脱了他的手，但大鬼的手不依不饶，又在小康的头皮上拍了一下，然后手掌摊开，对准了小康的脸。结婚照拿出来！大鬼以命令的口吻说，你的结婚照，还有你的老婆，拿出来让我欣赏一下！

小康的表情与其说是腼腆，不如说是一种不安。他垂首思考，起码过了一分钟，从墙架上抽出一本杂志，抖出来一张彩色照片。看就看吧。小康的目光在照片上一跳，弹起来投在大鬼的脸上，忽明忽暗

169

的，像是在期待什么，也像是躲避什么。

但大鬼用手掌把照片捂住了。大鬼闭上了眼睛，一副享受悬念的样子。听说有一双乌溜溜的大眼睛？大鬼夸张地做着呼吸的姿势，啊，激动人心的时刻到了，我要深呼吸。小康的脸已经涨得通红，要看就看，少来那一套，你女朋友是东方梦露，我老婆一个山里女子，土里土气的，有什么可激动的？

说不定你老婆是山里梦露呢。大鬼盯了小康一眼，嘴角上仍有笑意，但揶揄的目光几乎有点凛冽了，小康，你要跟我比老婆吗？小康一惊，想说什么又没说。他紧张地瞪着大鬼的手，目光缓缓爬行，爬上大鬼手臂的刺青部位。虎头。忍。昔日的牙痕已经消失不见了。小康抱住了脑袋，喉咙里咕噜一响，他说，不该给你看的，你快点啊。

大鬼的手慢慢移开了，他低下头，以一种庄严的姿态欣赏照片。是那种典型的县城照相馆风格的结婚照，背景是一片蓝色幕布，有两根白色罗马柱，一片粉红色的玫瑰，两个飞翔的小天使悬在空中，手里拿着爱神之箭。他看见小康穿着那件肥大的深蓝色西服，喜悦之色被拘谨与腼腆遮蔽，看起来接近无助的状态，他的脸上当时没留胡须，显得格外稚气。旁边的姑娘穿一件红色的呢子大衣，黑色健美裤与白色球鞋，怀里抱着一束鲜花，仔细看，她烫了头发，戴了一个红色的发箍，容貌稍显老气。两个人站在一起，是各自僵立，谈不上甜蜜，也谈不上亲密，似乎一切都只是强人所难。姑娘的一双眼睛确实很大，很黑，但因为紧张地关注着摄影师的镜头，眼神凝滞，并没有多少神采。大鬼是忽然狂笑起来的，乌溜溜的大眼睛？乌溜溜倒是乌溜溜，眼袋怎么这么大？你养过金鱼吗？那是乌溜溜的大水泡啊，哈哈，山里梦露！她只比你大一岁？你要不说，我还以为是你妈！

只是一刹那的震惊。小康瞪着大鬼，面孔发白。他在辨别什么，很明显他从大鬼脸上发现了某种深刻的恶意，但并不确定它的来历，这使他的眼神出现了短暂的迷茫。那一丝迷茫很快消退，有一片隐隐的泪光，交织了羞耻与痛楚，开始在小康的眼睛里涌动。小康突然朝大鬼扑过来，夺下了大鬼手里的照片，小康嘴里发出一声莫名其妙的冷笑，你们这些二屎货，我骗你们的。这不是我老婆，是我姐姐！

四

大鬼知道自己伤了小康，伤得不轻。

做错了事，他心里有歉意，只是没有道歉的习惯。照片事件过后的第二天，他特意买了一包中华烟，趁着小康上班时放到他的枕边。傍晚，那包香烟原封不动出现在桌子上，大鬼猜小康是不接受他的歉意，不接受他就自己抽，拆开烟盒抽出一支，叼着香烟去食堂吃了晚饭。等他回到宿舍，发现桌上那盒香烟不见了。他好奇，擅自去检查小康的抽屉，抽屉上了挂锁，勉强还能打开一条缝，大鬼看见了那包中华烟，它已经躺在了小康的抽屉里。

锁好了那包香烟，并不代表小康接受了大鬼的歉意。小康变回了哑巴，好多天没与大鬼说过话。直到有一天，大鬼下班回宿舍，发现小康正摆弄他忘在桌上的万用表，神情专注，像一个孩子在钻研新鲜玩具。大鬼莫名地高兴，说，这是万用表，要不要教你用？小康没有搭理他，过了一会儿，突然丢下万用表，轻蔑地说，不就是测个电吗，凭什么叫万用表？

大鬼本能地维护起万用表的名誉，凭什么？我告诉你，这玩意儿不光能测电，它什么都能测，所以才叫万用表！

小康笑了笑，笑声也是轻蔑的，他懒懒地躺到床上，用左脚挠着右脚，还能测什么？好人坏人能不能测出来？穷人富人能不能测出来？谁要是得了癌症，能不能测出来？

很少听到小康一口气说这么多话，口齿如此流利。大鬼依稀觉得小康在发泄什么、影射什么，同时，似乎向他发起了某种挑衅。他不习惯这样一个小康，先是有点恼怒，继而莫名地亢奋起来。万用表还能测什么？大鬼的想象力经过了一番茫然的飞翔，之后忽然下坠，大鬼的目光也下坠，嗖地滑向了小康的裤裆，测那些有什么意思？大鬼说，我先问你，你搞过多少女人？

小康愕然，怒声道，你问这个干什么？

我研究这个。大鬼说，其实不用你告诉我，你搞过几个女人，自己说了不算，我拿万用表一测就知道了。

你自己测自己吧。小康冷笑了一声。

看起来，小康再也不会上他的当了。大鬼拿着万用表在小康身边绕了几圈，没有造次，最后将万用表的端子搭在了自己的两侧腹股沟上，你看着，我很诚实的，不像你假正经。大鬼一本正经地说，你看你看，看见了吧？我搞得太多，一测就爆表了。

小康当时就笑了，只是笑得不甘心，为了不让大鬼看见他的表情，他朝墙的一侧翻了个身，并且补充一声：二屄货。大鬼听见他又在骂人，这次是笑着骂人，大鬼没有计较。不管怎样，他在小康面前的表演总算成功了一次。

说起来，那是大鬼在瓷厂的最后一个春天了。

最后这个春天，大鬼失恋了。他与东方梦露的恋爱开始得容易，结束得更加容易。为了一只来自法国的包包，他们在百货公司赌气分手，分手以后东方梦露就再也不愿见大鬼了。大鬼痛定思痛，将一切归咎于他拮据的荷包，他动了下海经商挣大钱的念头。曾经有几次，大鬼很想与小康探讨女人的心，探讨下海挣钱的各种方法，但只要他正经起来，小康便高度防范，用戒备的眼神告诉他，别来这一套，我不上当。有一次他拿出一张裸女照片，试图让小康辨认，那是夜巴黎还是维纳斯的小姐，小康居然从抽屉里拿出一张纸，用圆珠笔写了几个字：谢绝交谈！一眨眼，那张纸已经被小康张贴在宿舍的门背后了。大鬼一时张口结舌。小康的目光从他脸上一掠而过，眼神里是刻意张扬的厌恶之色。大鬼清楚地意识到，那不仅仅是冒犯，更是一种绝交的宣誓。他当时心寒，说了声好吧，走出宿舍去厕所撒了一泡尿，撒尿的时候他嘴里还骂骂咧咧，之后就想通了，想想这个春天他不仅放弃了爱情，还准备放弃工作，难道还在意放弃一个小康吗？

大鬼骗取了病假单，跟着几个朋友到广东福建的沿海地区走了一趟，在广东的时候他有心贩卖电磁炉，转到福建晋江一带，他决定参与朋友们的走私服装生意了。回到瓷厂已经五月将尽，他径直去了厂部办公室，办好了停薪留职的手续。之后，大鬼到宿舍去收拾他的东西，首先发现了门的变化。他不知道门上的油漆为什么会发生如此奇异的剥落现象，白漆到处都是好好的，唯有"鬼屋"那两个字，脱颖而出了。大鬼看着自己当初的杰作，一时竟然有点心惊。他把耳朵贴在门上，听了听里面的动静。对于大鬼来说，这是一个极其反常的动作，大鬼自己都难以解释，那动作代表了对小康的关注，还是意味着某种忌惮。他甚至不清楚，自己到底是希望小康不在，还是希望遇见小康。

迟疑了一会儿，大鬼终于拍了下门，大声问，屋里有鬼吗？

小康一定在窑上上班。宿舍变暗了，也变乱了。凝滞的空气里弥漫着一股浓烈的香烟味，混合着腐烂的水果与运动鞋散发的臭气。一条破床单被两颗图钉钉在窗框上，强充了窗帘。大鬼留在床底下的一双名牌新运动鞋，虽然还在原处，但鞋头反了，他敏锐地发现了问题，摸一下鞋垫，还湿湿的，很明显，那是被小康穿过的。大鬼有点惊讶，半个月的工夫，小康成功地把这间宿舍变成了他一个人的世界。大鬼去扯窗上的床单，发现窗玻璃上多了一张电影海报，是玛丽莲·梦露撅着臀部，在风中捂着裙子。梦露。好莱坞的梦露。大鬼有点惊讶。他不清楚小康的动机，他把原版的梦露请到窗玻璃上，是为了瞻仰她，还是为了亵渎她？是为了比较什么，还是为了反省什么？大鬼走到门背后，摘下他的电工包，发现那张纸条还勉强地粘在门背后，谢绝交谈！四个大字仍然透出一股锐利的寒意。大鬼心里忽然有点难受，难受过后是愤懑，他揭下那张纸团了团，扔到小康的床上。纸团落在小康的枕边。大鬼看见自己的万用表替代了原先的手电筒，它正静静地躺在小康的枕边，闪烁着一小片矩形的幽光。

　　大鬼有点惊讶，他不明白小康为何对万用表如此着迷。万用表总是有用的，他决定把它带走，留作纪念。大鬼拿过万用表扔到电工包里，食指上粘了一根软软的乌黑发亮的头发。毫无疑问，那是小康的头发。大鬼对着头发吹了一口气，那根头发飘进了他的电工包，仍然粘在万用表上。应该说就是一根柔软的头发，让大鬼动了恻隐之心，他最终把万用表放回了小康的枕边。

五

　　大鬼的创业生涯是从锦绣街开始的。

　　锦绣街在我们这个城市算得上是个热闹去处，大鬼随时随地都会遇到瓷厂的熟人。熟人们给他带来瓷厂的种种消息，大鬼并不在意，一切都与他无关了，小康也淡出了大鬼的生活，但偶尔有人谈起小康

174

时，大鬼还是有兴趣听。人们告诉大鬼，他一走，小康就跑到厂部要去顶他的缺，厂里当时没有答允，后来听说是送了礼通了关系，现在他跟着贾师傅到处爬上爬下的，开始做电工了。人们指着大鬼脖子里的金项链说，小康脖子上最近也开始挂金项链了，不知是真货还是地摊货。有人断言大鬼是小康心里的偶像，小康从发型到穿着都模仿大鬼，甚至走路的样子，现在都有点像了。大鬼摇头说，怎么可能？我老寻他开心，他都恨死我了。但持此观点的熟人越来越多，大鬼相信了，得意之外多少有点迷惑，说，那他不是不学好了吗？他原本可是好孩子啊。

夏天的一个黄昏，大鬼在锦绣街的时装店里看店，发现玻璃门外有一对打扮时髦的年轻情侣，对着橱窗里的模特指指点点的。男孩女孩都面熟，他先认出了谈小菲，她是瓷厂医务室的护士，因为大鬼不正经，她曾经拒绝为大鬼注射青霉素。然后，男孩摘下了墨镜，也就是这个瞬间，大鬼几乎惊叫起来，那个染了一绺金发的墨镜男孩，那个穿着红色无袖衫和夏威夷短裤的时尚男孩，竟然是小康。

大鬼不敢相信，他的离开如此有效地改变了小康，甚至加快了小康的成长发育。小康长高了，变魁梧了，大鬼清晰地看见小康结实的大臂肌肉，上面文了一个醒目的硕大的刺青，是彩色的，是一条张牙舞爪的飞龙。

他迎出去的时候，谈小菲的身影在旁边的巷口一闪，不见了。小康也想走，一条腿跨下台阶，身体却留在台阶上，转过来面对着大鬼。有一丝不自然的表情在小康脸上掠过，很快他就坦然了，主动向大鬼伸出手掌，生意怎么样？大鬼潦草地碰了下小康的手，问，谈小菲呢？她跑哪儿去了？小康的微笑看起来有点狡黠，什么谈小菲？大鬼指着小康，脑子里蹦出来一句老话，他说，士别三日真要刮目相看嘛，他妈的。

他们在店门口站了一会儿，谈及瓷厂的现状和未来，小康说，瓷厂迟早要倒闭，我也准备不干了，到时候来给你看店，混口饭吃怎么样？大鬼笑起来，你要给我看店，我不也没饭吃了？做服装生意，赚少赚多全凭一张嘴巴，你不是谢绝交谈吗，怎么替我做买卖？小康略显尴尬，眼睛看着橱窗里模特身上的一条裙子，欲言又止的样子。大鬼说，谈小菲现在越来越漂亮了嘛，很多人追她追不上，没想到看上了你，这不是鲜花插在牛粪上吗？小康不接话茬儿，眼神里有掩饰不住的骄傲，他的手在牛仔裤口袋里掏了一会儿，又空手而出，手指弹了几下橱窗，问大鬼能否把橱窗里那条裙子先给他，等下个月发薪水再把钱送来。大鬼慷慨地答应了，他把那条裙子包好交给小康，小康抓住塑料袋，他抓住了小康的胳膊，这么大一条龙，让我欣赏一下。大鬼说，我要好好欣赏一下。

大鬼记得小康的大臂肌肉当时绷得很紧，那条龙的眼睛便一下瞪大了，看起来很凶恶。大鬼说，这么大一条龙？不是贴纸？文得还很细，是东门鬈毛的手艺吧？小康说，怎么样？刺了二十天，把我的钱都刺光了。大鬼不置可否，忽然捏了一下龙的眼睛，捏得很重，小康一下便把胳膊抽回去了，面露愠色，你捏我干什么？大鬼笑了笑，我没捏你，我捏的是龙，龙眼睛。大鬼端详着小康，神色渐渐严峻起来，我劝你以后注意一点，这么大一条青龙文在胳膊上，出门要小心了，你知道我现在为什么穿长袖吗？大鬼拍了拍胳膊上的刺青部位，声调听起来很诚恳，懂我的意思吗，我知道你是个老实人，别跟人学坏了。小康看着自己的胳膊，伸出左手，揉了揉龙的眼睛，目光斜斜地升起来，射到大鬼的脸上，我跟谁学坏了？你怎么知道我是老实人？大鬼讪笑起来，挥挥手说，我才不管你要做什么人，我现在做服

176

装生意，提醒你一句，你要是到北门一带，千万别穿这种无袖衫，北门的三霸你听说过的吧？他说遇到你这样的人，见一个收拾一个。

小康愣了一下，低头注视着自己的刺青，突然一笑，说，怕个屎，我最近在练散打，我的堂兄是陕西省散打冠军。

整整一个夏天，大鬼都没有等到小康。倒是谈小菲爱逛锦绣街，大鬼在国庆假期期间见过她一次，身边的人不是小康，是一个胖姑娘。谈小菲从邻近的服装店袅袅婷婷地出来，几个购物袋都在那胖姑娘手里提着。路过大鬼这里，她们欲走还留，目光在橱窗的模特身上一番流转，看见大鬼出来，谈小菲脸上浮现出一种嫌厌的表情，扭身便走。大鬼对她喊，你跑什么？我又不找你打针！小康呢？谈小菲头也不回，是那个胖姑娘站住了，愤愤地朝大鬼翻了个白眼，什么小康大康的？我们不认识他！

大鬼没有想到，小康后来真的惹了麻烦。当然他也没有料到，小康遇到了麻烦，会来向他求助。离开瓷厂宿舍两年之后，他终于获得了小康的信任，或许小康最终把他当成了一个朋友，遗憾的是，大鬼不再是瓷厂的那个大鬼，小康怎样看待自己，大鬼早已经不做计较了。

是十月里的一个下雨天，锦绣街上人迹寥寥，大鬼在店堂里与人下棋，忽然有个人头顶一摞报纸，湿漉漉地走进来，站在门边对他哈腰，说，鬼哥，我来还钱了！

又见到了小康。他穿了一件条纹衬衫，手臂上醒目的刺青被遮蔽了，脸上却多出一只大口罩。大鬼注意到他的眼角上有明显的淤青，过去摘下他的口罩，发现小康鼻青脸肿。大鬼下意识地问，你去北门了？遇上三霸他们了？不听我的警告，吃苦头了吧？小康颓然地坐在一只纸箱上，说，我没去北门。是我老婆。我回了一趟老家。让我老婆打了。大鬼想笑，忍住了，观察着他的神色，你回家做什么，去离婚了？为了谈小菲？小康不说话，似乎默认了大鬼的猜测。大鬼说，你老婆用什么东西打你的，打得脸上这么花哨？小康沉默几秒钟，说，万用表。大鬼一时反应不及，什么表？小康叫起来，万用表，我们的万用表啊！大鬼一愣，然后便没心没肺地大笑起来，笑过之后想想此事蹊跷，他又追问小康，我还是糊涂，她为什么要用万用表打你？小康迟疑着，他眼角的淤青在店堂的灯光下泛出紫色的光芒，我们村里的人没见过万用表，我带回去了，给他们看个新鲜。小康开始躲避大鬼追寻的目光，他转过脸看店堂里的试衣镜，捂住了脸孔，又掉转脑袋，望着门外的锦绣街，锦绣街上仍然一片雨雾。我骗她了。她不肯离婚。小康说，谁让她不肯离婚？我测了她，我用万用表测她了。大鬼心里已经猜到了什么，嘴里还是忍不住问，测她什么？小康终于低下头，用手捂住脸，过了一会儿抬起头，用一种怪诞的眼神看着大鬼，测那事。她自己让我测的。小康说，是她自己嚷嚷要测的，还让我当着家里人的面测，说她清清白白，测一百次也不怕。小康抱着脑袋思考了一下，喉咙里似有一阵哽咽，又很快恢复了镇定，我不是故意给她栽赃，我就是想跟她离婚。小康的目光热切地投在大鬼脸上，眼睛开始释放求助的信号，她疯。昨天她找到瓷厂来了，她要把我拽回家，去给她恢复名誉。我也要被她逼疯了。

　　大鬼打量着小康，脸上的笑意慢慢地冻结。他的棋友已经离去，留下一颗烟蒂，还在烟灰缸里燃烧。大鬼穿越店堂，走到小桌边掐灭了烟蒂，他看着残存的棋局，忽然说，小康，不是我把你教坏的吧？

　　鬼哥，我没那么说。我从来没那么说过。我是来找你还钱的，那条裙子的钱，还记得吧？小康的表情看起来有点卑下，又有点可怜。

他跟到大鬼身边，看看棋盘，看看大鬼的面孔，从口袋里掏出几张钞票，压在棋盘下。鬼哥，你不是认识三霸吗？能不能帮我个忙？小康又掏口袋，这次掏出一盒皱巴巴的中华牌香烟，递一支给大鬼，我老婆最怕三霸那种人，鬼哥你能不能让三霸到瓷厂跑一趟，吓唬吓唬她，让她别闹，赶紧回家去？大鬼斜睨着小康手里的那支香烟，哧地一笑，你好聪明，可惜生意太小，三霸不会做的。小康说，怎样才算大生意？多少钱以上才算大生意？大鬼冷冷地看了小康一眼，动刀子，做掉，都是大生意，做掉你懂吗？大鬼说，你要不要把你老婆做掉？

小康打了个冷战，大鬼清晰地看见他打了个冷战。不，不动刀子，不做掉。小康的声音已经发颤，他说，只要吓唬吓唬她就行了，她一个山里女子，就是犟一点，吓唬一下她肯定就走了。大鬼笑了一声，推掉小康手里的香烟，说，自己吸吧，我现在不吸烟，只喝茶。然后大鬼开始动手泡茶，他只泡了自己的一杯，呷了一口说，普洱茶。养生的。小康茫然地瞪着他茶杯里深红色的茶汁，好，养生好。大鬼又呷一口茶，说，我好像是把你带坏了。你是不是要让我对你负责到底？我就负责到底，干脆我去瓷厂跑一趟，亲手把你老婆做掉，怎么样？店堂里的空气顿时凝固，小康手里的那支香烟掉到了地上。小康瞪着大鬼，似乎在竭力判断那是否是大鬼对他的又一次作弄。大鬼在微笑，那种微笑持续了几秒钟，渐渐露出讥讽的端倪，带着些蔑视，还带着些厌恶，然后大鬼在椅子上欠了欠屁股，对不起，大鬼说，我要放个屁。喝了普洱茶，我老是放屁。

大鬼知道他在刹那间压垮了小康，不仅靠那句话，不仅靠那一个屁。小康忽然蹲在地上，号啕大哭起来，我知道你在耍我，我就知道你又耍我，你这个二屄货，驴日的二屄货！

六

大鬼没有见到小康的老婆。

后来，他也没有再见过小康。

听瓷厂的人说，见到过小康老婆的人寥寥无几。他们只是听见过那山里女子沙哑的哭声，她从早到晚待在小康的宿舍里，从不出来，唯有哭声确凿地证明了她的存在。偶尔几次，小康夫妇用家乡方言激烈地争吵，大多内容是能够听懂的，住在隔壁宿舍里的人，能分析出女方此行的目的，她誓死要把小康带回老家。至于那对小夫妻之间到底发生了什么事情，为什么小康刚回来又必须回去，当时整个瓷厂无人知晓。

有人八卦，以为小康的老婆会去医务室大闹一场，但这样的热闹并没发生。医务室离集体宿舍其实不远，谈小菲也曾经听到过小康老婆的哭声，她还问别人，那是猫在叫，还是有人在哭？有人机智地开玩笑，谁知道，那儿不是有间鬼屋吗？说不定真的是闹鬼了。当时有很多人在场，听到了那个精彩的玩笑。很多人后来都为谈小菲做证，说要相信谈小菲，她与小康不过是普通的朋友关系，什么都没有发生。

大约是一个礼拜之后，鬼屋终于安静，一切都平息了。那天天蒙蒙亮的时候，两个食堂女工去市场买菜归来，看见小康提着一只漂亮的拉杆箱，铁青着脸走出瓷厂的后门，后面跟着一个穿红色呢子大衣的女人，左手右手各提了一只纸箱，对他们谦恭地微笑。食堂女工眼睛打量着她，嘴里问小康，这就送老婆走了？不留她多住几天？小康没有说话。那女人说，不住了，我在这儿待不惯。低头走了几步，忽然对着食堂女工说，我不是小康的老婆，我是他姐姐呀。

瓷厂的人们后来都在谈论这件事。两个食堂女工口径不同，一个说小康的老婆当时流着眼泪，另一个则坚持，小康的老婆说那句话时，脸上挂着不正常的笑容。大家不知道该相信哪一种说法，想想她能说出这样的话，无论是哭是笑，都是正常的。

还有人在她到达瓷厂那天见过她，说那山里姑娘的水泡眼，或许是哭得太多的原因，如果忽略了水泡眼的得失，她看起来并不丑，精神似乎也是正常的，只不过，相比如今的时尚青年小康，那样子确实是有些显老、有些土气了。

没有人料到小康会一去不返。走之前他跟瓷厂请了五天假。五天以后，他打了长途电话给厂里，说家里出了点事，还要过五天才回瓷厂。此后就没有音讯了。瓷厂的生产经营当时已经很不景气，常常发不出工资，少一个人，便少一份负担，所以并没有人去过问小康的下落。过了好久，有个小伙子穿着硫酸厂的工作服，跑到瓷厂的集体宿舍来，说是小康的表兄，受小康委托来收拾东西。人们问他小康为什么不回来，表兄说是家里人不准他回瓷厂了，看别人茫然不解，又补充一句，小康在瓷厂学坏了。有人打听小康家里出了什么事。表兄说，他老婆跳了崖，没死成，落了个全身瘫痪。人们一片惊叫，急着追问究竟。表兄摇头，似有难言之隐。拗不过众人热切的目光，他勉强开口，这件事也不好说，清官难断家务事。表兄说，反正家里人都怪小康，是小康不好，他在瓷厂学坏了。

小康留在宿舍里的东西，都被表兄扔进了一个蛇皮袋里。最后撬开了小康的抽屉，一眼看见一个万用表，静静地匍匐着。表兄也没见过万用表，拿起来问，这是什么东西？是听音乐的吗？旁边有人说，那不是听音乐的，是电工用的万用表。又提醒表兄，那不是小康的东西，是厂里的公物。表兄的手像是被烫了一下，把万用表扔回了抽屉，是公物我就不收拾了。他说，麻烦你们，把它交还给厂里吧。

大鬼有一阵子老是接到一个莫名其妙的电话，对方从不说话，偶尔可以从电话那端听见狗吠鸡鸣之声。查找来电区域，应该来自陕西。大鬼猜到了对方的身份，不知为何发慌，再也不敢接听。有一次恰逢酒后，酒意为大鬼平添几分勇气，他接了电话问，你是不是小康？又变回哑巴了？那边还是沉默。大鬼说，你什么时候回来我给你接风，先喝酒吃饭，再去水晶宫洗桑拿，怎么样？也就是这时候，大鬼听见那边有什么东西掉在地上了，咣的一响，发出清脆的震颤，然后是杂沓的来回穿梭的脚步，伴随着一个女人的哭声。大鬼拿着电话听，一边耐心地等待，终于等来了小康，准确地说，是等来了小康的呼吸。小康急促的呼吸慢慢转变为压抑的哭声，他在哭，哭得越来越响，像个伤心的孩子。酒意让大鬼的心肠变得很软，平生第一次，他的眼睛也湿润了。小康，你又不肯说话了？大鬼说，你不肯说话就别说了，我替你说，大鬼是二屄货，大鬼是个驴日的二屄货。

大鬼掐掉了电话。从店堂的试衣镜里，他看见自己的面孔，有点苍白，有点浮肿。他喝了一口普洱茶，想起电话那端咣的一声脆响，是什么东西掉在地上了呢？不是万用表。那不是万用表。大鬼思索了半天，断定那是一只搪瓷扁马桶的声音，是一只搪瓷扁马桶掉在地上了。

拾婴记

一

一只柳条筐趁着夜色降落在罗文礼家的羊圈。

母羊被惊醒了，它有限的智慧受到了从未遭遇的挑战。柳条筐散发着湿润的青草之香，里面盛着的却不是夜草，是一件被露水打湿了的女装棉袄，蓝地黄花的灯芯绒面料，上面均匀地分布着几朵葵花，母羊以为陌生人送来了一堆葵花，细看之下，葵花掩映的是一张婴儿的小脸！葵花也好，婴儿也好，那都不是饲料，但母羊仍然执拗地停留在柳条筐边，用鼻子辨别着婴儿身上散发的微妙的香气，那香气让母羊想起了春天清晨的草地，还有夏天在河边失散的一头小羊羔。

看起来那几朵棉袄上的葵花一直在守护熟睡的婴儿，葵花闪烁着金黄色的光芒，在黑暗中与母羊尖锐地对峙，仅仅过了一会儿，葵花便获得了胜利，软弱的母羊放弃了主人的权利，躲到角落里去了。

那天夜里枫杨树乡的狗零星地吠了一阵，对岸花坊镇北边似有群狗回应，是较量的回应，带着一种天然的傲慢。河两岸的狗也许是听见了什么，也许只是尽一点义务，狗很快就安静了，只有罗家的羊圈萌动着神秘的迷宫般的气氛。只有三只羊是事情的目击者，凭着那天夜里的月光，它们应该看得见窗洞外面弃婴者的身影，羊耳朵也灵敏，它们一定能够分辨出来那人的脚步声是从哪儿来的，又是在哪里消失的。可惜三只羊都是羊，从不承担看门的义务，对什么事情都习惯了沉默。

羊这么固执地沉默，它的主人罗文礼一家也没办法追究，你即使把浑水河两岸所有的青草割来，也无法收买一头羊，人可以收买，可谁有本事从羊嘴里套出什么秘密来呢？

二

他们开始是把柳条筐放在家门口的，有点失物招领的样子。罗文礼的大儿子庆丰看着柳条筐，心不在焉的，一会儿蹲下，一会儿又站起来，庆丰手里捧着个大碗喝粥，喝几口喊一声，来看看，来看看，谁往我家羊圈塞了个孩子？

男人们一早都去花坊监狱送白菜了，孩子们上学去了，闻讯而来的大多是村里的妇女，他们小跑着奔过来，有的手里还拿着镰刀，有的肩上搭着毛线和编针，那么多丰满的身体和蓬乱的脑袋组成一道篱笆，把柳条筐热情地围了起来，后来者只能从人缝里看见筐子里的几朵金黄色的葵花，跺着脚对庆丰说，哪儿有孩子？看不见，就看见葵花了！

先来的妇女们细细地观察柳条筐里的女婴，嘴里啧啧地响，多标致的小女孩，怎么扔了呢？扔了还不哭，你看她还笑呢！有人贸贸然地问庆丰，是谁家的孩子呀？庆丰瞪着眼睛反问道，要知道是谁家的孩子，还放在这里让你们参观？他们知道庆丰脾气坏，不跟他说了，蹲在柳条筐边窃窃地讨论起来。有人说，那做大人的什么铁石心肠，怎么把孩子扔羊圈里了呢？笨死了！

庆丰在一边用手指敲着碗沿，说，你们才笨，说话不动脑子，这么冷的天，扔在外面不冻死才怪，羊圈怎么的，我们家羊圈比你们家温度高，不懂，你们就别乱说！

那妇女回头说，我们什么都不懂，你什么都懂，你什么都懂就教教我们，这孩子，怎么造出来的？

庆丰冷笑道，你以为这就难住我了？怎么造出来的？一男一女，×出来的！

庆丰大了，对许多事情莫名其妙地烦躁，见到饶舌的妇女就更烦，他不愿意守着柳条筐，一碗粥喝光就走了，走到羊圈外面，对他母亲喊，你自己吃喝去，我吃喝来那么多人，都是看热闹来的，没一个要抱孩子！

卢杏仙就出来了，抖着围裙上的草灰对别人说，你们看看这叫个什么事？早上起来出羊粪的，一眼看见这筐子，吓我一大跳，我这辈子手黑，从来没捡到过一分钱，这下好了，一下子让我捡了个孩子，你们说，这枫杨树乡谁不知道我家穷，那丢孩子的是瞎了眼，怎么偏偏丢我家来了？

妇女们大致上是默认卢杏仙的说法的，只是不好指明谁家富裕，谁家适合丢孩子，给她火上浇油，他们都默契地遥望着河那边花坊镇方向，七嘴八舌的，说的是一个意思，杏仙呀，这枫杨树的姑娘媳妇肚子里有个什么动静，也逃不出你的眼睛，这不是我们枫杨树的孩子呀，是花坊镇扔过来的孩子！也有像长炳的女人那样在任何场合都要显示其素养的，她就在人堆里发出不同的声音，撇嘴说，杏仙，你别老是钱呀钱的，钱生不带来死不带去的，哪儿有人好？你家再穷还养着羊，多一张小嘴吃饭，也不能把你家吃垮了，看看这小女孩多水灵，自己留下养嘛。

卢杏仙的目光尖利地落在长炳女人身上，说，她要是一头羊，我还就留下她了！羊吃草，不花钱不占口粮，可你没看见吗？这是孩子，不是羊！你让我给孩子也喂草呀？

谁说让你给孩子喂草了？我们这里，谁不是粗茶淡饭吃大的？杏仙，这孩子不管扔得是不是地方，跟你家也是个缘分，自己养着吧！

缘分不能当口粮！你不是不知道我们家人多口粮紧，怎么张嘴就给我下这个指示呢？卢杏仙悻悻地折她的围裙，一边折一边眼睛亮起来，对女邻居说，你们家就两个女孩，口粮够，你不口口声声说女儿迟早要嫁人，一嫁人，连说话的人都没有，不如你把她抱走，陪你说话去。

长炳的女人说，是送到你家羊圈的呀！要是送到我家，我一定养。

卢杏仙的脸沉了下来，斜睨着长炳的女人，说话的口气里有了威胁的意味，好呀，那我养她一天，她说，明天早晨孩子在谁家门口，孩子就归谁养！

让卢杏仙这么一说，长炳的女人翻了个白眼就走了，其他邻居也莫名地恐慌，很快都散开了，有个女邻居在离开之前提醒卢杏仙，杏仙呀！孩子不管给谁，你先去报告政府，捡孩子不比捡小狗小猫，婴儿也是人口，是人口都要去花坊镇登记的！

登记登记，我怎么不知道要登记？卢杏仙把围裙当毛巾拍打着裤子，一只手突然向后义愤地一挥，指着院子里的一匾晒干了的萝卜，我哪儿忙得过来呀！你们各家的腌菜倒都好了，没看见我家的缸个个底朝天，腌萝卜的盐还没买呢！反正我家庆来要去花坊镇买盐，如果这孩子没人抱，让庆来顺路送到政府去！

三

早晨九点，越过河流，枫杨树少年罗庆来来到了花坊镇。

罗庆来提着那只柳条筐从花坊码头下来，码头上锣鼓喧天，他看见一群穿白衣蓝裤的人在储运仓库前敲铜鼓，文化站的一个干部正拿着电喇叭指挥排练。男孩在后排敲大红鼓，敲一阵举起鼓槌，齐声高喊：毛主席，万岁！女孩腰间用红绸绑着小腰鼓，组成几个圆圈，每人都沿着圆圈跳，一边跳一边敲小腰鼓，敲一会儿人身体都斜过来，脑袋朝天，喊道：祖国，万岁！好多路过码头的人都停下脚步，罗庆来也站在台阶上听了一会儿，说，敲什么敲？敲得一点也不整齐。旁边有个男人，一定是哪个敲鼓学生的家长，对罗庆来不满地瞪了一眼，说，不整齐？那你去敲。罗庆来的脸莫名其妙地红了，转身就跑，一边跑一边说，我才不敲鼓，要敲就敲你们的头！

他的手里提着一只柳条筐。柳条筐里装着一个陌生的女婴。女婴乖得有点出奇。罗庆来一直提防着她哭，她要是哭了他就要找个僻静的地方喂她，可是她不哭，不哭他就不用停下脚步。母亲在筐里塞了一个盐水瓶改装的奶瓶，里面是热过的羊奶，她说，孩子已经把过屎了，她要哭一定就是饿了，饿了你就喂她一口奶。罗庆来知道凡是婴儿都要哭，他为这常识焦灼不安，这个婴儿不会哭，她不哭！罗庆来一边向政府所在的八一街那里走，一边狐疑地看着柳条筐里的女婴，他看见女婴在柳条筐鲁莽的颠簸中坦然地前进，那么红润那么神秘的一张小脸，脸颊上有一层细细的金色的茸毛，乌黑的眼睛忽而睁开，迎接阳光，阳光来了，却又害怕地闭上了。

罗庆来说，你不哭才好，不哭就不要喂了，多谢你了，你不哭就省得我去做妇女的事情！罗庆来研究着女婴在阳光下的脸，脑子里蹦出一个奇怪的念头，你长得很像一头小羊，羊也从来不哭的，你会不会是个羊人呢？你吃不吃草呢？罗庆来看见街边一户人家的窗台上种了一盆菊花，菊花枯萎了，土里的一丛草倒是绿的，他就去拔草，草是拔出来了，但他犹豫着，最终放弃了探索的念头，罗庆来把草往柳条筐内一扔，说，开玩笑的，你这么小，我怎么会欺负你？

花坊镇半新半旧，旧的寂静和荒凉藏在那些花格木窗和老墙青苔后面，街上的水泥路永远是热闹的，罗庆来尽量地躲避人多的地方，还是有那些好管闲事的人追着他的柳条筐，喂，你筐子里装的什么好东西？经过供销合作社门口时，他想起母亲关照的买盐的事，要看看价格，是不是六分钱一斤的盐，他把柳条筐放在玻璃门外面，脑袋探进去看盐缸上的那面小红旗，价格没看清，却听见一个妇女在他身后又惊又喜地叫起来，这孩子倒是聪明呀，怎么把你妹妹装在筐子里，没见过！

罗庆来说，谁说她是我妹妹？她是一头羊！

罗庆来不愿意和那些妇女多费口舌，他想反正盐可以回去的时候再买的。他提着柳条筐向八一街跑，路过老杜的桌球摊子时他的脚步一下迟疑起来。他看见他的小学同学罗小正弯着腰，站在那儿，有板有眼地打桌球，罗庆来正在纳闷他的桌球什么时候打得有板有眼了呢，罗小正也看见他了，罗小正向他摇着球杆，慷慨地邀请他，过来，一起打，我包了桌子，还有一个小时！

他几乎立即决定要去打白赚的桌球了，唯一让他放心不下的是那柳条筐，他不想让罗小正笑话他。罗小正说，你手里提的什么东西？罗庆来顺口编了一句，盐！他指了指前面，说，你等等我，我把筐子交给我三姨去。

　　白打的桌球，还有一个小时，这让罗庆来心急如焚，他后来就向着镇政府方向一路小跑起来，奔跑的时候他听见了女婴和奶瓶在柳条筐里左右滑动的声音，女婴仍然像奶瓶一样安静，也许她不敢哭，也许她喜欢他奔跑。然后罗庆来经过了花坊镇的红旗幼儿园，幼儿园的风琴声引起了他的注意，他猛然刹住了脚步，心里生出个大胆的念头。他想起那个神秘的弃婴人丢孩子的方法，你可以把柳条筐丢在我家羊圈里，我为什么不可以把柳条筐丢在幼儿园里呢？罗庆来这样思索着，人紧张起来，他看看四周没有人，就去推幼儿园的窗，窗后是一排排漆成天蓝色的小床，如果瞄得准，他甚至可以直接把孩子倒在小床上。可不巧的是窗子被反插上了，他一推窗，里面有个小孩子哇的一声哭起来，然后他看见好多小孩子摇摇晃晃地从床上站了起来，朝他这里张望，他没来得及打开窗子，一个保育员已经冲到大屋里来了。

　　窗子碍事，罗庆来最终没能把女婴倒到床上，惊惶之下，他把柳条筐往幼儿园的窗下一放，人一阵风似的逃了。他跑过李六奶奶家门口时，没注意到出来倒痰盂的李六奶奶，一条挥舞的胳膊把李六奶奶手里的痰盂撞翻了。

　　李六奶奶没有看清罗庆来的模样，只看见那个愣头儿青的少年一阵风似的跑出去，转眼之间人就不见了，空气中留下一丝可疑的气味，李六奶奶吸着鼻子闻了一会儿，觉得那不是痰盂打翻的气味，是羊身上的淡淡的膻味。

四

　　李六奶奶发现了幼儿园窗下的女婴。李六奶奶站在窗下敲玻璃，快出来个人啊！你们阿姨怎么看孩子的？怎么把孩子丢到外面来了？

三个幼儿园阿姨惊恐地挤到窗前，看清了外面的柳条筐，都松了口气，说，不是园里的孩子！不是的！又不无指责地说，六奶奶你吓我们一跳，怎么不看看清楚再说，这是个婴儿呀，最多两个月大，我们这里只收三岁以上的孩子，从来不收婴儿的！

李六奶奶见不得她们推脱责任的样子，撇嘴说，什么两个月八个月的，幼儿园就是收孩子的，哪来这么多规矩？你们出来个人嘛，把孩子端回去。

一个中年阿姨不屑于理睬李六奶奶，背过身低声骂了一句老糊涂，就走了，剩下一个老阿姨和年轻阿姨，仍然伏在窗台上研究柳条筐里的女婴，一个说，肯定是那个乡下孩子丢下的，脑筋不正常了？把自己的妹妹丢在这里。年轻的阿姨说，孩子又不是垃圾，怎么可以随便乱扔的？就算是垃圾也不能随便扔！老的那个阿姨突然拍拍窗台，说，也不一定是妹妹呀！我看那乡下男孩儿胡子都黑了一圈了，没准儿是和哪个女孩儿闯了祸，孩子钻出来，没办法了，抱出来一丢了事。

李六奶奶说，你们怎么说起闲话来了？不管是谁的孩子，你们是幼儿园不是？幼儿园管的就是孩子，你们倒是出来个人呀！外面风这么大，孩子吹坏了怎么办？

两个阿姨都冷静地看着李六奶奶，一个口气还算缓和，说，六奶奶你不懂的，我们是幼儿园，不是儿童福利院，幼儿园有规章制度的，不允许随便收孩子，六奶奶你自己想想，要是别人不要的孩子都往这窗下一扔，我们这幼儿园不成马蜂窝了？另一个对李六奶奶的无知多少有点烦，朝她嚷起来，我们三个人就三双手，三双手要伺候几十个孩子，本来就忙不过来，你还来给我们添麻烦！

李六奶奶说，怎么是我给你们添麻烦？我又不要你们把屎喂饭，是这个小宝宝呀！人心都是肉长的，外面风这么大，你们怎么就站在那儿看，偏偏不肯出来呢？

一个阿姨说，出来了也不能收的，李六奶奶你不懂，我们这里收孩子都有手续！

李六奶奶说，我怎么不知道手续？我知道手续，你们就不能先收下孩子，再补办一个手续？

那阿姨对着李六奶奶苦笑起来，说，跟你是说不清楚了，李六奶奶，我们是日托，下午各家父母都要接回家的，我现在要是把她抱回来了，下午把她交给谁去？你不是看不出来，这孩子没父母呀！

没父母的孩子才可怜！李六奶奶蹲到地上，手先探进向日葵棉袄里摸索了一下，又抽出来，在女婴的额头上摸了摸，说，不像是个病孩儿呀，眉眼也秀气，好好的一个女孩子，怎么丢在这里没人管呢？李六奶奶又闻到了一股淡淡的羊的气味，她吸着鼻子，判断出那气味就是羊的气味，但她对窗台上的两个阿姨报告的是另一个消息，她向她们招手说，你们快来闻闻，这女孩子身上香呢，像奶油饼干的香味。

两个阿姨聪明地拒绝了李六奶奶的邀请，说，孩子身上的味道，我们闻多了，不爱闻。

李六奶奶绝望地瞪着窗台，突然冷笑一声，说，谁说人心都是肉长的？有的人的人心呀，是冰凌子长的。

年轻的阿姨对李六奶奶终于忍无可忍了，你心好，你自己抱回家去！丢下这句话，她就把幼儿园的窗子砰地关上了。

五

他们看见李六奶奶拖着小木轮车在街上蹒跚地走，有人跟她打招呼，六奶奶，去买煤呀？李六奶奶摇头，说，不买煤，买什么煤，看见煤就想起他们的人心，现在的人心比煤还黑呀！她苍老的脸上残存着委屈而义愤的表情，看上去愈加苍老了。

中午时分花坊镇上的人都行色匆匆，很少有人注意到小木轮车驮着的柳条筐里，装的是一个婴儿，大多数人以为是李六奶奶脱下来的一件棉袄，棉袄上鲜艳的向日葵图案倒是引人注目，他们说，呃，六奶奶老来俏，穿那么一件大花棉袄！

李六奶奶的小木轮车停在外甥张胜家门口了，张胜媳妇半敞着毛衣，手里抱个婴儿迎出来，她看见李六奶奶弯着腰，从柳条筐里也抱出一个婴儿来，李六奶奶说，快来快来，快给这孩子喂两口奶吧！

张胜媳妇一边喂奶一边听李六奶奶诉说幼儿园那些阿姨的不是，她关心的是女婴的来历，偏偏李六奶奶说不出个来龙去脉。李六奶奶只是盯着女婴的嘴和张胜媳妇蓬勃的乳房，说，多喂几口，你奶多，本来也要挤掉的。张胜媳妇说，几口奶是不稀奇的，可六奶奶你怎么随便在街上捡孩子呢？现在外面流行黄疸肝炎，万一——李六奶奶打断她的话说，哪来这么多万一的，你看看这孩子的脸色，白里透红的，哪里会有什么病？张胜媳妇不时地回头看床上自己的婴儿，似乎在比较两个婴儿的异同，过了一会儿她平缓地将乳头从女婴嘴里抽出来了，六奶奶，你闻到这孩子身上有什么味道吗？她说，怎么有点羊膻味呢？

李六奶奶犹豫了一下，笑起来说，什么羊膻味？是香味，我闻着像奶油饼干的味道。

张胜媳妇喂好了奶，把女婴放回到柳条筐里，看见筐里那只盐水瓶改制的奶瓶，拿出来晃了晃，说，人家给孩子准备了奶的，你偏要让她喝我的。李六奶奶说，就那么半瓶，得省着喝，等会儿把孩子送

192

政府去，谁知道政府里有没有奶？张胜媳妇去抱自己的孩子，回头问了一句，等会儿你用木轮车把孩子送政府去？这一问把李六奶奶问得不高兴了，沉下脸说，你们这些年轻人，共产党白教育你们了？别人丢掉的孩子也是孩子，怎么都是一个腔调？我这把年纪了，腿脚又不好，说话干部也听不懂，你们年轻人不送让我去送？张胜媳妇说，没说让你去送，六奶奶你为什么要管这闲事呢？李六奶奶嚷起来，这不是闲事，是个孩子！

毕竟是长辈，李六奶奶一嚷张胜媳妇就不吱声了，抱着自己的孩子在屋里走，走了几圈说，反正我也腾不出手来，反正张胜马上要回家吃饭了，要送让张胜去送。

六

贮木场的张胜在中午时分到的政府大楼，他去得不巧，是饭后的午休时间，花坊镇政府的五层楼里寂静无声，信访处、妇联、计划生育领导小组的办公室都关着门，只有五楼的一间办公室引起了他的注意，那一间的玻璃草草地糊了报纸，里面有人声，张胜便爬到窗台上从气窗向里面张望，看见几个干部正围在一起打扑克，有一个干部的鼻子上粘了两张小纸条，张胜就笑着跳下来了，说，他们也打这种牌啊！

他敲了很长时间的门，里面安静了一会儿，终于有人问了，是哪位？出来开门的是一个穿橘红色西装的女干部，她侧着身体，在半开的门缝里警惕地看着张胜，说，现在是午休时间，现在不办公。

张胜记得她是妇联的，妇联管孩子，他这么叨咕着从地上捧起那只柳条筐来，以一种夸张的姿态献给女干部，你们午休，我可是要赶

193

去上班了。他说，我姑姑在幼儿园外面捡了这孩子，让我交给政府。

女干部下意识地闪避着那只柳条筐，嘴里惊声道，孩子是哪儿的？

张胜道：丢在街上的！

女干部又尖声问：你是哪儿的？

张胜把柳条筐放在地上，说，我是贮木场的革命职工，你那么瞪着我干什么？我送来的是孩子，又不是颗炸弹！你快接着，你不接我就放这儿了。

屋里的其他几个人也拥出来了，其中有个保卫干事认识张胜，说，怪不得呢，是这个愣头，前几年经常到派出所挂号的！看张胜要跑，一个年轻干部冲上来拽住他，你不能把孩子扔这儿，这不是儿戏，要调查要登记的。

张胜说，调查个鬼呀！路上捡了钱要交给你们，捡了孩子难道不交公吗？

少来狡辩，交公也要办公时间来，你把筐子抱起来，下楼等着，两点半到计生组登记！

张胜不肯去抱那个柳条筐，身体一直在往楼梯口悄悄移动，其他两个男干部反应快，识破了他的心计，干脆一起过来，把柳条筐强行塞到他怀里，然后他们一边一个，几乎是架着张胜下了五层楼。

张胜在楼下的传达室里坐了大约有五分钟，五分钟内他一直骂骂咧咧的，看门的老年费了好大的劲儿才弄清楚事情的原委，他不好多说什么，就给张胜倒了一杯水，还递了支烟给他。张胜气得厉害，不喝水也不抽烟，就是一心要把柳条筐留给老年。老年说，我一辈子打光棍儿，没弄过孩子，你把这孩子扔给我，不是为难我吗？张胜愤怒地看看窗外，又看看老年，脸上掠过一种决绝的强硬的表情，我不为难你，他说，我走，我把孩子放到外面去！

老年是亲眼看见张胜把柳条筐放在楼外花坛边的。张胜走的时候替女婴掖了掖棉袄，掖棉袄也没用，老年隔窗监视着张胜，嘴里忍不住骂了一声，混账东西！他后悔给张胜倒了那杯茶，递的那支烟，这张胜不是个东西嘛，上班再要紧，也不能把孩子这么丢在花坛边，那是个孩子，又不是一盆花。

午后的阳光爽朗地照耀着政府大楼外面的花坛，花坛里的菊花半开半靥，对热情的阳光有点爱理不理的样子，倒是那只柳条筐，每一根柳条都接纳了阳光，看上去闪烁着一圈淡金色的光晕。

第一个注意到柳条筐的是一只猫，不知道是谁家的猫匆匆地跑过来，绕着柳条筐转了几圈，猫把爪子搭在筐沿上，脑袋探下去很细致地闻了闻婴儿的气味，气味不对胃口，猫转了几圈，最后心灰意懒地走了。紧接着又跑来了一条狗，撒着欢儿往花坛边奔，是食堂的大师傅养的那条黄狗，看见狗也来凑热闹，老年冲出去，把狗撵回去了，老年说，那是个孩子，不是鱼骨头肉骨头，你们畜生来凑什么热闹！

老年隔窗守望着柳条筐，他等着筐里传来女婴的哭声，可是始终没等到，女婴出奇地安静让老年疑虑重重，怎么就不哭呢？这么苦命的孩子，偏偏就不哭。老年想，这孩子会不会是个哑巴？如果是个哑巴，谁抱她都是抱一个麻烦回去，也怪不得别人心不善呢！

后来两个跳牛皮筋的小女孩儿来到了国旗的旗杆下，她们把牛皮筋的一端捆在旗杆上，另一端谁也不肯拿，都要先跳，正吵闹着，一个小女孩儿先看见了柳条筐，丢下同伴跑到花坛边去了，很快老年就听见了两个小女孩儿的惊叫声，谁的孩子？谁把孩子扔了？有坏人扔孩子啦！

老年看见两个小女孩儿拖着牛皮筋向传达室奔跑过来，一下就慌了。老年赶紧把门反锁了，回头一看，可供藏身的只有一张简易床，他急中生智地跑到床边，鞋子一蹬，掀开被子就钻了进去，他钻进被窝时门已经被擂响了，老年装作没听见，他用被头蒙住脸，在被子里面埋怨两个小姑娘，笨丫头笨死了，小宝宝的事情，怎么找老光棍儿管？我是看门的，不是看孩子的！

两个小姑娘离开之后老年仍然躲在被窝里，他没法起来了，不起来也没问题，他看着墙上挂钟的时间呢！他会在两点三十分领导们进楼上班之前起来，那时候柳条筐一定有人接手了。窗外开始有人声一浪一浪地传进传达室，看来小姑娘尖厉的叫喊声惊动了附近的文化站和卫生院里的人，老年从被子里探出脑袋，偷偷地窥望窗外，看见花坛那里的人影子动荡不安，在一片嘈杂中老年突然听见了女婴清脆响亮的啼哭声，那啼哭与别的婴儿相比没有任何异常，但老年的耳朵被震得又痒又疼的，他一边抠着耳朵，不知怎么松了口气，嘀咕道，还是会哭的嘛！不是哑巴！

大约下午两点一刻，老年从床上起来了，和衣假寐时间长了，人乍然感到一丝阴冷，他从门后摘下了冬天的棉衣披在身上。外面乱哄哄的声音已经平息了，老年在窗边朝花坛那里张望了一会儿，看见几个人还站在那里，指手画脚地说话，柳条筐不见了。人一多，果然就有热心肠的来解决问题了，老年说不出来自己心里是什么滋味，他披着那棉衣朝外面走，觉得外面的空气中残留着一股淡淡的羊膻味，那气味若有若无的，压倒了花坛里残菊的香气，老年记得那是柳条筐和女婴的气味。

是食堂的几个女师傅还站在花坛边，她们忘情地议论着那只柳条筐的归宿，那个惊人的消息也是几个女师傅告诉老年的，一个女人说得简明扼要，是疯女人瑞兰把柳条筐端走了！另一个补充得比较详细，是疯女人瑞兰把柳条筐抢走了，她抢呀！谁也拦不住，她说是她的女儿呀！花坊镇人人知道她女儿在浑水河里淹死了，她偏偏一口咬定，是她的女儿！

老年张大了嘴巴，过了一会儿反应过来，突然大叫一声，她是疯的，你们也疯了？怎么看着她抢孩子呢？一个疯子怎么能养孩子？女师傅们发现一贯温厚的老年有点莫名其妙的冲动，便开始安慰老年，说，你就别担那个闲心了，瑞兰她领不去的，她哥哥瑞昌也在旁边呢！瑞昌说等她的疯劲儿过去了，孩子该送哪儿就送哪儿，他负责！老年说，说得轻巧，他负责，神仙也不知道孩子是谁的，他准备把孩子送哪儿去？一个女师傅说，送到河对岸去呀！送枫杨树乡去！老年不明白，为什么认定孩子的父母在枫杨树乡？那女师傅说，这还不明白，乡下人重男轻女嘛，养个女孩儿就扔掉！另一个女师傅这时候很不客气地打断了她，说，你刚才又不在，胡说些什么，让对岸的乡下人听见了，拿锄头来砍你！她看来是掌握了足够的信息，一番话让老年信服多了，原来是一个顺藤摸瓜的思路，她说卫生院打针的小陆刚才也来了，是小陆透露了孩子的枫杨树乡的身份背景。小陆认得那筐里的奶瓶呀！那女师傅说，你们看见那个盐水瓶了吗？里面还灌了半瓶奶，枫杨树乡的妇女，最喜欢到卫生院来偷盐水瓶，拿回家做奶瓶！

七

一只柳条筐趁着夜色降落在罗文礼家的羊圈。

第二天早晨卢杏仙起来出羊粪，一眼便看见了归来的柳条筐。柳条筐又回来了。卢杏仙惊叫起来，她突然意识到自己家的羊圈已经被谁偷偷地改造成了一个迷宫，迷宫般的羊圈半明半暗，羊藏身在暗处，柳条筐却大胆地沐浴着早晨的阳光。卢杏仙蹑足走过去，发现那件葵花棉袄还在，女婴已经不见了。她壮着胆子摸了摸葵花棉袄，棉袄有点湿漉漉的，有夜露打湿后不易消退的潮气，摸上去有点黏手。卢杏仙嘴里叫起丈夫的名字来，文礼文礼你快来，我们家羊圈闹鬼了！可是勤快的罗文礼已经出门去耕地了，她逃到栅门边，回头望着柳条筐，又大声地唤起儿子来，庆来庆来，快起床，你到底把那孩子送哪儿去了，怎么孩子送走，筐子又回来了呢？

回头之间，卢杏仙突然发现羊圈里多了一头小羊，怯懦地站在角落里。昨天夜里喂草的时候还是三头羊，早晨起来就多了一头羊，过度的惊愕使卢杏仙怀疑自己看花了眼睛，她朝屋里喊，庆来庆来你快起床，我的眼睛怎么啦？我看不清我家有几头羊！

庆来穿了个短裤就出来了，他看见柳条筐，心虚地转过头看看母亲，又去看羊，脸色大变。他伸出手指数羊，说，是多了一头，跟夏天时候一样，是四头羊了。庆来走过去要拉那头小羊的羊角，手伸出去又缩回来了，回头对母亲说，妈你别怕，我认识它，是夏天走散的那头羊，它回来了。

卢杏仙说，你还在做梦呢！羊又不是狗，认识回家的路，你给我看清楚了，这是谁家的羊，怎么跑到我家羊圈里来了？

庆来蹲下来，向地上吐了口唾沫，开始严厉地审视飞来的小羊，过了一会儿，所有的恐惧和疑惑都消失了，你是羊，我还怕羊吗？他嚷了一句，手毅然向前一扑，抱住了小羊的脑袋，他自己的脑袋也转过来转过去，端详着羊，突然，庆来叫起来，妈快来看，这头羊在哭，羊眼睛是潮的！

卢杏仙拿起一根扁担在儿子的屁股上打了一下，我都吓糊涂了，你还吓我？她说，羊怎么会哭？我养了几十年羊，从来没见过羊哭，会哭的是牛！

庆来说，妈，我没吓你，这羊的眼睛不一样，你自己来看呀！

卢杏仙走过去，按住儿子的肩膀，看那头小羊的眼睛，羊眼睛里似乎是覆盖着一层泪光。

这是谁家的羊呀？怎么还会哭？卢杏仙大声叫起来，菩萨观音苍天在上，我们家对羊有多好，你们是看在眼里的，我们家人吃得半饥不饱，羊肚子从来都吃得鼓鼓的，怎么让我们家的羊圈闹起鬼了呢？

庆来没有像他母亲那样慌乱，那天早晨幸亏了他的冷静和聪明。庆来瞥了一眼窗洞下的柳条筐，又看了看那头羊，突然一个寒噤，打了个响亮的喷嚏。

卢杏仙说，受凉了？你回去穿上衣服再来，把羊牵出去，看看是谁家的羊？

庆来迷茫地注视着母亲，说，妈，再别撵它走了，撵不走它的，都怪你，你昨天说错话了！

卢杏仙说，我说错什么话了？

庆来说，你昨天说那孩子要是一头羊，你就能养，你说错话了！

卢杏仙说，你这孩子怎么回事，怎么云里雾里的，一直在说梦话呢？

庆来沉默了一会儿，把卢杏仙拉了出去。在羊圈的栅门外面，在第二天早晨初升的太阳下面，少年罗庆来对他母亲透露了枫杨树乡间历史上最大的一个秘密。他说，妈妈，我告诉你你别怕，你别怕，那不是夏天走散的羊，也不是别人家的羊，我告诉你你别怕，是你说错话，那个孩子认准咱家的门，又回来了！